PENELOPE DOUGLAS

INTIMIDAÇÃO

Série Fall Away

Traduzido por Patrícia Tavares

1ª Edição

2022

Direção Editorial:	**Arte de Capa:**
Anastacia Cabo	Bianca Santana
Tradução:	**Diagramação e preparação de texto:**
Patricia Tavares	Carol Dias
Revisão Final:	**Ícones de diagramação:**
Equipe The Gift Box	Freepik

Copyright © Penelope Douglas, 2013
Copyright © The Gift Box, 2022
This edition published by arrangement with Berkley, an imprint of Penguin Publishing Group, a division of Penguin Random House LLC.

Todos os direitos reservados.
Nenhuma parte do conteúdo desse livro poderá ser reproduzida em qualquer meio ou forma – impresso, digital, áudio ou visual – sem a expressa autorização da editora sob penas criminais e ações civis.
Esta é uma obra de ficção. Nomes, personagens, lugares e acontecimentos descritos são produtos da imaginação da autora. Qualquer semelhança com nomes, datas ou acontecimentos reais é mera coincidência.

Este livro segue as regras da Nova Ortografia da Língua Portuguesa.

CIP-BRASIL. CATALOGAÇÃO NA PUBLICAÇÃO
SINDICATO NACIONAL DOS EDITORES DE LIVROS, RJ
Meri Gleice Rodrigues de Souza - Bibliotecária - CRB-7/6439

D768i

Douglas, Penelope
  Intimidação / Penelope Douglas ; tradução Patrícia Tavares. - 1. ed. - Rio de Janeiro : The Gifty Box, 2022.
  276 p. (Fall away ; 1)

Tradução de: Bully
ISBN 978-65-5636-187-1

  1. Romance americano. I. Tavares, Patrícia. II. Título. III. Série.

22-79443   CDD: 813
                 CDU: 82-31(73)

Para as moças...

Existe, em todo verdadeiro coração de mulher, uma faísca de fogo celestial que se esconde à luz dos dias de prosperidade, mas que se acende, irradia e brilha nos momentos sombrios de fatalidade.
— *Washington Irving*

AGRADECIMENTOS

Primeiramente, ao meu marido, por toda paciência e apoio. Ele suportou inúmeras horas e fins de semana sozinho, enquanto eu me trancava em nosso quarto escrevendo esta história. Prometo que o investimento vai valer a pena... em algum momento.

Em seguida, ao meu amigo Bekke por... bem, por tudo! Sem você, eu estaria toda atrapalhada com o Word, HTML e, sim, com a escrita em geral. Não faço ideia de onde este livro estaria sem você!

Por fim, a todos os leitores que encontram sua fuga no reino dos livros. Seu tempo e *feedback* são os melhores presentes que podemos receber. Obrigada por lerem!

CAPÍTULO UM

Um ano atrás.

— Não! Vire aqui! — K.C. gritou, em meu ouvido direito.

Os pneus do Bronco do meu pai chiaram com a curva súbita e curta em uma rua cheia de carros.

— Sabe, talvez você devesse estar dirigindo, como eu sugeri — rebati, apesar de nunca gostar que mais alguém dirija quando estou no carro.

Como se estivesse lendo minha mente, K.C. respondeu:

— E ter você bufando de impaciência toda vez que eu não acelerar no sinal amarelo? Não!

Sorri por dentro. Minha melhor amiga me conhecia bem demais. Eu gostava de acelerar na direção. Gostava de me mover rápido. Andava no limite que minhas pernas aguentavam, e dirigia o mais rápido possível. Corria em todas as placas de "pare" e no sinal vermelho. Veloz e furiosa, essa sou eu.

Mas, ouvindo o ritmo da batida de uma música distante, não tive desejo de correr mais. A faixa tinha um carro alinhado atrás do outro, demonstrando a magnitude da festa que estávamos indo. Minhas mãos apertavam o volante enquanto eu me apertava em uma vaga, a um quarteirão da festa.

— K.C.? Não acho que seja uma boa ideia — declarei... de novo.

— Vai dar tudo certo, você vai ver. — Ela deu um tapinha na minha perna. — Bryan convidou Liam. Liam me convidou, e agora estou te convidando. — Seu tom de voz tranquilo e inabalável não aliviou o aperto em meu peito.

Soltando o cinto de segurança, olhei para ela.

— Bom, apenas se lembre: caso eu fique desconfortável, vou embora. Pegue uma carona com Liam.

Saímos do carro e andamos pela rua. A loucura da festa aumentava conforme nos aproximávamos da casa.

— Você não vai a lugar nenhum. Você vai embora em dois dias, e estamos nos divertindo. Não importa como. — Sua voz ameaçadora estremeceu meus nervos já instáveis.

Enquanto caminhávamos pelo estacionamento, ela seguiu atrás de mim. Mandando mensagens para Liam, acho. O namorado dela chegou mais cedo, pois passou o dia todo com os amigos no lago, enquanto eu e K.C. fizemos compras.

Copos vermelhos de plástico sujavam o gramado, pessoas saíam e entravam na casa, curtindo a agradável noite de verão. Diversos garotos que reconheci da escola se esbarravam na porta da frente, perseguindo uns aos outros e derramando bebidas pelo caminho.

— E aí, K.C. Como vai, Tate? — Tori Beckman estava sentada na porta da frente com um drinque na mão, conversando com um garoto que eu não conhecia. — Coloque as chaves na vasilha — indicou, voltando a atenção para sua companhia.

Levando um minuto para processar o que ela pediu, percebi que ela estava me fazendo entregar as chaves.

Acho que ela não deixaria ninguém dirigir bêbado hoje à noite.

— Bem, não vou beber — gritei, por cima da música.

— E você pode mudar de ideia — sugeriu. — Se quiser entrar, precisarei das chaves.

Irritada, enfiei a mão na bolsa e joguei as chaves na vasilha. A ideia de desistir das minhas rotas de fuga me deixava irritada pra caramba. Não ficar com as chaves significava que não poderia ir embora rapidamente se quisesse. Ou se precisasse. E se ela ficasse bêbada e deixasse seu posto? E se alguém pegasse minhas chaves por acidente? De repente me lembrei da minha mãe, que costumava dizer para que eu não fizesse perguntas com "e se?". *E se a Disney estiver fechada para limpeza quando chegarmos lá? E se todas as lojas na cidade ficarem sem jujubas?* Mordi o lábio para conter uma risada, lembrando-me de como ela ficava irritada com minhas perguntas sem-fim.

— Uau — K.C. gritou na minha orelha. — Olhe aqui dentro!

As pessoas, algumas da minha turma e outros não, se moviam com a música, rindo e curtindo. Os pelos do meu braço se ergueram com a visão da multidão e tanto entusiasmo. O chão ecoava a batida que saía dos alto-falantes, e fiquei sem palavras ao reparar em tamanha atividade no mesmo lugar. As pessoas dançavam, faziam brincadeiras estúpidas, pulavam, bebiam e jogavam futebol americano — sim, futebol americano, na sala de estar.

— É melhor que *ele* não estrague isso — eu disse, meu tom de voz mais forte do que o normal. Curtir uma festa com a minha melhor amiga antes de deixar a cidade por um ano não é pedir demais.

Negando com a cabeça, olhei para K.C., que piscou para mim, bem consciente. Gesticulei para a cozinha e nós duas andamos juntas, de mãos dadas, pela multidão.

Entramos na cozinha enorme, sonho de qualquer mãe, e espiei o bar improvisado no balcão central. Garrafas de bebida alcoólica cobriam o tampo de granito, assim como dois litros de refrigerante, copos e um balde de gelo na pia. Respirando fundo, desisti do meu compromisso de me manter sóbria hoje. Ficar bêbada era tentador. *O que eu não faria para me soltar por pelo menos uma noite.*

K.C. e eu provamos um pouco do estoque de álcool de nossos pais aqui e ali, e já fui a alguns shows fora da cidade, onde nos divertimos um pouquinho. No entanto, estava fora de questão abaixar a guarda ao redor de algumas daquelas pessoas.

— E aí, Tate! Vem aqui, garota. — Jess Cullen me puxou para um abraço antes que eu conseguisse chegar ao bar. — Vamos sentir sua falta, sabia? França, né? Por um ano inteiro? — Meus ombros relaxaram ao abraçá-la, meus músculos ficando menos tensos do que quando cheguei. Pelo menos outra pessoa daqui, além da K.C., estava feliz em me ver.

— Esse é o plano. — Assenti, suspirando. — Vou ficar em uma casa de família e já me matriculei nas aulas. Mas voltarei para o último ano. Vai guardar um lugar no time para mim?

Jess estava disputando a vaga de capitã da equipe de *cross-country* neste outono, e competir era uma experiência do ensino médio que me faria falta.

— Se eu for capitã, querida, sua vaga está garantida — ela se gabou, animada e claramente bêbada. Jess sempre foi legal comigo, apesar dos rumores que me seguiram a cada ano e das pegadinhas constrangedoras que lembravam a todos o motivo de eu ser uma piada.

— Valeu. Te vejo mais tarde? — Inclinei-me na direção de K.C.

— Claro, mas se eu não te vir, boa sorte na França — Jess gritou, dançando e saindo da cozinha.

Ao observá-la, minha expressão rapidamente se desfez. O terror se arrastou pelo meu peito, descendo até a barriga.

Não, não, não...

Jared entrou na cozinha, e eu congelei. Era exatamente a pessoa que eu torcia para não encontrar esta noite. Seus olhos encontraram os meus com surpresa, desprazer imediato na sequência.

Sim. Estou totalmente familiarizada com este olhar. O olhar de "não aguento olhar para você, porra, suma do meu planeta".

Sua mandíbula travou, e percebi como seu queixo se levantou ligeiramente, como se tivesse acabado de colocar sua máscara de intimidação. Eu não conseguia acalmar minha respiração.

A familiar batida acelerada em meu peito ecoou nos meus ouvidos, e a quilômetros de distância parecia ser um ótimo lugar para estar no momento.

É pedir demais ter apenas uma noite normal para me divertir como adolescente?

Houve muitas vezes, quando éramos crianças e crescíamos sendo vizinhos um do outro, em que pensei que ele fosse o melhor de todos. Ele era doce, generoso e amigável. E o garoto mais bonito que já tinha visto.

Seu cabelo castanho cheio ainda saudava sua pele bronzeada, e seu sorriso deslumbrante — quando ele sorria — pedia atenção exclusiva. As garotas ficavam ocupadas demais o observando nos corredores da escola a ponto de darem de cara nas paredes. Elas *realmente* davam de cara nas paredes.

Mas aquele garoto já não existia mais.

Virando-me rapidamente, encontrei K.C. no bar e tentei fazer um drinque para mim, apesar de as minhas mãos tremerem. Na verdade, me servi só de um pouco de Sprite, mas o copo vermelho faria parecer que eu estava bebendo. Agora que sabia que ele estava aqui, precisava ficar sóbria perto daquele idiota.

Ele deu a volta no bar e ficou parado bem atrás de mim. Um calor e um nervosismo percorreram meu corpo por sua proximidade. Os músculos do seu peito se esfregavam no tecido fino da minha regata, e uma onda de choque se espalhou do meu peito até o estômago. *Fica calma. Caramba, fica calma!*

Pegando um pouco de gelo e adicionado ao meu drinque, forcei meu corpo a inspirar e expirar lentamente. Virei para o lado para tentar sair do caminho dele, que levantou o braço para pegar um copo e bloqueou minha passagem. Enquanto eu tentava me apertar para a esquerda, para perto de K.C., seu outro braço se esticou para pegar o Jack Daniels.

Uma dezena de diferentes possibilidades passou pela minha mente do que eu deveria fazer agora. E se eu desse uma cotovelada em seu estômago? E se eu jogasse meu drinque em seu rosto? E se eu pegasse a bica da pia e...?

Ah, esquece. Nos meus sonhos, eu era bem mais corajosa. Nos meus sonhos, eu pegaria um cubo de gelo e faria coisas que Deus não gostaria que uma garota de dezesseis anos fizesse, apenas para ver se conseguia acabar com sua pose de bom moço. *E se? E se?*

Tinha planejado que ficaria longe dele esta noite, e agora ele posicionado logo às minhas costas. Jared fazia coisas desse tipo apenas para me intimidar. Ele não era assustador, mas era cruel. Queria que eu soubesse que ele estava no controle. De vez em quando, deixo o idiota me forçar a me esconder apenas para não ter que lidar com qualquer situação embaraçosa ou me chatear. Curtir pelo menos uma festa era minha principal prioridade o verão inteiro, e agora aqui estou eu novamente, o medo por antecipação me retorcendo inteira. Por que ele simplesmente não me deixa em paz?

Ao me virar para encará-lo, notei que os cantos de sua boca tinham se levantado. Mas o sorriso se perdeu em seus olhos enquanto colocava uma quantidade considerável de álcool no copo.

— K.C.? Joga um pouco de coca aqui, por favor — Jared falou para ela, mas seus olhos continuavam me encarando enquanto ele erguia o copo.

— Hmm, sim — K.C. gaguejou, finalmente olhando para cima. Ela derramou uma pequena porção do líquido e olhou para mim, nervosa.

Como sempre, Jared nunca conversava comigo, a menos que fosse para me ameaçar. Franziu as sobrancelhas escuras antes de dar um gole e se afastar.

Vendo-o sair da cozinha, sequei o suor frio que escorreu pela minha testa. Nada aconteceu, ele não me disse nada, mas meu estômago se revirou do mesmo jeito.

E agora ele sabia que eu estava aqui hoje à noite.

Merda.

— Não posso fazer isso, K.C. — Meu sussurro cansado era uma contradição com a força com a qual segurava meu copo. Foi um erro vir aqui esta noite.

— Tate, não. — K.C. negou com a cabeça, provavelmente reconhecendo a rendição em meus olhos. Joguei o copo na pia e saí da cozinha, passando pela aglomeração de pessoas, K.C. me seguindo de perto.

Peguei a tigela de vidro e comecei a procurar pelas minhas chaves.

— Tate, você não vai embora — K.C. pediu, pingando decepção de cada palavra. — Não o deixe vencer. Eu estou aqui. Liam está aqui. Você não precisa ter medo. — Ela estava me segurando pelo braço e eu continuava procurando.

— Não estou com medo dele — disse, na defensiva, sem acreditar de verdade nisso. — Só estou... cansada. Você o viu lá. Ele já estava mexendo comigo. E está planejando algo. Em toda festa que vamos, ou toda vez que relaxo na escola, rola alguma pegadinha ou algo constrangedor para arruinar tudo.

Ainda procurando pelo meu chaveiro colorido em forma de DNA, relaxei a sobrancelha e ofereci um sorriso apertado.

— Tudo bem. Estou bem — reafirmei, minhas palavras saindo rápidas demais. — Só não quero ficar para ver o que ele preparou dessa vez. O idiota vai passar vontade esta noite.

— Tate, ele quer que você vá embora. Se fizer isso, ele vence. Ele ou aquele idiota do Madoc podem inventar alguma coisa, mas se você ficar e bater o pé, aí você vence.

— Só estou exausta, K.C. Prefiro ir embora agora furiosa em vez de mais tarde, chorando. — Voltei minha atenção para a vasilha. Porém, toda vez que encostava em uma pilha de chaves, minhas mãos não me traziam nada semelhante ao meu chaveiro.

— Bom — gritei por cima da música e joguei a vasilha de volta na mesa —, parece que não posso ir, de qualquer jeito. Minhas chaves não estão aqui.

— O quê? — K.C. parecia confusa.

— Elas não estão aqui! — repeti, olhando pela sala. Dinheiro e celular estavam na minha bolsa. Duas rotas de fuga estavam sãs e salvas. A terceira rota tinha desaparecido, e as paredes pareciam estar cedendo. Palavrões passaram pela minha mente e o cansaço me pegou antes de se transformar em raiva. Fechei as mãos em punhos. Claro, devia ter previsto que isso aconteceria.

— Alguém deve ter pegado por acidente — sugeriu ela, mas já devia saber que as chances de isso acontecer eram as mesmas de as pessoas irem embora desta festa tão cedo. Acidentes não acontecem comigo.

— Não, sei exatamente onde elas estão. — Travei os olhos em Madoc, melhor amigo e escudeiro de Jared, do outro lado da sala, perto das portas do quintal. Ele me deu um sorriso malicioso antes de voltar a dar atenção para uma ruiva que o empurrou contra a parede.

Parti em sua direção, e K.C. me seguiu, mandando alguma mensagem de seu celular desesperadamente, provavelmente para Liam.

— Onde estão as minhas chaves? — exigi, interrompendo sua caça pela presa da noite.

Ele desviou devagar seus olhos azuis da garota. Não era muito mais alto que eu, provavelmente alguns centímetros, então eu não sentia como se ele estivesse pairando sobre mim como era com Jared. Não me sentia intimidada por Madoc. Ele apenas me irritava. Ele se esforçava para me fazer parecer uma tonta, mas eu sabia que eram apenas ordens de Jared.

— Elas já estão a uns dois metros e meio de profundidade a essa hora. Com vontade de nadar, Tate? — Ele riu, mostrando seu sorriso estonteante, que deixava as garotas de quatro. Ele obviamente amava cada momento disso aqui.

— Você é um idiota. — Minha voz continuava calma, mas meus olhos queimavam de raiva.

Andei pelo quintal e dei uma espiada na piscina. O clima estava perfeito para nadar, e as pessoas estavam se divertindo na água, então andei ao redor dela, procurando pelo prateado das minhas chaves no meio de todos os corpos.

Jared estava sentado casualmente em uma mesa com uma loira no colo. A frustração embolava meu estômago, mas tentei parecer não me afetar. Sabia que cada pitada do meu desconforto lhe dava prazer.

Notando o brilho prateado das chaves, procurei em volta por uma vara para puxá-las. Quando não encontrei nada, pedi ajuda para quem estava lá dentro.

— Ei, você poderia pegar minhas chaves ali embaixo, por favor? — perguntei. O rapaz olhou para Jared, que estava sentado em silêncio, só observando a cena, e saiu de perto de mim como um covarde.

Ótimo. Nada de vara, nada de ajuda. Jared queria me ver molhada.

— Vamos lá, Tate. Tire essa roupa e vá pegar suas chaves — Madoc gritou da mesa do amigo.

— Vai se foder, Madoc. Você jogou lá embaixo, sem dúvidas, então por que não vai pegar? — Liam, o namorado de K.C., tinha se juntado a ela e estava me ajudando, como sempre.

Tirei os chinelos e cheguei à borda da piscina.

— Tate, espera. Eu pego. — Liam deu um passo à frente, se oferecendo.

— Não. — Balancei a cabeça. — Obrigada, mesmo assim. — Dei-lhe um sorriso de gratidão.

Um ano inteiro, lembrei a mim mesma, saboreando a promessa. Passaria um ano inteirinho longe de Jared.

Mergulhei de cabeça, e a água refrescou minha pele tensa. Meu corpo relaxou de imediato com o prazer da piscina. Nada de sons, nada de olhares voltados para mim. Saboreei aquela paz, o tipo de paz que sinto quando corro.

Continuei submergindo, fazendo o nado de peito. Dois metros e meio de profundidade não eram nada, e cheguei às chaves em segundos.

Segurando com força, relutantemente subi, a cabeça primeiro, soltando o ar dos pulmões.

Essa foi a parte fácil.

— *Uhuuul!* — Um aplauso soou dos espectadores que não estavam, na verdade, torcendo *por* mim.

Era só sair da piscina e passar pingando pela festa toda. Eles ririam e fariam piadas. Eu aguentaria alguns comentários, depois iria para casa e me mataria de comer jujubas.

Nadando graciosamente até a borda e saindo da piscina, torci o cabelo e calcei as sandálias.

— Você está bem? — K.C. se aproximou, o vento soprando seu longo e escuro cabelo.

— Claro que sim. É apenas água. — Não conseguia encará-la. Aqui estava eu novamente. A chacota. O constrangimento.

Mas K.C. nunca me culpou.

— Vamos dar o fora daqui. — Ela me esticou o braço e Liam nos seguiu.

— Só um minuto. — Parei e olhei para Jared, que ainda me encarava com olhos castanhos desafiadores.

Fui até ele — algo que eu sabia ser uma má ideia —, cruzei os braços e lhe dei um olhar afiado.

— Vou embora daqui a dois dias e isso é o melhor que você conseguiu inventar? — Mas que merda estou fazendo?

Jared me lançou um sorriso hostil, distribuindo as cartas na mesa.

— Divirta-se na França, Tatum. Estarei aqui quando voltar. — Sua ameaça me fez querer bater nele. Queria desafiá-lo a lidar comigo agora.

E eu também não estava confortável com o pensamento de que sua ira iminente iria pairar sobre minha cabeça durante todo o ano em que eu estivesse afastada.

— Você é um covarde. O único jeito de se sentir homem é enchendo o meu saco. Mas vai ter que fazer isso em outro lugar agora. — Soltei os braços, minhas mãos se fechando com mais força, com todo mundo na mesa e na área testemunhando nossa troca de farpas.

— Você não calou a boca? — Jared bufou, e risos surgiram ao meu redor. — Vá para casa. Ninguém quer ver esse seu rostinho arrogante por aqui. — Jared quase não fez contato visual comigo, ainda jogando baralho. A garota em seu colo sorria e se inclinava mais para ele. A sensação esmagadora em meu peito doía. *Eu o odeio.*

— Ei, galera, olha só! — Madoc gritou, enquanto eu tentava segurar as lágrimas. — Os mamilos dela estão acesos. Você deve estar deixando ela excitada, Jared. — A provocação do Madoc ecoou pelo quintal e todos começaram a zoar e rir.

Meus olhos se fecharam quando, humilhada, me lembrei que estava usando uma regata branca, e que estava definitivamente fria por causa da água. Meu primeiro instinto foi cruzar os braços sobre o peito, mas aí saberiam que tinham me atingiram. Inferno, eles já sabiam. Meu rosto inteiro se encheu de embaraço.

Filho da puta.

Vou embora chorando de novo. Sem dúvida.

Abri os olhos, sentindo-me corada ao ver que todos estavam visivelmente bem entretidos com o assédio que eu estava sofrendo naquela noite. Jared encarava a mesa, as narinas abertas, me ignorando. Seu comportamento ainda me confundia, mesmo depois de todo esse tempo. Éramos amigos, e eu ainda procurava por aquele garoto em seus olhos, em algum lugar. Mas que bem me faria ficar presa àquela lembrança que tinha dele?

— Por que ela ainda está parada aqui? — perguntou a loira sentada no colo de Jared. — Ela é tipo "especial" ou algo assim? Não consegue pegar a dica?

— Sim, Tate. Você ouviu o Jared. Ninguém te quer aqui. — As palavras de Madoc saíram muito devagar, como se eu fosse estúpida demais para compreender.

Minha garganta fechou. Não conseguia engolir e doía respirar. Isso tudo era demais. Algo dentro de mim clicou. Fechei a mão em punho e acertei o nariz do Madoc com um soco. Ele caiu de joelhos, com as mãos no rosto, conforme o sangue jorrava por entre elas.

Lágrimas embaçaram minha visão e soluços começaram a irromper da minha garganta. Antes que eles pudessem tirar mais proveito de mim, andei o mais rápido possível por dentro da casa e saí pela porta da frente sem olhar para trás.

Entrei no carro, K.C. no banco do passageiro e Liam atrás. Não tinha nem percebido que eles me seguiram. Estava na ponta da língua a pergunta sobre a reação de Jared, mas então percebi que não devia me importar. *Vai pro inferno.*

Olhei pelo vidro da frente, deixando as lágrimas secarem nas bochechas. Liam e K.C. ficaram sentados em silêncio, provavelmente sem saber o que fazer ou falar.

INTIMIDAÇÃO

Tinha acabado de bater em Madoc. *Tinha acabado de bater em Madoc!* A audácia do meu feito era arrebatadora e deixei escapar uma risadinha amarga. Aquilo realmente aconteceu.

Respirei fundo e soltei devagar.

— Você está bem? — K.C. olhou para mim.

Ela sabia que eu nunca tinha feito algo assim, mas amei a sensação de medo e poder que senti.

Inferno, a última coisa que queria agora era ir para casa. Talvez fazer uma tatuagem ou algo assim estivesse nos planos para hoje à noite.

— Na real, sim. — Era estranho dizer isso, mas era a verdade. Secando as lágrimas, olhei para minha amiga. — Me sinto bem.

Estiquei-me para colocar a chave na ignição, mas parei quando Liam entrou na conversa:

— É, enfim, não deixe isso subir à cabeça, Tate. Você vai ter que voltar para a cidade em algum momento.

Sim. Ele tinha razão.

CAPÍTULO DOIS

Dias atuais.

— Então... como é a sensação de voltar para casa? — Meu pai e eu estávamos conversando por vídeo pelo notebook que ele comprou para mim antes de eu ir para a Europa.

— É ótima, pai. Estou pronta. — Contei com os dedos. — Tem comida, grana, sem adultos e você ainda tem cerveja na geladeira lá embaixo. Estou sentindo cheiro de feeesta — provoquei. Mas meu pai respondeu na lata.

— Bem, também tenho camisinha no banheiro. Use, se precisar.

— Pai! — explodi, os olhos arregalados pelo choque. Pais não deveriam usar a palavra "camisinha", pelo menos não perto das filhas. — Isso... passou... dos limites. Sério! — Comecei a rir.

Ele era o pai que todas minhas amigas queriam ter. Ele tinha poucas regras simples: respeite os mais velhos, cuide de seu corpo, termine o que começou e resolva seus próprios problemas. Se eu mantiver as boas notas, demonstrar alguma direção e seguir essas quatro regras, ele confia em mim. Se eu perco sua confiança, perco minha liberdade. Esse é um pai que é militar. Simples assim.

— Então, quais os planos da semana? — perguntou, passando a mão pelo cabelo loiro, ficando grisalho. Tenho a mesma cor de cabelo dele, mas, felizmente, sem as manchas cinza. Seus olhos azuis, antes vibrantes, agora estavam entediados com a fadiga, e sua camisa e gravata estavam amassadas. Ele trabalha duro demais.

Cruzei as pernas ao sentar em minha cama *queen size*, agradecida por estar de volta ao meu quarto.

— Bem, ainda falta uma semana para as aulas começarem, então tenho uma reunião com a orientadora educacional na próxima quarta sobre meu horário do outono. Espero que as aulas extras que fiz no ano passado ajudem na inscrição para Columbia. Ela vai me auxiliar com isso. Também preciso fazer umas compras e me atualizar com a K.C., é claro.

Eu queria também começar a procurar um carro, mas ele disse para esperar até que ele estivesse em casa, no Natal. Não que eu não soubesse o que estava fazendo. Eu só sabia que ele queria dividir essa experiência comigo, então eu não estouraria sua bolha de alegria.

— Queria que você estivesse em casa para me ajudar a procurar projetos para a Feira de Ciências. — Mudei de assunto. — Acho que devíamos ter feito isso quando vim te visitar no verão.

Meu pai se aposentou do serviço militar oito anos atrás, depois da morte da minha mãe, e trabalha para uma empresa em Chicago, a uma hora daqui, que constrói aeronaves e as vende por todo o mundo. No momento, ele estava em uma viagem prolongada na Alemanha, dando treinamentos de mecânica. Depois que meu ano em Paris terminou, fiquei com ele em Berlim durante o verão. Minha mãe ficaria feliz de saber que viajei e que tenho planos de continuar fazendo isso tanto quanto possível depois do ensino médio. Sinto tanto a falta dela, ainda mais nestes últimos anos do que quando ela tinha acabado de morrer.

Naquele momento, as portas francesas do meu quarto se abriram totalmente com um vento repentino e gelado.

— Segura aí, pai. — Pulei da cama e corri até as portas para dar uma olhada lá fora.

Uma onda de vento constante acariciou meus braços e pernas descobertos. Inclinei-me sobre o gradil e fiz um inventário das folhas se agitando com a ventania e as latas de lixo rolando. O cheiro de lavanda era carregado até as portas, vindo das árvores que decoravam nossa rua, a alameda Fall Away.

Uma tempestade estava a segundos de distância, e a eletricidade preenchia o ar de ansiedade. Arrepios tomaram minha pele, não de frio, mas da sensação de uma tempestade iminente. Amava a chuva de verão.

— Ei, pai — interrompi-o, enquanto ele falava com alguém no fundo —, preciso desligar. Acho que uma tempestade está a caminho, tenho que conferir se as janelas estão fechadas. Te ligo amanhã? — Esfreguei os braços para acalmar o arrepio.

— Claro, querida. Tenho que correr aqui, de todo jeito. Apenas se lembre de que a pistola está na mesa da entrada. Ligue se precisar de alguma coisa. Te amo.

— Também te amo, pai. Falo com você amanhã — falei.

Fechando o notebook, coloquei meu moletom preto com capuz da banda Seether e abri as portas do quarto novamente. Analisando a árvore lá fora, minha mente trouxe memórias das diversas ocasiões em que me sentei nela para aproveitar a chuva. Compartilhei muitos daqueles momentos com Jared... quando ainda éramos amigos.

Olhando rapidamente para cima, notei que sua janela estava fechada, sem nenhuma luz vindo daquela casa que ficava a menos de dez metros. Com a árvore servindo como uma espécie de ponte entre as janelas de nossos quartos, sempre pareceu que as casas estavam conectadas de certa maneira.

Durante o ano em que fiquei afastada, lutei contra a necessidade de perguntar para a K.C. sobre ele. Mesmo depois de tudo que ele fez, uma parte minha ainda sentia falta daquele garoto que costumava ser meu primeiro pensamento ao acordar, e minha companhia constante quando criança. Mas aquele Jared se foi. Em seu lugar ficou um idiota rude e detestável, que não dava a mínima para mim.

Tranquei as portas francesas e puxei as cortinas pretas transparentes. Momentos depois, o céu se rasgou com um estrondo e a chuva caiu.

Quando acordei, mais tarde naquela noite, meu cérebro foi incapaz de ignorar o trovão e o barulho da árvore batendo contra a casa, então acendi a luminária da mesinha de cabeceira e rastejei até a porta para dar uma olhada na tempestade. Deu para ver faróis acelerando perigosamente pela rua. Virei a cabeça para o lado o máximo possível e consegui ver um Mustang Boss 302 preto entrando rapidamente na garagem de Jared.

A traseira do carro deslizou um pouco antes de desaparecer da minha vista dentro da garagem. Era um modelo novo, com uma faixa grossa e vermelha marcando toda a extensão do carro. Nunca o tinha visto antes. Sabia que, anteriormente, Jared tinha uma moto e um Mustang GT, então aquele carro podia ser de qualquer um.

Talvez eu tivesse um vizinho novo.

Não sabia como me sentir diante dessa possibilidade.

Por outro lado, aquele carro era bem a cara de Jared.

Mais ou menos um minuto depois, uma luz fraca se projetou no chão do meu quarto, vindo do de Jared. Tive o vislumbre de uma figura escura se mexendo atrás de sua persiana. Meus dedos começaram a formigar, e eu nem conseguia curvá-los.

INTIMIDAÇÃO

Tentando focar outra vez naquele cenário fantástico de vento e cortinas na chuva, meu coração começou a pular com o som das persianas de Jared se levantando e com o volume de água caindo do céu entre as duas casas. Apertei os olhos e o vi levantar a janela, se inclinando para fora na tempestade.

Droga.

Ele parecia observar o espetáculo, assim como eu. Mal conseguia ver seu rosto atrás da densa folhagem da árvore, mas sabia que ele me notou. Seus braços ficaram tensos ao se apoiar na janela, e sua cabeça se curvou na minha direção, imóvel. Quase podia imaginar aqueles olhos cor de chocolate me fuzilando.

Ele não acenou ou me cumprimentou. E por que faria isso? Minha ausência não faria seu coração se afeiçoar por mim. Terror e apreensão costumavam me dominar quando esse cara estava por perto, mas agora... senti uma estranha mistura de nervosismo e ansiedade.

Lentamente me afastei para fechar e trancar as portas. A última coisa que queria era vacilar e entregar as emoções que ferviam sob meu exterior calmo. Durante o tempo em que fiquei fora, pensei em Jared, mas não muito, pois imaginei que o tempo e a distância o esfriariam.

Talvez aquela previsão fosse esperançosa demais.

E talvez eu não estivesse mais tão incomodada com as merdas dele.

CAPÍTULO TRÊS

— E então, você já o viu? — K.C. se apoiou no batente das minhas portas duplas, olhando em direção à casa de Jared. Não tive nem que perguntar a quem ela estava se referindo.

— Não… bem, sim. Mais ou menos. Vi um cara meio mandão entrando com tudo na garagem dele ontem, tarde da noite. Será que era ele? — Não queria contar para a K.C. que o vi na janela. Esperava ter mais alguns dias até ficarmos cara a cara, por isso estava tentando manter a calma adquirida durante o ano em que ficara longe.

Continuei mexendo nas roupas que estavam na mala, separando o que precisava ser guardado do que precisava ser lavado.

— Sim. Ele vendeu o GT logo depois que você foi embora e comprou aquele lá. Acho que está construindo um nome para si mesmo por correr no Loop.

Meus dedos apertaram o cabide com mais força com suas palavras. Decepção passou por mim ao perceber que as coisas tinham mudado durante o ano em que estive afastada. Quando éramos mais novos, Jared e eu sonhávamos em montar um carro para o Loop.

— É um ótimo carro. — Odiava ter que admitir.

Jared costumava trabalhar com meu pai e comigo na nossa garagem, arrumando o velho Chevy Nova dele. Éramos alunos atentos, que apreciavam a maestria necessária para conseguir deixar um carro em excelentes condições.

— Em todo caso — continuei —, com as corridas e o emprego dele, espero que esteja ocupado demais para me perturbar este ano. — Circulei o cômodo, colocando as coisas no lugar, mas meu cérebro pulsava de irritação.

K.C. se afastou da porta e caiu de barriga na cama.

— Bem, eu, pelo menos, estou bem animada para ver a cara dele quando te encontrar. — Ela apoiou a cabeça na mão, me dando um sorriso de provocação.

— E por quê? — murmurei, caminhando até a mesinha de cabeceira para reiniciar meu relógio.

— Porque você está ótima. Não faço ideia do que aconteceu entre vocês dois, mas ele não vai conseguir te ignorar. Não tem rumor ou pegadinha que vai conseguir afastar os garotos, e Jared provavelmente vai se arrepender por ter te tratado tão mal. — K.C. levantou as sobrancelhas.

Não sei o que ela quis dizer com "você está ótima". Pelo que sabia, eu estava a mesma de antes. Ainda tinha 1,70 m, cabelo loiro até o meio das costas e olhos azul-escuros. Treinar na academia me dava náusea, mas continuei minhas corridas para ficar em forma para o *cross-country*. A única diferença era a cor da minha pele. Após viajar no verão e ficar tanto no sol, estava bem bronzeada. Com o tempo, porém isso iria desaparecer, e eu voltaria a ser pálida.

— Ah, ele nunca teve problema em me ignorar. Queria que fosse diferente. — Respirei profundamente e sorri. — Tive um ano maravilhoso. As pessoas que conheci e os lugares que vi... Tudo isso me deu uma boa perspectiva. Tenho um plano, e não vou deixar Jared Trent ficar no meu caminho.

Sentei na cama e suspirei.

K.C. pegou na minha mão.

— Não se preocupe, amiga. Essa merda tem que acabar, em algum momento. Afinal, vamos nos formar em nove meses.

— Do que está falando?

— Estou falando sobre as preliminares entre você e Jared — K.C. disse, séria, e pulou da cama para ir até o meu armário. — Não pode rolar para sempre — completou.

Preliminares?

— Oi? — Preliminar era uma palavra de cunho sexual e meu estômago deu cambalhotas ao pensar em "Jared" e "sexo" na mesma frase.

— Senhorita Brandt, não me diga que isso nunca passou pela sua cabeça. — K.C. colocou a cabeça para fora do armário, usando um sotaque sulista, franzindo as sobrancelhas e colocando a mão em cima do coração. Ela segurava um dos meus vestidos na frente de seu corpo, examinando a si mesma no espelho pendurado atrás da porta do armário.

Preliminares? A palavra povoou minha mente, que tentava entender o que ela estava falando, até que finalmente entendi.

— Você acha que o tratamento que ele me dá pode ser considerado como preliminares? — quase gritei para ela. — Sim. Foram preliminares quando ele contou para toda a escola que eu tinha Síndrome do Intestino Irritável e todo mundo fez barulhos de pum quando eu andava pelo corredor no primeiro ano. — Meu tom sarcástico falhou em disfarçar minha raiva. Como ela pôde pensar em tudo isso como preliminares? — E, sim, foi completamente erótico o modo como ele fez a farmácia entregar uma pomada contra candidíase durante a aula de matemática no segundo ano. Mas ele realmente me deixou excitada, pronta para ficar de quatro para ele, quando colocou folhetos para tratamento de verrugas genitais no meu armário, mesmo sendo completamente ultrajante que alguém possa contrair uma DST sem nunca ter feito sexo!

Toda o ressentimento que deixei de lado durante este ano voltou com um instinto vingativo. Eu não havia perdoado ou esquecido nadinha.

Piscando longa e pesadamente, fiz uma viagem mental de volta para as férias na França. *Queijo Port Salut, baguetes, bombons...* Ri ao perceber que talvez não tenha sido do país, mas sim a comida que eu realmente amei.

K.C. estava me encarando, olhos arregalares.

— Ah, não, Tate. Não acho que ele vai participar de preliminares *sexuais*. Acho que ele te odeia mesmo. O que estou querendo dizer é: não chegou a hora de você revidar? De entrar no jogo? Se ele te empurrar, empurre de volta. — Tentei deixar suas palavras afundarem, mas ela prosseguiu: — Tate, os caras não maltratam mulheres bonitas sem motivo. Na real, a maior parte da energia de garotos adolescentes é usada com o simples propósito de transar. Eles não querem diminuir suas opções, então raramente ficam putos com qualquer garota... a menos em caso de traição, é claro — refletiu ela.

Eu sabia que K.C. estava correta, de certa forma. *Tinha* que haver uma razão para Jared agir daquele jeito. Eu já tinha quebrado a cabeça milhares de vezes tentando entender. Ele era frio com a maioria das pessoas, mas ele era totalmente cruel comigo.

Por que comigo?

Fiquei de pé e continuei pendurando minhas roupas, os cachecóis dobrados sobre o meu ombro.

— Bem, eu não traí Jared. Já te disse mil vezes, fomos amigos por muitos anos. Antes do primeiro ano, ele viajou por algumas semanas durante o verão e, quando voltou, estava diferente. Não queria ter mais nenhuma relação comigo.

— Bem, você não vai entender nada até se envolver. Como aconteceu antes de você ir para a França. Você reagiu naquela noite, é isso que precisa continuar fazendo — K.C. aconselhou, como se eu não tivesse pensado nisso ano passado. Minha raiva escapou de mim na noite da festa da Tori Beckman, mas nada de bom sairia de me rebaixar ao nível de Jared outra vez.

— Olha... — Nivelei meu tom de voz para parecer calma. *De jeito nenhum eu continuaria sendo sugada para mais drama com esse cara, droga.* — Nós teremos um ano maravilhoso. Espero que Jared tenha me esquecido. Se esqueceu, então nós dois poderemos nos ignorar em paz até a formatura. Se não, aí farei o que achar melhor. Tenho coisas maiores em mente agora. Ele e o idiota do Madoc podem me cutucar e me alfinetar o quanto quiserem. Já cansei de dar atenção a eles. Os dois não vão acabar com meu último ano. — Parei para olhá-la.

K.C. parecia pensativa.

— Tudo bem — ofereceu, complacente.

— Tudo bem?

— Sim, eu disse "tudo bem". — Ela encerrou a discussão. Meus ombros relaxaram. Ela queria que eu fosse o Davi do Golias de Jared, e eu apenas queria me concentrar em entrar para Columbia e ganhar a Feira de Ciências na primavera.

— Tudo bem — respondi e rapidamente mudei de assunto. — Então, meu pai não vai voltar para casa nos próximos três meses. O que eu deveria aprontar? Acha que eu devia deixar mesmo de lado o horário de voltar para casa enquanto ele estiver fora? — Continuei organizando as roupas.

— Ainda não consigo acreditar que seu pai vai te deixar sozinha por três meses.

— Ele sabe que é ridículo me fazer ficar com minha avó, começar numa escola nova e depois voltar para cá quando vier para o Natal. É meu último ano. É importante. Ele entende. — Minha avó sempre fica comigo quando meu pai está viajando, mas a irmã dela não está bem e precisa de ajuda o tempo todo. Estou por conta própria desta vez.

— Sim, bem, sua avó mora a umas duas horas daqui de todo jeito, então tenho certeza de que ela vai aparecer aqui de vez em quando — pontuou K.C. — Será que poderíamos arriscar dar uma festa?

Ela sabia que eu era muito insegura, então seu tom de voz foi cauteloso. Meus pais me ensinaram a pensar por conta própria, mas a usar o senso comum. K.C. muitas vezes ficava decepcionada com uma atitude de "que se dane".

— Desse jeito, você não estaria descumprindo o horário de voltar para casa! Porque você estaria... em... casa — explicou, rapidamente.

Meu peito se apertou ao pensar em uma festa não autorizada, mas tinha de admitir que era algo que gostaria de fazer em algum momento.

— Acho que é um rito de passagem para todos os adolescentes dar uma festa enquanto os pais estão fora — admiti, mas engoli em seco ao lembrar que tinha apenas um pai. Apesar de minha mãe ter falecido há oito anos, ainda doía todo santo dia. Olhei para a nossa última foto de família na mesinha de cabeceira. Estávamos em um jogo do White Sox, e meus pais beijavam minhas bochechas, meus lábios fazendo biquinho igual a um peixe.

K.C. me deu um tapinha nas costas.

— Vamos devagar com você. Podemos começar a flexibilizar as regras antes de quebrá-las. O que acha de trazer um menino para casa antes de uma convidar uma galera? — Ela pegou uma blusinha preta de seda que comprei em Paris e a levantou.

— Sim, de certa forma acho que meu pai pensaria que trazer um garoto era mais ameaçador do que uma casa cheia de adolescentes empolgados. Mas eu quebro as regras às vezes. Sou culpada por dirigir acima do limite, por atravessar a rua fora da faixa e... — Minha voz foi ficando mais baixa conforme meus lábios abriam um sorriso. K.C. e eu podíamos ser aventureiras, mas nunca me interessei em perder a confiança do meu pai. Normalmente, nem tento mudar as regras. Eu o respeito demais.

— Sim, tudo bem, Madre Teresa — murmurou K.C. desdenhosa, começando a passar pelas fotos que eu havia tirado ano passado. — Então, agora você é fluente em francês?

— Sei algumas palavras úteis para você — disse, impassível. Ela pegou um travesseiro na minha cama e jogou em mim sem tirar os olhos das fotos em sua mão. Após três anos de uma fiel amizade, conseguíamos trocar insultos inofensivos tão facilmente quanto trocávamos de roupa.

Ao caminhar até o banheiro da minha suíte, prossegui:

— Então, pode ficar para jantar? Podemos fazer pizza.

— Hoje tenho que ir para casa, na real — gritou ela de volta. — Liam vai jantar lá. Minha mãe está ficando um pouco preocupada com nosso relacionamento e quer vê-lo mais vezes — ela enunciou "relacionamento" como se houvesse algum duplo sentido.

Liam e K.C. namoravam há dois anos e faziam sexo há algum tempo. A mãe dela com certeza desconfiava que o "relacionamento" deles progredira.

— Oh, oh! Sargento Carter está em cima de vocês? — comentei, arrastando minha mala vazia para debaixo da cama. Eu chamava a mãe da

K.C. de "Sargento Carter" por causa de seu cuidado maternal autoritário. K.C. tinha pouca privacidade e costumava ter que dizer tudo que fazia. No entanto, isso só fez com que ela quisesse guardar ainda mais seus segredos.

— Tenho certeza que sim. Ela encontrou minha camisola e enlouqueceu. — K.C. ficou de pé e pegou a bolsa da cama.

— Adoraria te ver usar sua lábia nessa. — Apaguei a luz do quarto e a segui pela escada.

— Se meus pais fossem iguais ao seu pai, talvez eu não ficasse tão nervosa em contar as coisas para eles — K.C. resmungou.

Tenho certeza de que não contaria para o meu pai sobre a minha primeira vez, independente de quando isso fosse acontecer.

— Bem, podemos fazer algo amanhã ou quando quiser. Desde que seja antes de as aulas começarem.

— Definitivamente amanhã. — Ela me deu um abraço forte. — Preciso tomar um banho antes do jantar. Te vejo depois! — E foi embora correndo.

— Até depois.

CAPÍTULO QUATRO

— Caramba! — gritei para o teto do quarto, agora iluminado pela chegada de outra pessoa para a festa.

Déjà vu me atingiu quando a casa ao lado rugiu com música e vozes. Tive o prazer de esquecer as festas estrondosas de Jared. As constantes vibrações de motores acelerando e garotas gritando — de prazer, esperava — preencheram o ar durante as duas últimas horas, e ainda estavam rolando. Meus músculos ficavam tensos a cada novo barulho.

Olhei, mais uma vez, para o relógio na mesinha de cabeceira, disposta a parar de fazer seus ponteiros moverem-se a cada minuto. Já passava da meia-noite e tinha que acordar dali a cinco horas para me encontrar com o clube de corrida para o treino semanal. *Tinha que acordar*, pensei, o que significava que eu tinha que conseguir dormir, em primeiro lugar.

E isso não aconteceria se uma intervenção não fosse feita.

Não chegou a hora de você revidar? As palavras de K.C. ficavam zumbindo na minha cabeça.

A chance era quase nenhuma de que Jared diminuiria a música se eu pedisse, mas a diplomata em mim achou que valia a pena arriscar. A "antiga Tate" teria ficado acordada aqui a noite toda deitada, intimidada demais por um valentão para pedir que ele abaixasse o som. Agora, o desgaste e o cansaço tinham acabado com a minha paciência.

Talvez, apenas talvez, Jared tivesse deixado de ser um pau no cu e superado qualquer problema que teve comigo. Não doía ter esperanças.

A noite estava fria, então relutei em sair da cama quentinha. Empurrando as cobertas antes de me acovardar, calcei meu tênis Chucks preto e cobri minha camisola branca com meu moletom também preto. Meu cabelo estava solto, eu estava sem maquiagem e usando meu short de dormir favorito, que tinha listras azuis e brancas. Eu podia ter ficado com uma aparência melhor e deveria ter colocado roupas mais discretas, mas não me importava com nada. Estava cansada demais, então apenas desci as escadas e saí pela porta da frente em toda a minha glória desgrenhada.

Podia ser a noite amena de agosto ou meu nervosismo, mas tive que arregaçar as mangas para me acalmar conforme deixava meu jardim e entrava no dele. O gramado da frente da casa estava lotado de pessoas aleatórias, nenhuma que eu conhecia, e as batidas do meu coração relaxaram um pouco ao perceber que haveria poucos conhecidos aqui. Sabia que a lista de amigos de Jared incluía pessoas de outras escolas, faculdades e até mesmo adultos com histórico questionável. No momento, a galera estava tão louca que passei despercebida.

Dentro da casa, a farra seguia barulhenta e detestável. A galera dançava na sala de estar, ou melhor, algumas garotas com cara de putas se deixavam ser esfregadas, enquanto outras, sentadas ou em pé, ficavam em várias partes do andar de baixo, conversando, bebendo e fumando. Meu nariz se enrugou com aquele revoltante antro de devassidão de menores de idade e com o fedor... mas, admito, todos pareciam estar se divertindo e sendo *normais*. Era oficial. Eu era uma estraga-prazeres.

Chevelle começou a tocar nos alto-falantes, o que dava a impressão de ter uma caixa de som em cada cômodo. *Hats Off to The Bull* pode ter feito minha vinda valer a pena, afinal de contas.

Entrando na cozinha à procura de Jared, parei repentinamente. Enquanto muitas pessoas estavam paradas ao redor do barril de cerveja, drinques mais pesados localizados sobre o balcão, a visão de Madoc sentado em cima da mesa da cozinha fazendo jogos com bebida me pegou desprevenida. Ele estava com outros garotos e umas meninas. Era tarde demais para dar meia-volta.

— O que você está fazendo aqui, porra? — Ele pulou da cadeira e veio até mim. Sua expressão era uma máscara. Apenas para dar um showzinho. Sabia que Madoc amava qualquer drama que pudesse apimentar a noite dele.

E eu era um drama.

Decidi ser petulante.

— Bem, não estou procurando você. — Sorrindo, continuei procurando pelo lugar, parecendo desinteressada. — Cadê o Jared?

— Ele já tem uma garota para esta noite. E duvido que estaria interessado por você, de todo jeito. — Ele realmente me provocou com essa última.

Muitas garotas queriam a atenção de Madoc, mas eu não era uma delas. Ele era bonito, com seus olhos azul-claros e cabelo loiro. Tinha um ótimo corpo, e suas roupas complementavam sua boa forma. No entanto, duvidava que ele ficasse com a mesma garota por mais de uma noite.

Virei para sair e continuar a procurar, mas ele me agarrou pelo cotovelo.

— Na real, eu sou sadomasoquista, e você está linda pra caralho de pijama. Se está procurando alguma coisa, posso cuidar de você.

Meu estômago revirou e meu corpo ficou tenso. Era uma piada? O cara não tinha nenhum orgulho? No primeiro e segundo anos, ele e Jared fizeram da minha vida um inferno. Sentia-me sufocada em todos os lugares aonde ia. Até em casa. Agora ele quer me levar lá pra cima? Agora eu era boa o suficiente?

— Ei, cara, Jared disse que ela está fora dos limites — Sam Parker, um dos maiores amiguinhos de Jared, entrou na conversa lá da mesa.

Os olhos de Madoc deslizaram por todo o meu corpo, levando mais tempo em minhas pernas.

— Jared está lá em cima fodendo a Piper. Ele está com outras coisas na cabeça no momento.

Minha boca ficou seca. Imagens indesejáveis do garoto com quem eu costumava dividir uma barraca no quintal começaram a passar pela minha mente. Jared estava lá em cima, na cama, comendo alguma garota. Bufando, virei para ir embora. Só precisava sair dali.

Madoc me puxou para trás em seu corpo e passou os braços ao meu redor. Registrei brevemente Sam levantar de seu assento e deixar o local. Meu corpo se contorceu e meus músculos tensionaram, mas deixei de lado qualquer briga séria naquele momento. Queria ver Jared e esperava que Sam tivesse ido para lá. Se pudesse sair daqui sem um drama enorme, eu preferia dessa forma.

Mas é melhor Sam voltar logo, porque o nariz do Madoc está prestes a encontrar a minha nuca.

— Você não aprende mesmo, né? — Encarei o espaço à frente. Um pouco distante, alguns garotos estavam jogando sinuca, mas não prestavam atenção a nós. Claramente, o jogo era mais importante para eles do que uma garota sendo assediada.

— Ah, meu nariz? Já curou direitinho, obrigado. E eu acho que te devo uma por causa daquilo, a propósito. — Suas palavras saíram abafadas conforme seus lábios deslizavam pelo meu pescoço. Meus ombros balançavam de um lado para o outro enquanto eu tentava escapar dele.

— Você cheira bem — sussurrou. — Continue lutando contra mim, Tate. Isso me deixa com tesão. — Sua respiração foi seguida pela língua dele saindo em disparada para lamber meu lóbulo antes de prender entre os dentes.

INTIMIDAÇÃO

Filho da puta!
Minha pulsação acelerou de raiva, não de medo. Um fogo explodiu em meus braços e pernas.
Entre no jogo. Não lembro se aquelas palavras eram de K.C. ou minhas, e também não ligava.
Vamos ver como ele gosta de ser tratado. Coloquei a mão para trás, entre nossos corpos, e agarrei as bolas de Madoc. Apertei de um jeito que consegui a atenção dele, mas não o suficiente para machucá-lo... ainda. Madoc não me soltou, mas ficou imóvel.
— Deixa. Eu. Ir. Embora — falei, decidida. Curiosos estavam começando a dar mais atenção à cena, mas ainda ficaram de fora, parecendo entretidos. Ninguém deu um passo para me ajudar.
Apliquei um pouco mais de pressão e ele, finalmente, me soltou. Rapidamente me afastei antes de me virar para vê-lo, forçando minha raiva a abrandar. Até conseguir que Jared abaixasse a droga da música, não sairia dali.
Madoc arqueou uma sobrancelha.
— Você deve ser virgem ainda, não é? — Ele me pegou com a guarda abaixada. — Vários caras queriam mesmo te foder, mas eu e Jared cuidamos disso.
Não chegou a hora de você revidar? A voz de K.C. me encorajou.
— Que merda você quis dizer com isso? — Colocando meu moletom de volta no lugar, eu o enfrentei, meu corpo parecendo um muro.
— O que está rolando entre você e Jared? Assim, quando o conheci, ele me convenceu a sabotar todos os seus encontros no primeiro ano, então assumi que era porque ele sentia algo por você. Tipo, ciúmes ou algo assim. Mas, depois de um tempo, ficou bem claro que ele não estava atrás de você... por algum motivo. O que você fez para ele? — Madoc olhou para mim, acusador, inclinando a cabeça para o lado.
Meus dedos se enrolaram em punhos.
— Não fiz nada para ele.
Nosso confronto estava começando a virar uma cena. Minha voz alta começou a forçar as pessoas a saírem de perto. Passei para o outro lado da mesa de sinuca para me dar um pouco de distância.
— Pense — provocou Madoc, com um sorriso arrogante. — Você é linda e, falando por mim, eu teria te comido de todos os jeitos a essa altura. Muitos caras fariam isso, se não fosse pelo Jared.
Minhas pernas enrijeceram. A ideia de esse idiota pensar que poderia tirar minha calcinha alcançou um novo nível de grosseria.

— O que quer dizer com "se não fosse pelo Jared"? — Os pelos em meus braços se arrepiaram e minha respiração ficou mais pesada.

— Simples. Toda vez que ficávamos sabendo que alguém estava interessado em você ou te chamava para sair, fazíamos de tudo para garantir que isso terminaria tão rápido quanto começou. Fomos bem chatos com isso nos primeiros meses. Todd Branch te chamou para aquela fogueira no primeiro ano, mas ouviu dizer que você estava fazendo tratamento contra piolho e não te ligou mais. Nunca se perguntou como ele ficou sabendo disso?

Aquela fofoca em particular foi uma das que menos me machucou ao longo dos anos, mas, naquela época, foi devastadora. Eu tinha acabado de entrar na escola, estava tentando fazer amigos e aí percebi que todos riam pelas minhas costas.

— Daniel Stewart te chamou para o baile de Halloween naquele ano também, mas não foi te buscar porque ouviu dizer que você perdeu a virgindade com Stevie Stoddard. — Madoc quase não conseguiu terminar a última palavra porque começou a gargalhar.

Uma careta surgiu em meu rosto, sem que eu pudesse controlar, conforme um calor subia pelo meu pescoço. Stevie Stoddard era um garoto doce, mas sofria de acne e comia a própria meleca. Toda escola tinha um Stevie Stoddard.

Madoc continuou:

— É, no começo ficamos bem ocupados. Muitos garotos queriam te pegar, mas no segundo ano nossos boatos começaram a ficar mais sofisticados. As pessoas tinham meio que entendido que você era uma lepra social. As coisas começaram a ficar mais fáceis para Jared e para mim... finalmente.

E as coisas ficaram mais difíceis para mim.

Me mover era impossível. No que eu estava pensando? Claro que Jared era responsável por *tudo*!

Sabia que ele estava por trás de algumas pegadinhas, assim como de todas as festas para as quais não fui convidada, mas não pensei que ele tinha sido responsável pelos boatos também. Nunca soube por que Daniel Stewart me deixou plantada esperando, e nunca tinha ouvido o rumor sobre o Stevie Stoddard. O que mais escapou do meu conhecimento? Ele fazia pegadinhas comigo, vazava algumas mentiras e foi um idiota assumido para todo ensino médio, mas nunca suspeitei de que ele tinha agido tanto para me fazer infeliz. Essa raiva toda foi por razão nenhuma, porra?

Pense.

— O que ela está fazendo aqui? — Arrancada da minha contemplação interna, vi Jared apoiado na porta de entrada, entre a sala de sinuca e a escada. Seus braços estavam acima da cabeça, as mãos apoiadas em ambos os lados do batente.

Recuperei o fôlego. Vê-lo cara a cara me fez esquecer tudo. Madoc, suas revelações... Merda! Ele e eu estávamos falando sobre o que mesmo? Não conseguia lembrar.

Mesmo com meus ressentimentos em relação a Jared, não conseguia tirar os olhos de como os músculos do seu peito liso se esticavam em seus braços. Meu corpo reagiu involuntariamente, um calor começando a se formar no meu ventre e subindo até o pescoço. Fiquei na França por um ano, e vê-lo novamente tão de perto fez com que o meu estômago desse um mortal duplo de costas.

Tanto seu cabelo e olhos castanho-escuros pareciam fazer sua pele brilhar. As sobrancelhas bem retinhas aumentavam a ameaça em sua presença. Olhar para ele deveria ser um esporte. Quem conseguisse parar de olhá-lo primeiro ganhava.

Ele ficou em pé, seminu, usando apenas uma calça preta com uma corrente de carteira pendurada do bolso. Sua pele estava bronzeada; seu cabelo, descaradamente bagunçado. Suas duas tatuagens resplandeciam, uma no antebraço e outra na lateral do torso. Sua cueca boxer azul e branca quadriculada aparecia por cima da calça, que estava meio larga por causa do cinto aberto ao redor da cintura.

Aberto. Fechei os olhos.

Lágrimas queimavam por trás das minhas pálpebras e a magnitude de suas ações veio com tudo. Ver esta pessoa que me odiava o bastante para me machucar dia após dia fazia meu coração doer.

Ele não vai roubar o meu último ano, me comprometi comigo mesma. Piscando para segurar as lágrimas, diminuí minha respiração. *Sobreviver é a melhor vingança*, minha mãe diria.

Por baixo de um braço, vi Sam dando uma espiada, de maneira cômica parecendo com o Dobby encolhido atrás do Lúcio Malfoy. Por baixo do outro braço, uma morena sensual — cujo nome eu acreditava ser Piper — se espremia por ali, igual a um gato que acabou de comer um canário. Eu a reconheci vagamente da escola. Usava um vestido vermelho coladinho, que deixava as costas nuas, com assustadores sapatos pretos de salto alto. Mesmo com os seis centímetros adicionados à sua altura, ela ainda batia no queixo de Jared. Ela era bonita de um jeito... bem, de todos os jeitos, acho.

Jared, por outro lado, parecia pronto para comer um bebê vivo com a cara fechada que fazia. Sem fazer contato visual comigo, ele deixou bem claro que estava conversando com seu amigo e não se dirigia a mim.

Intrometi-me antes de Madoc abrir a boca:

— *Ela* queria dar uma palavrinha com você.

Cruzei os braços sobre o peito e fixei meu olhar, tentando parecer mais forte do que era. Jared fez o mesmo e, enquanto seus lábios não se moviam, seus olhos estavam entretidos.

— Seja breve. Tenho convidados — ordenou ele.

Ele entrou devagar na sala e se posicionou do outro lado da mesa de sinuca. Madoc e Sam entenderam a deixa e correram de volta à cozinha. Olhei Madoc de relance, batendo na cabeça de Sam.

O controle que eu estava desesperadamente tentando manter ameaçava se romper. Depois da epifania causada pela confissão de Madoc, comecei a odiar Jared mais do que nunca. Era difícil olhar para ele.

— Eu. Tenho. Convidados — repetiu Jared, me encarando com um olhar irritado.

— Sim, dá pra dizer que sim. — Espiei em volta dele para a porta, onde a morena ainda estava parada. — Você pode voltar a servi-los em um minuto.

Jared ficou um pouco menos carrancudo. A morena finalmente entendeu a dica, andou até ele, cujos olhos nunca deixaram os meus, e o beijou na bochecha.

— Me liga — sussurrou ela.

Seu olhar permaneceu voltado para mim, continuando a ignorá-la. Depois de alguns momentos de hesitação, ela andou pela sala, girou nos calcanhares e partiu. Não é à toa que os caras agem como idiotas. Garotas assim permitem isso.

Ao me recompor, levantei a cabeça.

— Tenho que acordar daqui a cinco horas para um compromisso em Weston. Estou pedindo educadamente para você abaixar a música. — *Por favor, não seja um babaca, por favor, não seja um babaca.*

— Não.

O poder da oração não serviu para nada.

— Jared — pausei, mesmo sabendo que não venceria —, vim aqui como boa vizinha. Já passou da meia-noite. Estou pedindo gentilmente. — Estava tentando manter o meu tom tranquilo.

— Já passou da meia-noite em uma *sexta-feira*. — Ele manteve os braços cruzados sobre o peito, dando a impressão de estar entediado.

— Você está sendo insensato. Se eu quisesse acabar com a música, poderia chamar a polícia reclamando do barulho ou ligar para a sua mãe. Estou vindo até aqui porque te respeito. — Olhei pela sala vazia. — Cadê a sua mãe, a propósito? Não a vi desde que voltei.

— Ela não fica mais aqui por muito tempo, e não vai se arrastar até aqui no meio da noite só para acabar com a minha festa.

— Não estou pedindo para você "acabar com a festa". Estou te pedindo para abaixar o volume da música — expliquei, como se ainda tivesse alguma chance de Jared ceder.

— Vá dormir na casa da K.C. aos fins de semana. — Ele começou circular a mesa de sinuca e jogar as bolas dentro das caçapas.

— Já passou da meia-noite! *Não vou* incomodá-la assim tão tarde.

— Você está me incomodando a essa hora da noite.

— Você é tão imbecil — o sussurro escapou dos meus lábios antes que eu conseguisse detê-lo.

— Cuidado, Tatum. — Ele parou e me encarou. — Você ficou fora por um tempo, então vou te dar uma folga e te lembrar que minha boa vontade não vai muito longe com você.

— Ah, por favor. Não aja como se fosse um problema tão grande tolerar a minha presença. Eu te aguentei muito mais do que devia com o passar dos anos. O que você poderia fazer comigo que ainda não fez? — Novamente cruzei os braços sobre o peito e tentei parecer confiante.

Meu antigo nervosismo vinha da minha incapacidade de lidar com ele. Jared era esperto e pegava as coisas no ar, e eu sempre perdia quando discutíamos. Mas não tinha medo dele.

— Gosto das minhas festas, Tatum. — Deu de ombros. — Gosto de ser entretido. Se você acabar com elas, então terá que me entreter. — Seus olhos semicerrados e a voz rouca provavelmente deveriam ser sensuais, mas acabaram saindo ameaçadores.

— E que tarefa nojenta, por favor, me diga, você gostaria que eu fizesse? — Generosamente acenei pelo ar, como se estivesse falando com um duque ou um lorde. Talvez o idiota quisesse que seu banheiro fosse limpo ou que suas meias fossem dobradas. De qualquer modo, ele só conseguiria meu dedo do meio apontado bem na sua cara.

Perambulando até mim, Jared pegou a bainha do meu moletom e disse:

— Tire isto e me dê uma *lap dance*.

Meus olhos se arregalaram.

— Oi? — soltei, em um sussurro rouco. Ele estava tão perto de mim, que meu corpo vibrou com tamanha energia. Sua cabeça estava nivelada com a minha, mas seus olhos escuros estavam me atingindo com um olhar penetrante. Eu estava bastante consciente de seu corpo, sua pele nua, e então imagens mentais minhas dançando em seu colo começaram a fluir. Ah, caramba. *Eu o odeio, eu o odeio,* lembrei a mim mesma.

Jared notou o emblema da banda Seether no lado esquerdo do meu casaco.

— Vou colocar *Remedy*. Ainda é a sua música favorita? Uma dança rápida e a festa termina. — Os cantinhos de sua boca se levantaram, mas a frieza ainda estava em seus olhos. Ele queria me humilhar de novo. O monstro precisava ser alimentado.

Não chegou a hora de você revidar?

Se eu aceitasse a oferta, Jared encontraria uma maneira de descumprir o acordo e me faria passar vergonha. Se eu não aceitasse, entraríamos em um impasse. De todo jeito, Jared tinha consciência de que não precisava abrir mão de nada. O idiota também assumiu que eu estava muito perturbada para pensar em uma terceira opção.

Não chegou a hora de você revidar?

No curto espaço de tempo que demorou para eu tomar minha decisão, dei uma última analisada nele. Era uma pena. Jared era incrivelmente gato e houve uma época em que era um bom garoto. Se as coisas tivessem sido diferentes, eu poderia ser dele. Houve uma época em que pensei que fosse. Mas não sacrificaria meu orgulho por ele. Nunca. Mais.

Minhas pernas começaram a tremer, mas me recusava a abandonar o que decidi.

Dei um passo para trás e gritei dentro da sala de estar.

— Polícia! — As pessoas que estavam dançando começaram a olhar em volta, confusas. — Polícia! Saiam todos daqui! A polícia está vindo pelos fundos! Corram! — Fiquei surpresa pelo tanto que me comprometeria ao dizer isso, mas funcionou. Caramba, funcionou!

Um pandemônio se sucedeu, a galera reagindo com pânico imediato. Os presentes, pelo menos os menores de idade, começaram a se espalhar pelos quatro cantos e pareciam também espalhar a palavra aos que estavam do lado de fora. Todos os outros pegaram suas maconhas e garrafas antes de sair correndo. Estavam bêbados demais para verificar a área adequadamente e realmente procurar pelos policiais. Apenas correram.

Virando-me para olhar Jared, notei que ele não reagiu. Não tinha nem se movido. Todos saíam da casa dele gritando e rangendo motores, mas Jared apenas ficou me encarando com um misto de raiva e surpresa.

Aproximando-se de mim devagar, o grande sorriso que se abriu em seu rosto forçou meu estômago a dar uma pirueta. Soltando um suspiro falso de pena, ele declarou:

— Você vai chorar bem em breve. — Seu tom de voz era calmo e decidido. Eu acreditava em cada palavra.

Respirando demoradamente, meus olhos se estreitaram para ele.

— Você já me fez chorar diversas vezes. — Ergui o dedo do meio para ele devagar e perguntei: — Sabe o que é isso? — Com o dedo do meio, sequei o cantinho do olho. — Sou eu, afastando a última lágrima que você vai conseguir tirar de mim.

CAPÍTULO CINCO

Os dias seguintes passaram em um borrão de atividades conforme me preparava para o começo das aulas. Por mais que eu tentasse me convencer de que o silêncio de Jared era algo bom, parecia ser apenas uma questão de tempo antes que a sua máscara caísse.

Minhas ações na festa foram descuidadas, mas às vezes as piores ideias dão a sensação de serem as melhores. Mesmo agora, uma semana depois, minha pulsação acelerava e eu não conseguia parar de sorrir ao pensar em como o peguei. A consciência que adquiri vivendo fora fez com que as coisas que uma vez foram ameaçadoras se tornassem mais triviais. Um nervosismo ainda surgia em meu peito ao pensar em Jared, mas não sentia mais uma forte necessidade de evitá-lo a qualquer custo.

— Então, *você* é o centro das atenções hoje! — Não era uma pergunta. K.C. pulou ao meu lado enquanto eu guardava os livros. Sua mão segurava a parte de cima da porta do armário, espiando em volta.

— Estou até com medo de perguntar. — Soltei um breve suspiro, sem olhar para ela. Era o meu primeiro dia de volta, nosso primeiro do último ano. Tive uma manhã inteira aulas de Física, Cálculo e Educação Física. Peguei outro caderno para o Francês, que era minha última aula antes do almoço.

— Então você não percebeu todos te observando hoje? Em uma escola de quase duas mil pessoas, acho que você deve ter notado que quase todo mundo estava falando de você — comentou, com uma risadinha.

— Sentei em pudim de chocolate de novo? Ou talvez um novo rumor esteja circulando de que passei o último ano escondendo uma gravidez e dei o bebê para adoção. — Bati a porta do armário e fui em direção à aula de Francês, sabendo que ela me seguiria.

Realmente não queria ouvir o que as pessoas estavam dizendo, parcialmente porque não me importava com que merda eles estavam inventando agora, e também porque não era nada de novo. A França foi um momento de paz, mas Shelburne Falls provavelmente era o mesmo de sempre.

Graças a Jared, minha experiência no ensino médio tinha sido uma longa sucessão de boatos, pegadinhas, lágrimas e decepção. Esperava mais deste ano, mas também iria esperar sentada.

— Nem perto. E, na verdade, estão falando algo bom. Muito bom.

— Ah, é? — respondi distraidamente, esperando que ela notasse o tom de desinteresse e calasse a boca.

— Aparentemente, seu ano na Europa te transformou de meganerd para megadescolada! — K.C. anunciou, sarcástica, sabendo que eu nunca tinha sido meganerd. Não que eu já tenha sido considerada megadescolada. Minha identidade padrão sempre foi "por fora de tudo", porém apenas porque a mão poderosa de Jared Trent me considerou abaixo do aceitável na maioria dos círculos sociais.

Subi as escadas, apressada, até chegar ao terceiro andar para a aula, desviando de outros alunos que corriam para chegar ao próximo destino.

— Tate, você me ouviu? — K.C. andava rápido atrás de mim, tentando me alcançar. — Tipo assim, olhe ao seu redor! Você pode parar por dois segundos? — sussurrou ela, estridente, um olhar de súplica quando espiei seu rosto.

— O quê? — Sua necessidade de me passar as últimas fofocas era impressionante, mas tudo o que eu queria era entrar na escola sem ter que usar minha capa da invisibilidade. — O que tem demais nisso? E daí? As pessoas estão me achando legal hoje. *Hoje!* O que elas vão pensar amanhã depois que o Jared fizer a cabeça delas? — Não contei a ela sobre a festa dele e o que fiz. Se ela soubesse, não estaria sendo tão otimista quanto às minhas possibilidades.

— Sabe, ele não ficou tão mal depois que você foi embora. Talvez a gente esteja preocupada sem nenhuma razão. Tudo que estou dizendo é que... — K.C. foi cortada.

— Olá, Tate. — Ben Jamison passou por K.C. e veio atrás de mim. — Deixa eu abrir a porta para você.

Saí da frente, dando-lhe espaço para fazer isso. Sem ter outra escolha a não ser terminar nossa conversa, fechei a boca e acenei para uma K.C. boquiaberta.

— É ótimo ter você de volta — sussurrou Ben, enquanto entrávamos na sala, primeiro eu, depois ele. Arregalei os olhos e tive que reprimir uma risada nervosa. A realidade de ter Ben Jamison conversando comigo era muito surreal.

Ele era um astro das equipes de futebol americano e basquete e um dos caras mais bonitos da escola. Fizemos Francês I e II juntos, mas ele nunca conversou comigo.

— Obrigada — murmurei, ainda olhando para baixo. Isso estava fora da minha zona de conforto. Deslizei discretamente numa carteira na frente. *Estranho!*

É ótimo ter você de volta? Como se ele se importasse comigo antes. Isso provavelmente era alguma das pegadinhas de Jared. Fiz uma nota mental para pedir desculpas a K.C. por tentar me avisar sobre a atenção incomum. Garotos bonitos conversando comigo é algo incomum.

Madame Lyon, a atual professora *francesa* de Francês, começou a dar uma longa palestra logo de cara. Ciente de que Ben estava sentado atrás de mim, tentei me concentrar na matéria, mas, mesmo examinando o lindo corte do cabelo encaracolado da Madame, não conseguia tirar da cabeça os olhares que me secavam por trás. Pela minha visão periférica, percebi diversos alunos na sala virados em minha direção. Mudei de posição no assento. *Qual era o problema deles?*

Pensando no que K.C. disse quando voltei, não tinha realmente pensado que eu parecia diferente. Afinal, meu ano fora não consistiu em grandes transformações ou viagens de compras. Minha pele estava um pouco mais escura, minhas roupas eram novas, mas meu estilo não havia mudado.

Estava usando um jeans *skinny* enfiado em botas pretas, de canos longos e sem saltos, e uma leve camiseta branca com decote canoa, longa o bastante para cobrir minha bunda. Amava meu estilo e, independentemente do que qualquer um pensasse sobre ele, eu o mantive.

Após uma aula dolorosamente longa de cinquenta minutos, cheia de sorrisos de pessoas inesperadas, peguei o celular na minha bolsa carteiro preta.

> Te encontro lá fora pro almoço?

Enviei para K.C.

> Mt vento!

Ela respondeu. Sempre preocupada com o cabelo.

INTIMIDAÇÃO

> Ta bem. Indo pra lá agora, procure por mim.

Assim que pus os pés na fila da cantina, arrepios se arrastaram pela minha pele. Peguei uma bandeja e fechei os olhos. *Ele* estava ali em algum lugar. Não precisava me virar ou escutar sua voz. Talvez fosse o clima do cômodo, a forma como os outros se moviam, ou a polaridade de sua presença em relação a mim. Tudo que sabia é que ele estava, definitivamente, aqui.

No ensino fundamental, brincávamos com ímãs, que se atraem quando você os vira para os polos opostos, mas se repelem quando os vira para os polos iguais. Jared era um dos lados do ímã, nunca se virava para acomodar ninguém. Ele era aquilo ali e pronto. As outras pessoas que estavam lá ou eram atraídas para ele ou afastadas dele, e o fluxo de um ambiente refletia isso. Houve uma época em que eu e Jared éramos inseparáveis, como os polos opostos de dois ímãs.

Meus pulmões doíam por segurar a respiração sem perceber, então exalei. Após pegar uma salada com molho Ranch e uma garrafa d'água, entreguei meu cartão para o caixa e encontrei um lugar perto das janelas. A movimentação do local era uma boa distração para não cruzar com seus olhos. Vários alunos acenavam ao passar e me ofereciam as "boas-vindas". Meus ombros finalmente relaxaram depois da rodada de cumprimentos.

Jess Cullen acenou para mim a algumas mesas de distância, e me lembrei do treino desta tarde.

> Onde vc ta?

K.C. mandou uma mensagem.

> Perto das janelas ao norte.

> Na fila agora!

> OK.

Ao girar no meu lugar, consegui vê-la na fila. Dei um tímido aceno para sinalizar minha localização e rapidamente me virei, antes de ceder à tentação de procurar por ele na cantina.

Abrindo a tampa da minha garrafa d'água, dei um longo gole, apreciando a sensação de alívio. Sentia como se meu coração estivesse batendo a quilômetros por minuto na última hora. *Hidratação, hidratação, hidratação.*

No entanto, meu relaxamento foi interrompido pela voz de Madoc Caruthers.

— Ei, gata. — Madoc colocou a mão na mesa ao meu lado e se inclinou para a minha orelha.

Conforme fui colocando a tampa na minha garrafa, meus ombros iam caindo levemente. *De novo não! O babaquinha não aprendeu a lição?* Fiquei olhando para a frente, tentando ignorá-lo.

— Tate? — Ele estava tentando me provocar para dar atenção a ele. Mas minha versão não agressiva ainda não estava fazendo contato visual. — Tate? Sei que pode me ouvir. Na verdade, sei que cada parte de você está bem ciente da minha presença neste momento. — Madoc correu os nós dos dedos da mão esquerda pelo meu braço. Respirei fundo e meu corpo se retraiu ao seu toque. — Hmmm, você está arrepiada. Viu? — brincou.

Arrepiada? Se eu não estivesse tão enojada, teria rido.

— Sim, você realmente faz minha pele arrepiar. Mas você já sabia, né? — Meu desdém não podia ficar mais firme.

— Eu realmente senti sua falta ano passado e queria, na real, pedir uma trégua. Por que não nos esquecemos de tudo e saímos no fim de semana?

Ele só pode estar sonhando se achou...

A mão dele deslizou pelas minhas costas e rapidamente desceu até minha bunda. Respirei fundo novamente.

Filho da puta! Ele acabou de pegar na minha bunda? Sem a minha permissão? Em público? *Ah, não.*

Então, ele apertou.

Tudo após esse ponto aconteceu muito rápido, uma mistura de reação e adrenalina. Saí pulando do meu lugar como se as minhas pernas tivessem molas. Os músculos das minhas coxas ficaram firmes por causa da tensão e fechei os punhos.

Encarei Madoc, que se levantou para encarar o meu olhar, e o puxei pelos ombros e erguendo o joelho até sua virilha. Com força. A pressão deve ter sido demais, porque ele gritou e caiu de joelhos, gemendo e segurando os testículos.

Já tinha sido maltratada por Madoc o suficiente. De jeito nenhum eu seria capaz de dar a outra face. Quebrar o nariz dele há um ano claramente não foi o meu limite. Era apenas o começo de uma nova demarcação.

Com o coração batendo forte e um calor descendo pelos meus braços, não parei para pensar aonde isso me levaria amanhã ou na próxima semana. Só queria que ele parasse.

Jared vinha me ameaçando há anos, mas nunca tinha passado *daquele* limite. Nunca tinha me tocado ou me feito sentir fisicamente violentada. Madoc sempre passava dos limites, e me perguntava qual era a porra do problema dele! Se o que Sam tinha dito era verdade, sobre eu ser "proibida", então por que Madoc ficava mexendo comigo? E bem na frente de Jared?

— Não me toque e não fale comigo. — Pairei sobre ele, desdenhando. Os olhos de Madoc estavam fechados e ele respirava com força. — Realmente achou que eu sairia com você? Ouço as conversas das outras garotas e, contrariando a crença popular, os melhores perfumes *não* estão nos menores frascos. — Todos no lugar começaram a gargalhar e mostrei o dedo do meio para os espectadores. Vi K.C. segurando a bandeja com uma cara de "ai, meu Deus". — Obrigada pela proposta, de todo jeito, Madoc — cantarolei, com uma doçura simulada.

Pegando a bandeja, passei pelo mar de olhares e joguei a comida fora. A única coisa que importava era escapar daquela cantina antes que eu desmoronasse. Tudo em mim se sentia fraco e formigava, e fiquei com medo de minhas pernas não resistirem. O que acabei de fazer?

Mas, antes de chegar à porta, joguei a precaução pelos ares. *Ah, que se dane, venho desenvolvendo tendências suicidas nos últimos tempos. Vou me jogar com tudo.* Virei-me e imediatamente prendi o olhar da única pessoa que fazia meu sangue ferver mais do que Madoc.

Toda a atenção de Jared estava voltada para mim, e o mundo na minha visão periférica parou enquanto nos encarávamos.

Ele estava usando jeans escuros rasgados e uma camiseta preta. Sem joias, sem relógio, apenas suas tatuagens como acessório. Seus lábios estavam entreabertos, sem sorrir. Aqueles olhos, no entanto, pareciam desafiadores e bem interessados. Ele parecia estar me medindo.

Caralho. Merda.

Encostado na cadeira, ele estava com um braço na parte de trás do assento e o outro relaxado na mesa. Ele me encarava, e um calor indesejado percorreu meu rosto.

Houve uma época em que tive toda sua atenção, e amava isso. Por mais que eu quisesse que ele me deixasse em paz, também gostava de como parecia surpreso naquele momento. Gostava de como ele estava me olhando agora.

E depois lembrei que o odiava.

CAPÍTULO SEIS

O restante do dia se desdobrou em um momento surreal após o outro. Tive que dizer a mim mesma constantemente que aquilo era um sonho e que não era realmente o primeiro dia de aula. Recebi muita admiração por conta do furdunço que causei no almoço, e senti que essa não podia ser mesmo a minha vida.

Depois que a adrenalina baixou, me ocorreu que eu tinha batido em outro aluno em território escolar. Eu poderia entrar em problemas — um monte de problemas — por causa disso. Cada anúncio no rádio ou batida na porta da sala de aula fazia minhas mãos tremerem.

Mandei mensagem para K.C. depois que saí da cantina e me desculpei por abandoná-la. Já que me escondi na biblioteca pelo restante do almoço, tive tempo para tentar entender que diabos estava rolando comigo. Por que eu apenas não saí de perto de Madoc? Foi divertido chutá-lo no saco? Sim. Mas estava perdendo o controle nos últimos tempos e talvez estivesse levando o conselho de K.C. de revidar muito ao pé da letra.

— Ei, Jackie Chan! — Maci Feldman, uma colega da minha turma de Política do último ano, sentou-se ao meu lado. Imediatamente colocou a mão dentro da bolsa e puxou um gloss rosa cheio de purpurina, passando nos lábios e me olhando feliz.

— Jackie Chan? — Arqueando as sobrancelhas, tirei um caderno novo da bolsa.

— É um dos seus novos apelidos. Os outros são Super-Megera e Destruidora de Bolas. Gosto de Jackie Chan. — Ela pressionou os lábios um no outro e deslizou o gloss para dentro da bolsa.

— Gosto de Super-Megera — murmurei, enquanto o Senhor Brimeyer nos entregava o programa de estudos com um questionário anexo.

Maci sussurrou:

— Sabe, muitas garotas ficaram felizes com aquela cena na cantina. Madoc dormiu com metade da turma do último ano, sem mencionar algumas do terceiro, então merece o que recebeu.

INTIMIDAÇÃO

Sem saber o que responder, apenas concordei. Não estava acostumada a ter pessoas ao meu lado. Minhas reações aos comportamentos grotescos de Jared e Madoc podem ter mudado, mas minha meta de continuar com a cabeça focada na escola continuava a mesma. Meu primeiro dia de aula já estava repleto de drama. Se eu tivesse me mantido de cabeça baixa, teria conseguido passar a maior parte do tempo sem ser notada. Mas era quase como se eu não tivesse mais vontade de ficar em silêncio e minhas ações trouxessem mais problemas. O que eu estava fazendo? E por que não estava parando?

Batendo papo com Madame Lyon depois da escola, consegui tirar a cabeça dos eventos do dia. Ela esperava que eu falasse com ela o tempo inteiro em francês agora e me irritava o fato de que o alemão que aprendi durante o verão estava me confundindo. Eu ficava dizendo coisas como *"Ich bin bien"* ao invés de *"Je suis très bien"* e *"Danke"* ao invés de *"Merci"*. Mas nós rimos, e não demorou muito até eu me ajustar à nova situação.

A treinadora Robinson queria que a gente chegasse na arquibancada às três, então corri para me trocar para o treino de *cross-country*. Depois de um ano afastada, meu lugar no time não existia, mas eu tinha toda intenção de consegui-lo de volta.

— Já recebeu um castigo pelo que aconteceu no almoço? — Jess Cullen, nossa atual capitã, me questionou, enquanto nos encaminhávamos para o vestiário depois do treino.

— Ainda não. Tenho certeza de que virá amanhã, porém. Espero que o diretor pegue leve comigo. Nunca me meti em problemas antes — respondi, esperançosa.

— Não, estou falando de Madoc. Não tem que se preocupar com o diretor. Jared cuidou disso. — Ela olhou para mim, enquanto passávamos pelo corredor em direção aos nossos armários do ginásio.

Congelei.

— O que isso quer dizer?

Ela abriu a porta do armário e parou para sorrir para mim.

— O senhor Sweeney chegou assim que você saiu da cantina, perguntando o que tinha acontecido. Jared foi até ele e falou que Madoc escorregou e caiu em uma mesa ou em uma cadeira... ou algo do tipo. — Jess riu.

Não consegui me controlar também. Era ridículo demais.

— Escorregou e caiu em uma mesa? E ele acreditou?

— Bem, provavelmente não, mas todo mundo o acobertou, então o pobre senhor Sweeney não pode falar muita coisa. — Ela começou a negar com a cabeça, sem acreditar. — E quando o Madoc finalmente se recuperou, ele também concordou com a história.

Não, não, não. Eles não me salvaram!

Desmoronando, escolhi um lugar no banco bem no meio do corredor e plantei a cabeça entre as mãos.

— Qual o problema? Isso é uma boa notícia. — Ela se sentou ao meu lado e começou a tirar os sapatos e as meias.

— Não, acho que eu preferia estar com problemas com o diretor a ter uma dívida com esses babacas. — Eles não teriam dado cobertura para mim se não quisessem me dar uma punição eles mesmos.

— Você não vai se inscrever para a Columbia? Não acho que eles estão interessados por mentes científicas jovens e brilhantes que tem uma inclinação para agredir garotos. Só estou dizendo, mas qualquer coisa é, provavelmente, melhor do que esse episódio no seu histórico.

Ela levantou, terminando de se despir, e seguiu até o chuveiro com a toalha. Fiquei ali por mais alguns minutos, contemplando suas últimas palavras. Ela estava certa. Eu tinha muita coisa acontecendo comigo, se mantivesse os olhos no prêmio. Minhas notas eram ótimas, era fluente em francês, já um ano no exterior como experiência e um monte de atividades extracurriculares dignas de nota. Podia aguentar qualquer carta estivesse embaixo da manga de Jared.

Meu primeiro dia na Shelburne Falls High School foi mais cheio do que eu gostaria, mas fui vista de um modo positivo. Na verdade, pode ser que eu saia do último ano com algumas boas recordações, como os bailes de Boas-vindas e o de Formatura.

Pegando a toalha, fui até os chuveiros.

A água quente caía em cascatas pelas minhas costas, me dando o tipo de arrepio que só vem quando você está confortável, curtindo algo completamente prazeroso. Depois do treino que recebemos, acabei ficando debaixo da pressão revigorante do chuveiro um pouco mais do que as outras. Meus músculos estavam exaustos.

Depois de sair enrolada na toalha, juntei-me a elas no vestiário, que já estavam praticamente vestidas, indo secar o cabelo.

— Saiam. Tatum fica.

Levantei a cabeça com a voz masculina e os ofegos que surgiram. Meus olhos focaram em Jared... que estava dentro do vestiário *feminino*! Agarrei a toalha, que ainda estava enrolada no meu corpo, e a apertei ainda mais, freneticamente procurando pela treinadora.

Um frio percorreu meu corpo. Seus olhos estavam em mim enquanto conversava com as outras, e fiquei enojada com o meu gênero ao perceber como todas saíram correndo, me deixando sozinha com um garoto que não tinha nenhum direito de estar ali.

— Está brincando comigo?! — disparei, seus passos adiante encontrando os meus, que recuavam.

— Tatum — ele não usava meu apelido *Tate* desde que éramos crianças —, queria me certificar de que teria sua atenção. Eu tenho? — Ele parecia relaxado, seus lindos olhos me encaravam, me fazendo sentir como se não houvesse mais ninguém no mundo além de nós.

— Diga o que tem a dizer. Estou nua aqui, e prestes a gritar. Isso é ir longe demais, até mesmo para você! — Parei de me afastar, mas a frustração ficava evidente à medida que minha voz aumentava e minha respiração acelerava. Ponto para Jared. Ele me surpreendeu e agora eu estava completamente vulnerável. Sem rotas de fuga... sem roupas.

Segurei firmemente a toalha na altura dos meus seios com uma das mãos e me abracei com a outra. Todas minhas partes importantes estavam cobertas, mas a toalha terminava logo abaixo do meu bumbum, deixando minhas pernas expostas. Jared estreitou o olhar para mim antes que seus olhos começassem a descer... sem parar. Minha cabeça girava e meu rosto corava conforme ele continuava me verificando. Suas táticas de intimidação eram estelares.

Nenhum sorriso acompanhou sua violação. Ele não me fodeu com os olhos como Madoc. Seu olhar relutava em vagar, como se fosse involuntário. Seu peito subiu levemente e sua respiração ficou mais pesada. Arrepios cobriram meu corpo, e outra sensação que me deixou um pouquinho puta se instalou entre as minhas pernas.

Depois de alguns minutos, seu olhar encontrou o meu de novo. Os cantos de sua boca se levantaram.

— Você sabotou minha festa na semana passada. E agrediu meu amigo. Duas vezes. Está realmente tentando mostrar a sua força nesta escola, Tatum?

— Acho que já estava na hora, não acha? — Surpreendendo a mim mesma, não pisquei.

— Pelo contrário — disse ele, apoiando o ombro no armário e cruzando os braços. — Segui em frente com passatempos mais interessantes do que ficar te zoando, acredite ou não. Foi um ano pacífico sem a sua cara convencida, de "eu sou boa demais para vocês" passando por estes corredores.

Seu tom provocativo não era novidade, mas suas palavras me feriram, e acabei rangendo os dentes.

Zombei dele com falsa preocupação.

— O quê? Você, o grande e mau Jared, está se sentindo ameaçado? — *Que porcaria eu estou fazendo?* Tenho uma saída. Ele estava me confrontando. Eu deveria estar tentando conversar com ele. Por que eu não estava tentando conversar com ele?

Em um instante, ele se afastou dos armários e invadiu meu espaço. Andando até mim, apoiou as mãos nas portas dos armários em ambos os lados da minha cabeça, com os olhos focados em mim. Esqueci subitamente como era respirar.

— Não me toque. — Queria ter gritado, mas saiu apenas um sussurro. Mesmo com meus olhos voltados para o chão, podia sentir o calor dos seus olhar me rasgando, enquanto ele pairava. Cada nervo do meu corpo estava em alerta com sua aproximação, e cada pelinho sobre a minha pele estava em pé.

Jared mexeu a cabeça de um lado para o outro, tentando atrair meus olhos, seus lábios a poucos centímetros do meu rosto.

— Se um dia eu encostar as mãos em você — disse, sua voz baixa e rouca —, você vai querer. — Trouxe seus lábios ainda mais perto. O calor de sua respiração cobriu meu rosto. — E aí? Você quer?

Encontrei seus olhos e inalei seu cheiro. Tinha alguma coisa que eu ia dizer, mas esqueci completamente quando sua essência invadiu meu cérebro. Adorava quando os homens usavam perfume, mas Jared não usava nada. Que bom. Maravilhoso. O idiota tinha um cheiro natural de sabonete. Um sabonete líquido gostoso, delicioso e almiscarado.

Merda, Tate! Recomponha-se.

Seus olhos semicerrados vacilaram enquanto eu mantinha o contato visual.

— Estou entediada — finalmente disse. — Vai me dizer o que quer ou não?

— Quer saber? — Olhou para mim, curioso. — Sabe essa nova pose que você está usando desde que voltou? Me surpreendeu. Você costumava ser um alvo bem fácil. Tudo que você fazia era correr ou chorar. Agora desenvolveu algum instinto de luta. Eu estava preparado para te deixar em paz este ano. Mas agora... — E deixou no ar.

— Vai fazer o quê? Me fazer tropeçar no meio da aula? Derramar suco de laranja na minha camiseta? Espalhar boatos sobre mim, assim eu não terei nenhum encontro? Ou talvez você vá dar mais um passo e começar com *cyberbullying*. — Embora aquilo não fosse uma piada, e imediatamente me arrependi de ter dado a ideia. — Acha mesmo que qualquer uma dessas coisas me incomoda? Você não consegue me assustar.

Eu devia parar de falar. Por que não conseguia parar de falar?

Ele me estudou, e tentei controlar meu temperamento. Por que ele sempre parecia tão calmo, tão indiferente? Ele nunca gritava ou perdia o controle. Seu temperamento estava dominado, enquanto meu sangue fervia a ponto de eu sentir que poderia ter outro *round* com Madoc.

Meus olhos ficaram na mesma altura de sua boca conforme ele se inclinou lentamente. Um de seus braços se esticava sobre minha cabeça, apoiado nos armários para trazer seu rosto a um centímetro do meu. Um sorriso sedutor brincou em seus lábios, e eu tive dificuldades para desviar o olhar de sua boca cheia.

— Acha que é forte o suficiente para me confrontar? — Seu sussurro calmo e lento acariciou meu rosto. Se não fosse por suas palavras formidáveis, seu tom de voz poderia ter me acalmado... ou algo assim.

Eu deveria ter me afastado, mas queria parecer confiante mantendo minha posição. Podia devolver na mesma moeda. Pelo menos pensei que poderia.

— Valendo. — Meu olhar encontrou o dele quando o desafio foi lançado através da rouquidão em minha garganta.

— Tatum Brandt! — Chocada pelo estranho transe que Jared criara, olhei para cima e vi a treinadora e metade da equipe no final do corredor, nos encarando.

— Treinadora! — Sabia que havia algo para eu dizer, mas as palavras falharam. O horror criou raízes em minha mente e me manteve refém, enquanto eu tentava procurar por uma explicação. Jared estava inclinado sobre mim, falando intimamente. Não tinha como parecer bom. Algumas meninas pegaram o celular, e me encolhi ao escutar o som de fotos sendo tiradas. *Não!*

Droga!

— Há outros lugares para vocês dois fazerem isso — a treinadora falou comigo, mas depois olhou para Jared. — Senhor Trent? Saia! — ela disse entredentes, e as garotas ao seu redor ficaram em pé rindo por trás das mãos. Ninguém olhou para longe.

Jared me lançou um sorriso de satisfação antes de andar para fora do vestiário, piscando para algumas garotas que babavam na saída.

Voltando à realidade, meus olhos se arregalaram. Ele tinha planejado isso!

— Treinadora... — comecei e apertei a toalha mais forte.

— Meninas — ela interrompeu —, vão para casa. Nos vemos na quarta-feira. Tate? Te vejo na minha sala antes de ir embora. Vista-se.

— Sim, senhora. — Minha pulsação martelava dentro dos ouvidos. Nunca me meti em problemas antes, não na escola. Vesti-me rapidamente e amarrei o cabelo em um coque, antes de sair em disparada em direção à sala da treinadora. Poucos minutos tinham se passado, mas presumi que as fotos já estariam na internet. Sequei o suor da testa e engoli a bile que subia pela garganta.

Jared tinha jogado baixo — muito baixo — dessa vez. Voltei para a cidade preparada para outro ano de irritação e humilhação, mas me arrepiava até os ossos ao pensar em como a nossa troca deveria parecer. Os rumores antes disso eram somente boatos, mas agora havia testemunhas e evidências do nosso encontro.

Amanhã, metade da escola teria alguma versão para o que estava acontecendo naquelas fotos. Se eu tivesse sorte, a história seria que eu tinha me jogado para cima dele. Se eu não tivesse, o rumor seria mais sórdido.

Jess saiu da sala da treinadora quando fiz meu caminho naquela direção.

— Ei. — Ela me parou. — Falei com a treinadora. Ela sabe que Jared te emboscou por lá... que ele não foi convidado. Sinto muito ter te abandonado daquele jeito.

— Obrigada. — Um alívio me inundou. Pelo menos minha barra estava limpa com a treinadora.

— Não tem problema. Apenas não diga para ninguém, por favor, que eu te defendi. Se ficarem sabendo que meti Jared em confusão, não vai ser nada bom — explicou Jess.

— Está com medo dele? — Jared tinha muito poder naquela escola.

— Não. — Negou com a cabeça. — Jared é legal. Pode ser um idiota quando provocado, mas nunca foi uma preocupação minha. Honestamente, parece que você é a única pessoa que ele quer destruir; metaforicamente falando, é claro. — Os olhos estreitados de Jess me fizeram pensar que ela estava imaginando algo.

— Sim, bem. Que sorte a minha.

— Jared é importante aqui, então não quero que as pessoas fiquem no meu pé por ter dedurado ele. — Suas sobrancelhas se levantaram, esperando que eu compreendesse.

Concordei, questionando que diabos Jared tinha feito para merecer a lealdade de alguém.

CAPÍTULO SETE

Fui deixando de estar no centro das atenções nos dias seguintes.

Algumas pessoas ouviram que Jared e eu estávamos fazendo sexo no vestiário. Outras acreditavam que eu o convidei para seduzi-lo. Um grupo pensava que ele tinha entrado para me ameaçar depois do episódio com Madoc. Seja lá a que história as pessoas se agarravam, eu estava recebendo mais olhares e ouvindo mais sussurros pelas costas.

— Ei, Tate. Você só trepa no vestiário ou também faz boquete? — Hannah Forrest, a abelha-rainha das meninas malvadas, gritou por trás de mim, conforme eu caminhava para a aula de Cálculo. Suas seguidoras riram junto.

Virei-me para encará-las e levei a mão ao coração.

— E acabar o seu negócio? — Aproveitei o tempo para curtir as expressões de choque delas antes de girar sobre meus saltos e me dirigir para a aula.

Conforme desaparecia no corredor, o eco dos xingamentos dela e de seu grupinho colocou um sorriso em meu rosto. Já tinha sido chamada de megera antes, mas não doía da mesma forma que ser chamada de vagabunda. Ser uma megera podia ser uma técnica de sobrevivência. Elas são respeitadas. Não havia honra nas pessoas acharem que você era uma vagabunda.

Jared não deve ter recebido uma grande punição severa por ter entrado no vestiário feminino, já que estava na escola todos os dias. Ele não olhou para mim ou sequer notou que eu estava lá, mesmo quando tínhamos aula juntos. Fui transferida das aulas de Informática à tarde, já tendo terminado o conteúdo do último ano na França, para Cinema e Literatura, sem saber que fazia a mesma matéria. A eletiva deveria ser molezinha, cheia de filmes e leituras.

— Tate, tem uma caneta sobrando para me emprestar? — perguntou Ben Jamison, logo que nos sentamos na aula. Ele, felizmente, continuou a ser amigável e respeitoso na aula de Francês, apesar dos boatos recentes, e fiquei aliviada por ter uma distração de Jared nesta classe.

— Hmm... — Estiquei a mão para procurar dentro da bolsa. — Acho que sim. Aqui está. — Ben me presenteou com um sorriso radiante que acentuava seu cabelo loiro-escuro e olhos verdes. Nossos dedos se tocaram e eu me afastei rapidamente, derrubando a caneta antes de ele pegar.

Não sei por que me afastei, mas senti os olhos de Jared em minha nuca.

— Não, deixa comigo. — Ele interrompeu meu movimento quando eu ia me abaixar para pegar. — Mas não me deixe ir embora com ela no fim da aula.

— Pode ficar. — Acenei com a mão. — Tenho um estoque. De todo jeito, eu uso mais lápis. Com todas as minhas aulas de Ciências e Matemática, é uma necessidade. Principalmente comigo... muita coisa pra apagar. — Estava tentando ser humilde, mas saiu mais como uma diarreia verbal.

— Ah, sim, é verdade. Esqueci que você se liga nessas coisas. — Ele provavelmente não esqueceu. É que certamente ele não fazia ideia. Minhas narinas dilataram com o lembrete de todo o dano que Jared já tinha causado. Ele era o motivo de mais caras não terem interesse em mim.

— Estou tentando entrar na Columbia, Medicina. E você? — indaguei. Esperava não soar como se estivesse me gabando, mas não me sentia constrangida com Ben. A família dele tinha um jornal e seu avô era juiz. Ele, provavelmente, tentaria entrar para as faculdades da Ivy League também.

— Estou tentando para alguns lugares. Só que não tenho cabeça para Matemática ou Ciências. Para mim, vai ser Administração.

— Bom, espero que você goste um pouco de Matemática. Administração tem a ver com Economia, sabia? — apontei. Seus olhos se ampliaram e percebi que a resposta era não.

— Hm, sim. — Ele parecia confuso, mas se recuperou rapidamente. — Com certeza. Desde que não seja coisa demais. — Ele sorriu, nervoso, enquanto eu registrava uma risadinha vindo por trás de mim.

— Então... — tentei mudar de assunto — você está no comitê do Baile de Boas-vindas, certo?

— Sim. Você vai? — Ben parecia empolgado.

— Vamos ver. Contrataram uma banda ou será um DJ? — *Banda. Banda. Banda.*

— Uma banda seria legal, mas eles costumam tocar só um tipo de música, então é difícil conseguir agradar a todos. Teremos um DJ. Acho que foi o que todos decidiram. Ele vai manter a festa rolando com uma boa mistura: pop, country... — Ele deu um sorriso, deixando no ar, enquanto eu lutava para manter a cara de felicidade.

— Ah... pop e country? Não tem como errar nessa. — Murchei por dentro ao perceber outra risadinha por trás de mim, dessa vez mais alto. Sem vontade alguma de deixar pra lá como da última vez, encarei Jared, cujos olhos estavam para baixo, mexendo no celular. Mas vi seus lábios se levantarem e sabia que sua diversão foi provocada pela minha conversa com Ben.

Babaca.

Jared sabia que eu odiava country e tinha pouca tolerância com pop. Assim como ele.

— Então você gosta de pop e country? — Redirecionei minha atenção para Ben. *Por favor, diga "não". Por favor, diga "não".*

— Mais de country.

Argh, pior ainda.

Matemática e Ciências? Negativo. Gosto musical? Negativo. Ok, último esforço desesperado para encontrar algo em comum com o cara que estaria sentado ao meu lado em duas aulas neste semestre. A professora chegaria em breve.

— Sabe, fiquei sabendo que vamos assistir *O sexto sentido* aqui neste semestre. Já viu? — Meu telefone tocou com uma mensagem, mas eu o silenciei e joguei dentro da bolsa.

— Ah, sim. Já faz um tempão. Não entendi. Não sou muito fã desses filmes de suspense e terror. Gosto de comédias. Talvez ela nos deixe assistir *Borat*. — Ele arqueou as sobrancelhas, provocando.

— Ei, Jamison? — Jared falou por trás da gente, seu tom excessivamente educado. — Se você gosta do Bruce Willis, *Corpo fechado* é bom. Você devia dar uma chance... sabe, se tiver vontade de mudar sua opinião sobre filmes de suspense.

Minha carteira passou a ter a vista mais interessante de todas subitamente. Eu me recusava a virar e encarar Jared. Minhas palavras sumiram ao perceber que ele se lembrava.

Ben se virou na carteira e respondeu:

— Sim, vou me lembrar disso. Valeu. — Ele se virou novamente e abriu um sorriso para mim.

Jared era muito corajoso. Queria que eu soubesse que ele lembrava que o Bruce Willis era meu ator favorito. Assistimos a *Duro de matar* um dia quando meu pai não estava em casa, já que ele não me deixava fazer isso por causa dos palavrões. Jared tinha um vasto conhecimento sobre mim, e isso me deixava mal. Ele não tinha direito de reivindicar nenhuma parte de mim.

— Ok, turma — a senhora Penley chamou, segurando uma pilha de papéis nas mãos. — Além da apostila que vou entregar, Trevor vai repassar o modelo de uma bússola. Por favor, escreva seu nome no topo, mas deixem as áreas ao redor do Norte, Leste, Sul e Oeste em branco.

Pegamos os papéis, deixando a lista da senhora Penley de lado e seguindo as instruções da bússola. Começar a aula com uma atividade me deixou aliviada. A pressão atormentadora do olhar que podia sentir perfurando a minha nuca me distraía, para dizer o mínimo.

— Ok. — A Professora Penley bateu palmas. — As apostilas que entreguei são listas de filmes onde monólogos importantes aconteceram. Como já começamos a discutir sobre monólogos e a importância deles na aula de Cinema e Literatura, quero que comecem a pesquisar sobre alguns desses na internet. Discutiremos, na aula de amanhã, sobre o primeiro projeto para apresentar um monólogo à turma.

Apresentação individual. Merda! Recitar um monólogo. Merda dupla!

— E também — continuou a senhora Penley —, para várias discussões esse ano, pedirei que vocês formem duplas com pessoas diferentes na turma. Saberão com quem farão a dupla com base nesta bússola. Terão cinco minutos para circular pela sala de aula procurando parceiros para serem seu Norte, Sul, Leste e Oeste. Quem você escolher para preencher o seu Norte, por exemplo, também te colocará como o Norte dele, e assim por diante. É meio básico, eu sei, mas vai ajudar a misturar um pouco as coisas.

Trabalho em grupo era legal ocasionalmente, mas eu preferia trabalhar sozinha. Meu nariz retorcia com o pensamento de ouvir "Formem duplas!" constantemente este ano. Palavras tenebrosas.

— Vai! — a professora gritou. O chiado de carteiras se arrastando no chão preencheu a sala. Pegando papel e lápis, comecei a procurar por alguém que ainda não tivesse com um par. Olhando ao redor, os outros anotavam rapidamente os nomes, enquanto eu ainda não tinha nem começado.

Ben sorriu e acenou para mim, então preenchi seu nome no Leste. Dando uma olhada nos espaços em branco dos papéis dos outros alunos, garanti Oeste e Sul com duas meninas.

Preciso de um Norte, cantei mentalmente, procurando por outro parceiro. Quase todos retornaram para seus lugares quando os cinco minutos finais se aproximaram. Olhei para Jared, que acho que nem levantou do lugar. Todo mundo provavelmente correu até ele.

Esta era a parte do ensino médio que eu odiava. A sensação de vazio em meu estômago me lembrou de todos os momentos constrangedores, antes da França, em que me senti deixada de lado. O primário tinha sido moleza. Eu tinha amigos e nunca me senti solitária nessas situações. O ensino médio me deixou menos confiante e mais introvertida.

Ainda faltava um parceiro para mim e eu seria aquela que ficou de fora mais uma vez. Cansada desse sentimento depois de ter sido aceita na França por um ano, tomei as rédeas da situação.

— Senhora Penley, estou sem um Norte. Tem algum problema se eu fizer a três com os outros dois?

Risos de desdém soaram pela sala, e ouvi alguns sussurros bem baixinhos. Sabia que tinha me colocado naquela situação.

— Ei, Tate. Eu faço a três com você. Minha bússola aponta sempre para o Norte. — Nate Dietrich deu um soquinho na mão de seu parceiro, o que fez os outros rirem de novo.

Surpreendendo a mim mesma, rebati:

— Valeu, mas acho que sua mão direita vai ficar com ciúmes. — A classe toda ferveu com gritos de "uau" e vaias.

Foi fácil assim. Ao usar uma dúzia de tiradas imaturas hoje, consegui ganhar novamente um pouco de respeito dos meus colegas de turma. Quem diria? Um orgulho me atingiu e tive que esconder um sorriso.

— Alguém precisa de um Norte? — A senhora Penley interrompeu o burburinho antes que Nate pudesse revidar com outra coisa.

O restante da classe estava sentado, o que significava que já tinham conseguido seus parceiros. Mantive minha atenção na senhora Penley, esperando que apenas me dissesse para encontrar um grupo para fazer a três.

— Ela pode ser meu Norte. — A formidável voz de Jared me atingiu pelas costas, enviando arrepios pela minha espinha.

A professora me olhou com expectativa. Isso não podia estar acontecendo. Por que ele não levantou a bunda da carteira e procurou por outro Norte como todos os outros?

— Bem, Tate. Vá em frente, então — a senhora Penley me apressou.

Girando, voltei ao meu lugar praticamente bufando, sem nem olhar para o meu Norte, e cravei "Jared" na minha folha... e acho que, acidentalmente, na minha mesa também.

CAPÍTULO OITO

— Então, quando você volta para casa exatamente? — Meu dever de Cálculo já estava feito e o livro de Política estava sobre o meu colo enquanto eu fazia chamada de vídeo com meu pai.

— Estarei em casa até o dia 22, com certeza.

Ainda faltavam mais de três meses. A chegada do meu pai em casa seria agradável. Meus dias pareciam solitários sem ele para dividir as coisas e, depois que minha mãe morreu de câncer há oito anos, nossa casa ficou ainda mais vazia sem ele por perto. K.C. e eu passávamos um tempo juntas, mas ela tinha namorado. Eu estava lentamente fazendo mais amigos na escola, apesar das últimas ações de Jared para acabar com a minha reputação, mas decidi ficar em casa este fim de semana e focar no planejamento da Feira de Ciências. Ainda tinha que decidir meu tema de pesquisa.

— Bem, não vejo a hora. Precisamos de comida decente por aqui — reclamei, segurando minha tigela quente de sopa de tomate. Por mais leve que o jantar fosse, o calor aquecia meu corpo. Meus membros ainda estavam se ajustando aos treinos de *cross-country*.

— Isso não é o seu jantar, é?

— Sim — falei, com se fosse um "dã".

— E onde estão os vegetais, grãos e laticínios?

Ah, lá vamos nós.

— Os tomates na sopa são os legumes, também coloquei leite na receita e vou fazer um queijo grelhado para acompanhar, se vai te deixar feliz. — Meu ar brincalhão dizia a ele "viu, sou mais esperta do que pareço".

— Na verdade, tomates são frutas — respondeu, impassível, me derrubando do pedestal.

Rindo, abaixei a tigela e peguei um lápis para continuar o esboço da redação que nos foi pedida sobre Henry Kissinger.

— Sem estresse, pai. Estou comendo bem. A sopa parecia uma boa esta noite.

— Tudo bem, vou recuar. Só estou preocupado. Você herdou meus hábitos alimentares. Sua mãe surtaria se visse as coisas que te deixo comer. — Franziu o cenho, e eu sabia que ele ainda sentia falta da mamãe como se tudo tivesse acontecido ontem. Nós dois sentíamos.

Depois de um instante, ele continuou:

— Todas as contas de agosto estão pagas, certo? E tem bastante dinheiro na sua conta ainda?

— Não acabei com toda a minha poupança em uma semana. Tudo está sob controle. — Ele fez isso todas as vez que conversamos. Eu tinha acesso completo ao seguro de vida que minha mãe me deixou, e ele sempre me perguntava se ainda tinha dinheiro suficiente. Era como se eu fosse dar uma de louca com a grana da faculdade se ele não estivesse olhando, mas ele sabia que não era assim. Talvez ele pensasse que estava fazendo seu trabalho como pai da melhor maneira que podia de tão longe.

Meu telefone vibrou com uma mensagem de texto, e peguei na mesinha ao lado da cama.

> Estarei aí em 5 min.

— Ah, pai? Esqueci que a K.C. vai passar aqui. Posso desligar contigo?

— É claro, mas vou viajar amanhã por um dia ou mais. Vou de trem para Nuremberg para ver algumas coisas. Quero conversar com você de manhã antes de sair e ouvir sobre o projeto que você está preparando para a Feira de Ciências.

Argh, merda. Nenhuma preparação tinha sido feita, porque não cheguei nem perto de decidir meu projeto.

— Ok, pai — murmurei, deixando aquela discussão para amanhã. — Me liga às sete?

— Falo com você amanhã, querida. Tchau. — E então ele se foi.

Fechando o notebook e jogando o livro na cama, caminhei até as portas francesas e as abri por completo. A aulas da semana terminaram há três horas, mas o sol ainda tinha um brilho radiante na vizinhança. As folhas da árvore do lado de fora da minha porta voavam com a brisa sutil e algumas nuvenzinhas pontilhavam o céu.

Dando a volta, tirei as roupas da escola e entrei em uma bermuda de pijama xadrez, com uma camiseta raglan branca e cinza de manga. Soltei um suspiro excessivamente dramático. *Claro que eu estaria de pijama às seis da tarde numa noite de sexta-feira.*

A campainha ecoou lá embaixo e corri para atender a porta.

— Ei! — K.C. inspirou, entrando em casa com os braços lotados. *Mas o quê?* Íamos apenas fazer o meu cabelo, não uma transformação completa. Meus olhos lacrimejaram com seu perfume dela.

— Que perfume é esse que você está usando?

— Ah, é novo. O nome é *Secret*. Gostou?

— *Amei.* — *Não precisa me emprestar.*

— Vamos para o seu quarto. Quero ter acesso ao seu banheiro enquanto fazemos isso.

K.C. insistiu em vir fazer em mim um tratamento capilar com mel que ela leu na *Women's Day*. Deve recuperar o dano causado pelo sol no cabelo — o que ela disse ser um perigo, após todos os passeios ao ar livre que fiz no verão e os treinos de *cross-country*.

Ok, então, eu não me importava de verdade. Achava que meu cabelo estava bom, mas queria colocar o papo em dia depois dessa primeira semana agitada.

— Posso levar a cadeira para perto da janela? Está entrando um ventinho gostoso. — O mel faria uma sujeira, mas o chão do quarto era de madeira, então seria fácil de limpar.

— Sim, claro. Apenas tire seu cabelo do rabo de cavalo e passe a escova. — Ela me deu uma e me posicionei em frente às portas, aproveitando a noite serena.

— Vou colocar um pouco de azeite de oliva, para afinar, e gema de ovo, por causa das proteínas.

— O que você disser está dito — aceitei.

Enquanto ela misturava os ingredientes e me trazia uma toalha para proteger minhas roupas, reparei em Jared tirando o carro da garagem e parando na entrada da casa. Meu estômago deu um nó e percebi que meus dentes estavam tão unidos que pareciam colados.

Sua camiseta preta subiu um pouco quando ele saiu do carro e vestiu o capuz. Pegando uma toalha do bolso traseiro do jeans, usou-a para desatar alguma coisa por baixo do capuz.

— Gostando da visão? — A voz de K.C. me fez piscar quando ela apareceu ao meu lado. Olhei rapidamente para o chão.

— Pode parar — murmurei.

— Tudo bem. Para um babaca, até que ele é bonito. — Ela começou a molhar meu cabelo com uma garrafa d'água, passando os dedos nos fios úmidos.

— Mas continua sendo um babaca. — Procurei algo para mudar de assunto. — Então, quão ruim está? A fofoca na escola? — Tinha ficado longe do Facebook, Twitter e do blog secreto da equipe de líderes de torcida. Ver fotos minhas de toalha, fotos que todo mundo na cidade provavelmente já viu, só me daria mais vontade de pegar um avião de volta para a França... ou de matar alguém.

K.C. deu de ombros.

— Já está morrendo o assunto. As pessoas ainda estão comentando sobre essa ou aquela história, mas já passou o momento. Eu te disse, não tem pegadinha ou rumor que afaste os garotos este ano. E com esse tratamento capilar, você ficará absolutamente fabulosa. — Não conseguia ver seu rosto, mas tinha certeza de que ela estava rindo da minha cara... *Absolutamente fabulosa* era um programa de TV inglês que costumávamos assistir no Comedy Central há alguns verões.

Considerei a ideia de dizer para K.C. sobre as coisas que Madoc me contou na festa de Jared — os encontros sabotados e os rumores. Mas o drama que me acompanhara por todos esses anos era vergonhoso. Não tinha nenhum interesse em ser uma daquelas amigas que sempre se metia em problemas, então tentei agir como se isso me incomodasse menos do que realmente incomodava.

Ela começou a passar a mistura no meu cabelo e meus olhos dispararam para Jared, que agora estava tirando a camisa pela cabeça. Seus braços maravilhosamente torneados me deixaram envergonhada quando ele se virou e vi seu torso esculpido. Minha boca secou, e arrepios começaram a irradiar como se fossem agulhas por todo o meu corpo.

Era o vento. Era o vento sem dúvidas.

— Ah, você pode olhar para aquilo todos os dias?

Revirei os olhos.

— Não, eu *tenho* que olhar para aquilo todos os dias. Do lado de quem você está mesmo? — Meu lamento era para ser uma piada, mas não tinha certeza se saiu desse jeito.

— O cara não precisa falar para eu olhar. Estou apreciando de longe.

— Você tem o Liam, lembra? — Incomodava-me o fato de ela ficar babando por Jared, mesmo que fosse de brincadeira. Ele era lindo, mas não precisava que isso fosse apontado como se realmente importasse. A personalidade dele era uma merda. — como vão as coisas com você e o Liam?

— Não o tinha visto, exceto de passagem, desde que voltara para a escola.

— Ah, estamos bem. Ele está com o Camaro pronto para o Loop, e tem ido bastante lá ultimamente. Fui uma vez, mas é chato ficar pendurada no seu braço enquanto ele discute sobre carros a noite toda. Ele ainda nem corre. Aparentemente, há uma lista de espera e, mesmo assim, você fica atrás dos carros que já foram testados e receberam as primeiras apostas, porque são eles que o público quer ver.

Odiava perguntar, mas acabei cuspindo de qualquer jeito:

— Como o Babaca está se saindo lá? — *Por que eu precisava saber disso?*

— Jared? Ele é um dos que não precisam esperar. Ele pode correr quando estiver no clima. De acordo com Liam, ele costuma estar lá nas noites de sexta ou sábado, mas não costuma estar nas duas.

— Você está passando tempo suficiente com o Liam? — Percebi uma mudança de tom e comportamento quando o mencionei.

Ela deu de ombros.

— Me sinto mal, porque devia me interessar pelos hobbies dele, eu acho. É que, se ele não vai correr, me sinto como um papel de parede preso ao lado dele. Não conheço muita gente e não sei nada de carros.

— Bem, talvez você pudesse ir de vez em quando? Apoiá-lo uma vez ou outra? — sugeri, conforme o peso da minha cabeça aumentava pela quantidade de mel que ela colocou.

— Não sei. — K.C. passou por mim até a janela e deu uma espiada. — Estou pensando em vir mais vezes para a sua casa.

Dei um chute leve em sua perna.

— Hmm... — Ela devorou Jared com os olhos e voltou para o meu cabelo. — Odeio dizer isso, mas fico pensando em como seria tê-lo.

— K.C! Para! Você é minha amiga — repreendi.

— Desculpa, okay? É que ele não foi tão ruim assim quando você estava fora. Sério mesmo. Não tocou o inferno que costumava tocar antes de você partir.

— O que você quer dizer?

— Não sei. Nem sei se teve algo a ver com você. Ele pareceu ficar mal-humorado por um tempo, mas depois melhorou. É só que pude vê-lo com outros olhos. Antes sempre foi sobre a forma como ele te tratava. Que era horrível — apressou-se em acrescentar. — Mas, depois que você viajou, ele parecia diferente. Mais humano.

A ideia de Jared nos dias atuais mostrar humanidade era incompreensível para mim. Ele era decidido, confiante e intenso. Esse era o seu único lado que eu tinha visto desde os catorze anos. Não o via feliz há anos e pensei, com certeza, que ele ficaria feliz por ter se livrado de mim por um ano.

Mas por que ficou mal-humorado *depois* que fui embora? Não fazia sentido.

Estava com problemas para se entreter sem seu brinquedinho favorito?

Ah, pobrezinho.

CAPÍTULO NOVE

— Argh! — soltei um gemido gutural na escuridão, olhando para o teto iluminado pelos faróis de outra chegada na casa ao lado.

Já passava de uma da manhã e o bombardeiro de barulhos da festa ao lado não diminuía. O travesseiro que eu trouxe para as minhas orelhas para abafar os sons não ajudou. Mandar mensagem para K.C., para ela mandar uma para Liam e ele mandar uma para Jared também não ajudou. Ligar para a polícia e fazer uma denúncia uma hora atrás não ajudou.

Se não fosse o som alto ou a constante chegada e saída de carros turbinados, com seus escapamentos lastimáveis, eram os gritos ou risadas vindas do quintal de Jared. Gosto de música alta, mas uma festa no meio da noite, que deixava a vizinhança inteira acordada, tinha que acabar.

Jogando as cobertas para longe, saltei da cama e parei perto das portas francesas. A casa dele inteira estava iluminada, vibrando com o barulho e a atividade. Algumas pessoas tropeçavam pelo quintal da frente, que estava cheio de copos descartáveis vermelhos, e outras estavam reunidas no dos fundos, fumando ou curtindo a jacuzzi.

Ele é tão idiota! Minhas mãos estavam no quadril, segurando mais forte do que o normal. Que tipo de pessoa não tem nenhum respeito pelos outros? O cuzão egocêntrico que vive aqui do lado, pelo visto. Tinha uma chamada de vídeo com meu pai em seis horas e não ficaria acordada a noite inteira apenas porque eles queriam ficar bêbados e chapados.

Dane-se. Calcei meu tênis Chucks roxo e moletom preto, indo para o andar debaixo.

Abri a porta da cozinha, que levava para a garagem, e fui até a bancada de trabalho do meu pai, que ainda estava organizada como havíamos deixado. Peguei o alicate apropriado da gaveta de ferramentas e dei um jeito de esconder dentro da manga direita do moletom. Com a mão livre, abri a outra gaveta e peguei um cadeado dos três extras que estavam lá. Deslizei para dentro do bolso da frente e saí.

Passei pela lateral da minha casa em direção aos fundos, meu coração batendo mais rápido a cada passo. Encontrando o buraco que fiz na cerca há alguns anos, afastei as plantas que tinham crescido e atravessei. Virei à direita e continuei andando, ouvindo as pessoas da festa no quintal dos fundos, do outro lado da cerca. Estava a uns dois metros deles, mas de jeito nenhum conseguiram me ver.

O quintal dos fundos de Jared, assim como o meu, era fechado por cercas de madeira nas laterais e altas barreiras de grama na parte de trás. Quando cheguei até o outro lado da casa, enfiei a mão entre a densa folhagem. Tentei colocar os ramos de lado o máximo possível, mas os brotinhos, que pareciam agulhas, continuavam arranhando e pinicando minhas pernas conforme eu me fazia o meu caminho entre eles. A festa estava a todo vapor, e havia muita gente aqui.

O que eu iria fazer tinha que acontecer rápido.

Olhando várias vezes todas as direções para garantir que cheguei sem ser notada, corri pela lateral da casa de Jared, até chegar no disjuntor. Passara tempo suficiente nesta casa quando criança e, por isso, conseguia encontrar até no escuro. Deslizei o grande alicate da minha manga fina e apertei os dois lados juntos, com toda a minha força, no cadeado que estava protegendo o painel. Assim que enfiei o cadeado velho dentro do bolso, abri o painel e comecei a desligar os interruptores.

Tentei não registrar o que acontecia dentro da casa, o súbito término da música e da luz, e a cacofonia de "que porra está acontecendo?" vindo de todos os lugares. Terminei de desligar os interruptores, peguei o cadeado novo do moletom e coloquei no painel fechado.

Jared não era burro. Assim que percebesse que não houve queda de luz nas outras casas, viria até aqui para verificar o disjuntor. Então, caí fora dali. Rápido.

Correndo com pernas moles como gelatina e deslizando por debaixo da cerca, comecei a ofegar instantaneamente. Uma gota de suor escorregou pelas minhas costas e percebi que queria rir, gritar e vomitar, tudo ao mesmo tempo. Não estava certa de qual lei tinha acabado de quebrar, porém tinha certeza de que teria problemas se alguém descobrisse. Minhas pernas latejavam com um calor líquido, que deixavam meus joelhos frágeis.

A ansiedade com a possibilidade de ser pega fez com que meus músculos ficassem tensos desde que já estava do meu lado do arbusto até entrar na garagem. Não deu para evitar um sorriso de orelha a orelha. Estava com medo de ser pega, mas a sensação de ter dado um chute metafórico na bunda dele fez meus dedos se retorcerem de empolgação.

E, depois disso tudo, não estava mais cansada. *Porra, que maravilha.*

Certifiquei-me de que todas as portas estavam trancadas, apenas por força de hábito, e subi correndo as escadas, dois degraus de cada vez. Fechei a porta do quarto e, mantendo as luzes ainda apagadas, fui até as portas francesas e dei uma espiada lá fora, na esperança de ver a festa se dispersar. Analisei o quintal da frente e o dos fundos e, felizmente, vi algumas pessoas indo até seus carros. Fiz uma careta ao pensar que, talvez, colocar pessoas bêbadas na estrada não foi a ideia mais inteligente.

Vi mais e mais pessoas indo até seus carros e outras começarem a andar pela rua até suas casas. A única maneira que Jared poderia fazer a luz voltar era quebrar o cadeado ou chamando a companhia elétrica.

Enquanto eu olhava ao redor, desde a frente até os fundos, meus olhos rapidamente se direcionaram para a única luz que eu vi. Jared estava parado na janela de seu quarto com uma lanterna em uma das mãos, as duas apoiadas nos dois lados da moldura da janela acima da sua cabeça.

E ele estava me encarando.

Merda!

Minha pulsação acelerou de novo e um calor passou queimando pelo meu corpo. Minhas cortinas pretas transparentes estavam fechadas, mas tinha certeza de que dava para me ver. Sua cabeça estava curvada na minha direção, e ficou parado... parado demais.

Tirando o moletom e me jogando na cama, resolvi negar qualquer coisa se ele viesse até a minha porta. *Ou talvez eu não devesse negar*, pensei. Não era como se ele pudesse fazer alguma coisa a respeito, afinal. Talvez eu quisesse que ele soubesse.

Fiquei deitada por uns dois minutos, resistindo à necessidade de investigar o que estava rolando lá fora. Não era muito difícil de perceber que a festa estava se dispersando, porém, com o som dos motores partindo que preenchiam a vizinhança. Uma excitação surgiu por todo o meu corpo, me dando energia o suficiente para querer pular da cama e começar a dançar.

Eu sou maravilhosa. Eu sou maravilhosa, cantei para mim mesma.

Mas congelei no meio da música, e quase engasguei com minha própria respiração, quando ouvi o som de uma porta batendo bem forte pela casa.

Pela minha casa!

CAPÍTULO DEZ

— Mas que... — Tremores tomaram minhas pernas até os ossos. Eram vibrações ou eu estava tremendo?

Saindo das cobertas, peguei meu bastão de beisebol debaixo da cama e corri para fora do quarto. Não tinha nenhuma intenção de ir lá para baixo, embora fosse onde eu, estupidamente, deixei a arma. Só precisava dar uma espiada por cima do corrimão para ver se realmente tinha escutado alguém entrar na minha casa.

Meu corpo instantaneamente reagiu com a visão de um Jared sem camisa andando pelo *hall* e voando pelas escadas. Ele estava definitivamente puto e preparado para cometer um assassinato pela maneira como subiu as escadas, dois degraus de cada vez. Voltei em disparada ao quarto, deixando escapar um uivo baixinho e tentando correr para fugir pelas portas francesas. Não fazia ideia de qual era o seu plano ou se eu devia estar com medo, mas estava. Ele tinha acabado de invadir minha casa e aquilo me assustou pra caramba.

— Ah, não, não faça isso! — Jared empurrou com tudo a porta do meu quarto e a maçaneta bateu contra a parede, provavelmente amassando-a.

De jeito nenhum eu chegaria a tempo até as portas. Girei para encará-lo, erguendo o taco. Jared o arrancou das minhas mãos antes mesmo de eu me preparar para atacar.

— Sai fora! Ficou maluco? — Comecei a me esquivar dele, tentando voltar à porta do meu quarto, mas ele me cortou. Fiquei surpresa por ele não estar me estrangulando, baseado no olhar em seu rosto. Fogo estava prestes a sair pelo nariz dele, tenho certeza.

— Você cortou a eletricidade da minha casa. — Suas narinas se abriam enquanto ele me media bem de perto.

— Prove. — Um sapateado estava acontecendo em meu peito. Não, era mais um *paso doble*.

Ele inclinou a cabeça para o lado, os lábios se curvando perigosamente.

— Como você entrou aqui? Vou chamar a polícia! — *De novo*, pensei.

Não que tenham feito nenhum bem a mim quando liguei mais cedo para reclamar do barulho. Talvez eles apareçam se eu for assassinada?

— Eu tenho a chave. — Cada palavra era lenta e ameaçadora.

— Como você tem a chave da *minha* casa? — Se ele tinha uma chave, não tinha certeza se poderia chamar a polícia.

— Você e seu pai ficaram na Europa o verão inteiro — respondeu, zombeteiro. — Quem você acha que recebeu as correspondências?

Jared recebeu nossas correspondências? Quase quis rir. A ironia de ele ter feito algo tão mundano desacelerou meu coração um pouquinho.

— Seu pai confia em mim — continuou Jared. — Ele não deveria.

Travei a mandíbula. Meu pai e minha avó sabiam bem pouco sobre meu status de relacionamento com Jared. Se eles soubessem quão ruim ficamos, teriam falado com a mãe dele. Mas eu não era uma chorona, e não queria ser resgatada. Doía Jared ser agradável com meu pai, mas um monstro comigo.

— Cai fora! — rangi, entredentes.

Ele avançou em mim até eu ser forçada contra as portas francesas.

— Você é uma megera intrometida, Tatum. Mantenha essa sua bunda do seu lado da cerca, porra.

— Deixar a vizinhança inteira acordada deixa as pessoas irritadas — cuspi de volta.

Cruzei os braços sobre o peito, com Jared se escorando na parede, ambas as mãos apoiadas ao lado da minha cabeça. Não sei se foi pela adrenalina ou por sua proximidade, mas meu nervosismo tinha disparado. Algo tinha que ceder.

Olhei para todos os lugares, menos em seus olhos. A tatuagem de lampião aceso em seu braço era toda preta e cinza. Fiquei me perguntando seu significado. Seu abdômen estava contraído pela tensão — pelo menos eu esperava que ele normalmente não fosse tão rígido assim. A outra tatuagem na lateral do seu torso era uma frase manuscrita e impossível de ler com essa iluminação. Sua pele parecia macia e...

O ar deixou meus pulmões e tentei ignorar a sensação de formigamento no meu interior. *É melhor apenas olhar nos olhos dele.* Não ficávamos tão próximos um do outro há bastante tempo, mas andamos ficando bastante frente a frente desde o meu retorno.

Jared deve ter percebido a mesma coisa, porque seu olhar endureceu e sua respiração ficou irregular. Seu olhar desceu pelo meu pescoço para a minha camisola, e minha pele queimava em todo lugar que ele olhava.

Focando de novo e endireitando sua expressão, ele inspirou fortemente.

— Mais ninguém está reclamando. Então, por que você não cala a boca e deixa isso pra lá? — Afastando-se da parede, começou a se afastar.

— Deixe a chave — pedi, ficando acostumada a essa nova ousadia.

— Quer saber? — Ele riu baixinho, se virando. — Eu te subestimei. Você ainda não chorou, não é?

— Por causa de um rumor que você começou essa semana? Sem chance. — Minha voz estava nivelada, mas um sorriso presunçoso ameaçava aparecer.

Estava me safando de nosso confronto, e percebi que as coisas entre nós estavam finalmente "chegando a algum lugar", como K.C. tinha dito. Olhe para nós. Jared e eu não ficávamos sozinhos no meu quarto há mais de três anos. Já era um progresso. É claro, ele não tinha sido convidado, mas eu não ficaria procurando pelo em ovo.

— Por favor, como se eu tivesse que espalhar rumores. Suas colegas do *cross-country* fizeram aquilo. E as fotos delas — adicionou. — Todo mundo tira sua própria conclusão. — Ele soltou um suspiro e aproximou-se de mim outra vez. — Mas estou te entediando. Acho que tenho que evoluir minha estratégia. — Seus olhos estavam rancorosos e meus pés se contraíram com a necessidade de chutá-lo.

Por que ele continuava com isso?

— O que foi que eu fiz pra você? — A pergunta que me assombrava há anos acabou saindo em um tom de voz quebrado.

— Não sei por que você sequer pensa que fez alguma coisa. Você era pegajosa, e cansei de te aturar, só isso.

— Isso não é verdade. Eu não era pegajosa. — Minhas defesas estavam desmoronando. Eu me lembrava, muito bem, da história entre nós dois, e suas palavras me deixaram com uma vontade do caralho de bater nele! Como ele poderia esquecer? Quando crianças, passávamos cada minuto em que estávamos acordados juntos, se estivéssemos fora da escola. Éramos melhores amigos. Ele me abraçou quando eu chorei por causa da minha mãe e aprendemos a nadar juntos no Lago Geneva. — Você ficava na minha casa tanto quanto eu ficava na sua. Éramos amigos.

— É sim, continue sonhando. — Ele jogou toda a nossa história e amizade em mim como um tapa na cara.

— Eu te odeio! — gritei para ele, querendo dizer cada palavra. Uma dor se instalou no meu interior.

— Que bom! — berrou na minha cara, me irritando. — Finalmente. Porque faz muito tempo que não consigo nem te olhar mais! — Ele bateu a palma da mão na parede perto da minha cabeça, me fazendo pular.

Estremecendo, gritei para mim mesma. *O que aconteceu com a gente?* Ele tinha me assustado, mas continuei firme, acreditando que ele não fosse me machucar, não fisicamente. Eu sabia disso, não sabia?

Meu cérebro gritou para eu correr, ir para longe dele. Nenhuma lágrima caiu, felizmente, mas a dor pelas suas palavras fez minha respiração se tornar quase um vômito seco.

Amei Jared um dia, mas agora sabia, sem dúvidas, que o "meu Jared" não existia mais.

Suspirando fundo, olhei em seus olhos. Ele parecia estudar os meus, provavelmente procurando por lágrimas. *Foda-se ele.*

Pelo cantinho do olho, percebi luzes piscando lá fora e me virei para encarar a janela. Um sorrisinho insolente apareceu no canto da minha boca.

— Ah, veja. É a polícia. Me pergunto por que será que eles estão aqui.

Não tinha como Jared não ter entendido minha insinuação do motivo para os policiais estarem aqui e de quem os chamou. Acho que eles finalmente responderam a minha reclamação de barulho. Virando a cabeça para encará-lo, deleitei-me com sua fúria. O rosto do pobre rapaz parecia que alguém tinha acabado de mijar em seu carro.

Ele levantou o queixo e relaxou a sobrancelha.

— Prometo que você estará chorando até semana que vem. — Seu sussurro vingativo encheu o quarto.

— Deixe a chave — gritei, conforme ele saía.

CAPÍTULO ONZE

No tarde do domingo, eu estava deitada no quintal dos fundos, me bronzeando, quando K.C. chegou e se estatelou numa cadeira.

— Liam está me traindo — choramingou. Sua cabeça estava apoiada nas mãos e ela fungava.

— O quê? — um grito saltou da minha garganta e levantei a cabeça. Dei um impulso e fui me sentar perto dela.

— Eu o vi ontem à noite abraçado com outra menina. Aparentemente, ele está bebendo nas duas fontes! Dá para acreditar? — Ela secou as lágrimas, mas outras mais caíram. Seu longo cabelo escuro parecia não ter sido penteado. K.C. sempre se vestia para impressionar e nunca saía de casa sem ter feito o cabelo e a maquiagem. Manchas vermelhas cobriam seu rosto, então eu soube que ela estava chorando há um tempo. Provavelmente a noite inteira.

— O que você viu exatamente? — perguntei, fazendo círculos em suas costas.

— Bem — disse ela, secando as lágrimas e respirando fundo —, fui para o Loop e ele estava lá. Jared disse que ele ia correr ontem à noite, então apareci para fazer uma surpresa...

— Espera, o quê? Jared? — confusa, a interrompi. — Do que você está falando? Você falou com ele? — Não via Jared há dois dias. Ele e K.C. dificilmente eram amigos. *Mas que merda era essa?*

— É... não — respondeu, vaga. — Acabei esbarrando nele ontem no trabalho. Eu estava no cinema, e ele veio ver um filme. Ele mencionou que Liam teria uma chance de correr ontem à noite e que ficaria feliz em me dar uma carona para surpreendê-lo.

Argh! Ela era mesmo assim tão idiota?

— Não pareceu um pouco conveniente demais para você?

— Tate, do que você está falando? — K.C. parecia confusa enquanto assoava no nariz em um lenço que tirou da bolsa. Instantaneamente me senti mal por tirar o foco da conversa de Liam e transformar em Jared. Mas não podia deixar passar.

— Jared, agindo como o bom rapaz que ele é, te ofereceu uma carona para *surpreender* seu namorado, que você convenientemente descobriu que está te traindo. K.C., Jared sabia o que Liam estava fazendo. — Tenho certeza de que os caras têm algum tipo de código que diz que eles não devem colocar os amigos em problemas com suas namoradas. Então, por que Jared faria isso?

Parecendo intrigada e perturbada, K.C. jogou o lenço na mesa.

— Okay, mas não muda o fato de que o Liam estava sendo infiel. Tipo, sério, Jared parecia tão chocado quanto eu. Ele foi muito legal comigo em relação à coisa toda.

É claro que foi. Jared fez Liam e K.C. terminarem, o que era uma coisa boa a se considerar, mas suas ações não foram tomadas porque ele tinha um bom coração. Ele definitivamente não estava protegendo K.C. Então, qual era seu objetivo?

— Tudo bem — ofereci —, então como você pode ter certeza de que Liam te traía regularmente? Falou com ele?

— Sim — ela quase sussurrou. — Eu desci do carro de Jared. Ele tinha me levado, já que você só pode entrar com convite, e demos uma volta, procurando pelo Liam. Eu o vi encostado no carro com uma garota muito sexy, com umas roupas de vadia. Eles estavam se beijando e as mãos dele estavam por todo lugar sobre ela. Não tinha erro.

Seu queixo começou a tremer e seus olhos se encheram de lágrimas de novo, então enfiei a mão na bolsa dela para pegar mais lenços. Ela continuou:

— Fomos até lá, e aquela garota esfregou na minha cara que eles estavam se pegando há meses! Meses! Estou passando mal do estômago até. Dei minha virgindade para aquele cara, e agora tenho que fazer teste de DST. — Ela continuou chorando, e segurei sua mão enquanto ela soltava tudo.

Liam sempre me tratou com respeito, mas meu coração se partiu um pouco por K.C. Que babaca! Todos nós saíamos juntos durante anos, e havia poucas pessoas nesta cidade que eu podia chamar de amigos. Agora ele era apenas mais um que não poderia ser confiável. Estava exausta dos seres humanos, mas K.C. não, e eu odiava que ela estivesse sendo magoada. Ela foi totalmente pega de surpresa.

Duas coisas que eu poderia assumir com segurança, no entanto: Jared provavelmente sabia que Liam estava traindo há um tempo, mas não interferiu até agora *e* K.C. terminar com Liam serviu ao propósito da sua tentativa de ir contra mim.

— Bom, odeio ter que te fazer uma pergunta boba, mas como foi a corrida? Liam venceu? — *Ele provavelmente não correu. Outra parte do plano de Jared para levá-la até o Loop.*

— Ficamos lá por um tempo, mas Jared correu, não Liam.

Exatamente.

— Como assim? Podia ter sido legal você ver o cuzão comendo poeira. — Tentei soar como se estivesse apenas tentando aliviar seu humor, mas realmente queria informação.

— Ah, acabou que ele nem ia correr na noite passada. Jared entendeu errado. — Ela acenou para esquecermos.

Completamente. Armado.

— Mas Jared falou que vai garantir que Liam esteja na lista da próxima semana e que ganhará dele por mim. — K.C. soltou uma risadinha, como se isso fosse fazê-la se sentir melhor.

— Você vai ficar bem? — Aos dezessete, o fim de um relacionamento de dois anos demora um tempo para superar.

— Eu vou... eventualmente. Jared foi muito atencioso e me trouxe para casa mais cedo. Acho que ele se sentiu mal por eu ter vivido algo tão ruim. Sério, Tate, mesmo se soubesse de tudo, ele acabou me fazendo um favor. — Encostando-se à cadeira, ela puxou outro lencinho.

K.C. ficou mais um pouco. Deitamos sob o sol, tentando animar uma a outra. Ela obviamente precisava aceitar o fato de que deu sua virgindade e dois anos de sua vida para aquele mulherengo, e eu tive uma primeira semana abaixo do esperado na escola.

Liam traiu K.C. Ainda não conseguia fazer meu cérebro processar aquilo. Se havia um caso de longevidade em um romance do ensino médio, Liam com K.C. tinham sido os escolhidos. Então, por que eu estava preocupada com o papel de Jared nisso tudo? K.C. realmente acreditava na honestidade dele, mas eu sabia que ele tinha um plano. Ela me ouviria se eu tentasse afastá-la dele?

Depois que K.C. foi embora, voltei para o pátio para limpar e regar as plantas. Vestindo meu biquíni vermelho pequeno que comprei na Europa, mas só fui corajosa o suficiente para usar em casa, peguei a mangueira e aumentei o volume dos alto-falantes no dock do meu iPod. *Chalk Outline* começou a tocar em uma altura de estourar os tímpanos e passei a regar as flores e os arbustos.

Meus quadris e ombros se moviam, minha mente perdida na música.

Algumas árvores frutíferas decoravam o nosso pequeno pátio dos fundos, junto de arbustos, diversas plantas e flores. O chão de pedras e o cheiro das rosas faziam nosso oásis se transformar em um grande refúgio. Quando o clima estava agradável, meu pai e eu fazíamos quase todas as nossas refeições aqui fora, e eu costumava ler na rede. O dever de casa era um grande "não", porém, já que os pássaros, o vento ou cachorros latindo criavam muita distração esporádica.

Falando em cachorros...

Latidos empolgados penetravam por cima da música, capturando meu interesse. Eram próximos, um "próximos" como se viessem da casa ao lado.

Madman!

Jared e eu encontramos um Boston Terrier maluco quando tínhamos doze anos. Meu pai ficava fora de casa bastante tempo e minha avó era alérgica, então Jared o levou para casa. O cachorro era insano, mas completamente adorável. Demos o nome de Madman. Juro, ele esperava os carros se aproximarem de propósito antes de tentar atravessar a rua. Puxar briga com cachorros maiores era brincadeira de criança, e ele adorava pular de alturas extraordinárias quando estava empolgado... o que acontecia muito.

Fechei a água e andei até a cerca que separava o jardim de trás de Jared do meu. Apertando os olhos no buraquinho entre os painéis de madeira, senti como se estivesse brilhando por dentro. Meu coração ficou quentinho ao ver Madman de novo.

Ele fazia aquela coisa de "pular enquanto late" que cachorrinhos fazem e ficava alternando entre correr pelo quintal e pular para cima e para baixo. Apesar de ele tecnicamente ser o cachorro de Jared agora, no meu coração este mocinho ainda era parcialmente meu.

Achei um buraquinho por onde olhar — ok, xeretar. Jared entrou no meu campo de visão e estremeci, me lembrando de nosso último encontro. Ele começou a jogar pedacinhos de carne para o Madman pegar. O cão comia tudo e balançava o rabinho, ansioso por outro pedaço. O pequeno animal parecia risonho e bem cuidado.

Jared se ajoelhou e ofereceu o último pedaço de carne que estava em sua mão. Madman se aproximou e lambeu sua mão depois de engolir o agrado. Jared sorriu e fechou os olhos, quando o cão ficou em pé para lamber seu rosto. Seu sorriso cresceu, e percebi que fazia muito tempo desde que o vi feliz de verdade pela última vez. Vê-lo assim deixava um vazio em meu estômago, mas não conseguia afastar o olhar.

Enquanto meu coração ficava apertado perante a rara cena de Jared realmente parecendo um ser humano, meus olhos seguiram até suas costas nuas e as cicatrizes fracas que marcavam sua pele. Engraçado que eu não as vi na outra noite, quando ele apareceu sem camisa dentro do meu quarto, mas a iluminação era pouca, então acho que não reparei.

Espalhados sem um padrão específico estavam marcas vermelhas, umas cinco, cobrindo suas costas musculosas, porém macias. Ele não tinha aquilo quando éramos crianças. Tentei lembrar se já tinha ouvido falar sobre ele se machucar. Mas não me recordei de nada.

Naquele momento, os violoncelos pesados do Apocalyptica vibravam pelos meus alto-falantes e Madman virou a cabeça na minha direção. Congelei por um instante antes de decidir me afastar. Ele começou a latir de novo e o som de suas patas arranhando a cerca fizeram meu coração bater mais rápido. Ele adorava esse tipo de música de heavy metal com violoncelo, que eu escutava há anos. Pelo que parecia, ele lembrava.

Pegando a mangueira do chão, deixei cair de novo quando escutei os painéis da cerca balançarem. Ao me virar, ri ao ver Madman escalar uma das tábuas soltas e vir para cima de mim a toda velocidade.

— Ei, carinha! — Ajoelhei-me e peguei o cãozinho nos braços, enquanto ele se contorcia de animação. Sua respiração ofegante aqueceu meu rosto, e a baba era bem nojenta. Mas ele estava feliz em me ver, e sorri com alívio. Ele não tinha se esquecido de mim.

Paralisei ao som da voz de Jared.

— Bem, se não é a destruidora de festas atrapalhando a vizinhança toda com seu barulho.

Meu temperamento explodiu. Ele não tinha problemas com a minha música, apenas comigo.

Levantei o rosto e encontrei o olhar sarcástico de Jared. Ele tentou parecer irritado com uma sobrancelha inclinada, mas sabia que não ia conversar comigo sem tirar algum proveito disso. Ele se pendurou na parte de cima da cerca, o corpo empoleirado sobre alguma coisa que dava mais altura a ele.

Filho da puta. Por que sempre demorava um ou dois segundos para eu lembrar por que o odeio?

Seu reluzente cabelo castanho estava uma bagunça.

Eu amava aquilo.

Seus olhos cor de chocolate brilhavam com confiança e travessura.

Eu amava aquilo.

Seus braços torneados e peito me faziam pensar como era sentir a sua pele.

Eu amava aquilo.

Ele me fazia esquecer quão ruim ele era.

Eu odiava aquilo.

Piscando, foquei novamente a minha atenção em Madman, acariciando seu pelo preto e branco em movimentos longos e suaves.

— A lei antirruído de Shelburne Falls não tem efeito antes das dez da noite — esclareci e olhei para o meu relógio invisível. — Está vendo? Bastante tempo ainda.

Madman começou a mordiscar meus dedos de brincadeira e balancei a cabeça em negativa, incapaz de acreditar em como podíamos apenas continuar de onde tínhamos parado depois de tanto tempo. Depois de me afastar de Jared, não o pressionei sobre ver o cachorro. O único contato que o Madman teve comigo nos últimos anos era em acidentes como o de hoje. Mas eu ainda não o tinha visto desde que voltei e, mesmo após um ano, ele respondeu a mim como se tivéssemos nos visto ontem.

Jared ficou parado do outro lado da cerca, nos observando em silêncio. Não dava para dizer o que ele estava pensando, mas parte de mim se perguntava por que ele não tentou pegar o cachorro de volta imediatamente. Parecia quase *legal* da parte dele deixar essa visita acontecer.

Não consegui evitar o sorriso enorme que apareceu em meu rosto nem se eu tivesse tentado. *Mas que droga era essa?* O maldito cachorro parecia tão feliz em me ver que meu peito tremeu em uma risada silenciosa. Nunca tive outro animal de estimação além de Madman e, depois de ficar sozinha nestas últimas semanas, acho que estava precisando de um pouquinho de amor. Se a atenção de um cachorro podia me deixar desse jeito, não conseguia imaginar como ficaria feliz quando meu pai voltasse para casa.

— Madman, vamos — Jared gritou, me tirando da minha pequena utopia. — O horário de visita acabou. — Ele assobiou e arrastou a tábua para trás, assim Madman poderia passar pela cerca.

— Escutou? — engasguei, os lábios tremendo. — Hora de voltar para sua cela, garotinho. — Deixei o cachorro lamber meu rosto e então dei tapinhas em suas costas antes de gentilmente afastá-lo. Jared assobiou novamente e Madman correu de volta pela cerca.

— Jared, está aí fora? — uma mulher chamou. Ele se virou ao escutar a voz, mas não acenou ou respondeu. — Tate, é você, querida? — Katherine, a mãe de Jared, subiu em cima do local onde ele também estava para ver pela cerca.

— Oi, senhora Trent. — Acenei, vagarosamente. — Que bom te ver. — A mãe dele estava ótima, com o cabelo castanho na altura do ombro e uma blusa estilosa. Bem melhor do que a última vez que a vi. Deve ter ficado sóbria no último ano.

Enquanto crescia, era frequente vê-la com um rabo de cavalo bagunçado por estar sempre com muito ressaca para se preocupar em tomar um banho, a pele sem brilho pela falta de uma alimentação adequada.

— Você também. — Seus olhos brilhavam, cheios de uma doçura genuína. — E é muito bom ver vocês dois conversando novamente.

Claro, ela não fazia ideia que ainda estávamos brigados. Parecia que eu e Jared tínhamos aquilo em comum. Mantivemos nossos pais longe de nossos problemas.

— Por que não vem um pouco aqui? Iria amar conversar com você e saber como foi seu ano longe.

— Pô, agora não. — O rosto de Jared distorceu em desgosto, para minha felicidade.

— Parece ótimo, senhora Trent. Só me deixe colocar uma roupa. — Os olhos de Jared me analisaram, como se tivesse acabado de notar que eu estava de biquíni. Sua encarada demorou tempo demais, mas não o suficiente, me enchendo de vergonha.

— Ótimo. — Jared suspirou e afastou o olhar. — Estou mesmo de saída. — Com isso, ele desceu do degrau e desapareceu dentro da casa. Antes de chegar ao meu quarto para me trocar, escutei o barulho do seu carro e os pneus cantando.

CAPÍTULO DOZE

— Então por que não te vi nas duas semanas em que estou em casa? — perguntei para Katherine, depois de debatermos sobre a minha viagem e os meus planos para o último ano na escola.

Ela colocou mais café para si mesma.

— Bem, conheci uma pessoa há alguns meses e fico muito tempo na casa dele.

Arqueei as sobrancelhas, surpresa, e ela deve ter visto. Ela negou com a cabeça e me deu um sorriso arrependido.

— Acho que isso não soa muito bom — ofereceu. — Eu deixar Jared sozinho tanto assim. Entre meu trabalho, a escola, o trabalho dele, e então todas as coisas em que ele está envolvido, a gente acaba não se encontrando muito. Percebi que ele está mais feliz por conta própria e, bem...

Sua explicação excessiva e a inabilidade de concluir o pensamento disseram mais sobre o quanto ela estava decepcionada com sua relação com o filho do que qualquer outra coisa.

E por que ele estava tão ocupado a ponto de ela estar em casa ser desnecessário?

— O que você quer dizer com "todas as coisas em que ele está envolvido"? — perguntei.

Ela franziu as sobrancelhas.

— Bem, ele trabalha na oficina alguns dias da semana, as corridas, e também as outras obrigações. Ele dificilmente está em casa e quando está, é apenas para dormir. Mas eu fico de olho nele. Quando comprei celulares novos para nós dois no Natal passado, instalei um aplicativo de GPS no dele, então sempre sei onde ele está.

Okay, isso não é nada estranho.

— Que outras obrigações você diz? — insisti.

— Ah — disse ela, com um sorriso nervoso —, logo no período em que você foi embora no ano passado, as coisas ficaram bem ruins por aqui. Jared ficava fora o tempo todo. Às vezes, ele nem vinha para casa. Meu...

alcoolismo... acabou piorando com o estresse que passei pelo comportamento de Jared. — Ela pausou e deu de ombros. — Ou talvez o comportamento dele tenha piorado por causa do meu alcoolismo. Não sei. Mas entrei em uma clínica de reabilitação por quase um mês e me desintoxiquei.

Desde que mudei para esta rua, há oito anos, a mãe de Jared tinha problemas de alcoolismo. Na maior parte do tempo, ela conseguia funcionar bem, ia trabalhar e cuidava dele. Depois que ele voltou de uma visita ao pai nas férias de verão, há três anos, ele mudou, então sua mãe acabou buscando uma fuga na bebida cada vez mais.

— Ele se meteu em alguns problemas, até que tomou jeito. Mas tínhamos que dar alguns passos, nós dois.

Continuei escutando, infelizmente interessada demais nesta breve espiadinha na vida de Jared. Ela ainda não tinha explicado as "outras obrigações", mas eu não bisbilhotaria ainda mais.

— Enfim, há alguns meses, comecei a ver alguém, e tenho ficado na casa dele nos finais de semana, em Chicago. Jared tem muita coisa rolando, e apenas não sinto que ele precisa de mim. Fico aqui na maioria das noites em que ele tem escola, mas ele sabe ficar longe de problemas nos finais de semana.

Sim, em vez de ser um devasso em outro lugar, ele preferiu trazer a baderna para casa.

Algumas pessoas podem ver lógica em sua explicação, já que ele é quase um adulto, mas deixo meu julgamento se formar. Por mais que eu gostasse dela, eu a culpava por grande parte da infelicidade de Jared enquanto crescia.

Não conhecia a história inteira, mas ouvi o bastante para entender que o pai de Jared não era um bom homem. Ele saiu de casa quando o filho tinha dois anos, antes mesmo de eu me mudar para a vizinhança. Katherine educou o menino praticamente sozinha, mas desenvolveu o alcoolismo durante o casamento. Quando Jared tinha catorze anos, o pai dele ligou e perguntou se o filho podia visitá-lo no verão. Feliz, ele concordou e foi embora por oito semanas. Depois da visita, porém, ele voltou frio e cruel. O problema da sua mãe piorou e ele ficou completamente sozinho.

Eu sempre soube, lá no fundo, que o problema de Jared comigo estava relacionado àquele verão.

A verdade era que eu me ressentia um pouco com Katherine. E, embora nunca tenha conhecido o pai de Jared, me ressentia dele também. Assumiria a responsabilidade caso tivesse machucado Jared, mas não tinha ideia do que poderia ter feito para merecer seu ódio. Seus pais, por outro lado, claramente o abandonaram.

Estava na ponta da minha língua perguntar a ela sobre as cicatrizes, mas sabia que não me contaria.

Em vez disso, perguntei:

— Ele tem visto o pai?

Ela olhou para mim e, de repente, senti que tinha invadido um território totalmente secreto.

— Não — foi tudo o que disse.

No dia seguinte, logo no primeiro período, sentei, fazendo anotações sobre aproximações lineares e recebi uma mensagem de K.C. Escondendo a tela, deslizei para abrir a mensagem e perdi completamente o foco em Cálculo.

> Jared me mandou mensagem ontem à noite.

Engoli em seco. Antes de ter chance de responder, ela mandou outra:

> Ele queria confirmar se estava tudo bem.
> Viu? Ele não é totalmente mau.

Mas que droga ele queria com ela? K.C. era linda. Definitivamente. Ela também era minha melhor amiga, e isso era um ponto para ele. Digitei de volta:

> Ele está aprontando alguma coisa!

> Talvez sim, talvez não.

Foi a resposta dela.

Fiquei sem notícias de K.C. até a hora do almoço. Física, Educação Física e Francês passaram em um borrão, e eu lutei contra a necessidade de mandar mensagem para ela outra vez.

— Ei — disse, assim que nos encontramos na fila para pegar o almoço.

— Ei, fala comigo.

— Ah, como eu disse, ele me mandou mensagem para ver como eu estava e acabamos trocando mais algumas depois disso. Só achei legal ele querer saber se eu estava bem.

Ela achava que ele era legal? Saímos da fila depois de pagar e encontramos nosso caminho para o lado de fora, enquanto eu tentava entender como K.C. foi de concordar comigo que ele era um idiota para pensar que ele era "legal".

— E aí? — Estava realmente tentando fingir que não me importava. — O que vocês tinham para conversar depois disso?

— Ah, não muito... Além de você ter cortado a eletricidade da casa dele?! — Ela riu, mas pude ver que não tinha achado tão divertido quanto pensei que acharia. Talvez ela estivesse puta porque eu mesma não contei.

— Hmm, pois é. — Estava lutando para encontrar as palavras. Jared reclamou de mim para ela? — A festa do babacão estava alta demais, então acabei com ela. — Limpei a garganta. Não parecia tão bom dito em voz alta.

Escolhemos nossos lugares em uma mesa de piquenique e começamos a comer. Ela ficou quieta, mas espiava na minha direção entre as mordidas.

— O quê? — perguntei, irritada. — Você me disse para entrar no jogo, lembra?

— Você pelo menos pediu para ele abaixar a música antes?

— Não — declarei, mas saiu mais como uma pergunta estridente. — Bem, sim. Pedi em uma ocasião diferente. — Comecei a sentir que estava em um julgamento.

— E como foi isso? — Parou, a garrafa d'água na mão.

— Bem, ele não estava cooperando. Então... estimulei o pânico e gritei "polícia". As pessoas meio que foram embora depois disso. — Joguei a cabeça para trás e tomei um gole d'água para evitar encontrar seus olhos. Ainda estava orgulhosa daquela noite, mas K.C. claramente não achou engraçado.

Em vez disso, ela revirou os olhos.

— Tate, quando eu disse para entrar no jogo dele, quis dizer...

— Você quis dizer para entrar no jogo *dele*! — disparei. — Você não me disse para devolver com gentileza. Agora está defendendo ele? — O que aconteceu aqui? Parecia que eu estava naquela série *Além da Imaginação* e o corpo de K.C. tinha sido tomado.

— Tudo que estou dizendo é que Jared conversou com você. — A voz dela estava calma, o oposto da minha. — Só isso. Você está parecendo a valentona agora. Acabou com duas festas dele, quebrou o nariz de um dos

INTIMIDAÇÃO

seus amigos e chutou o saco desse mesmo amigo.

Maravilha! Porra, que maravilha! Ele está ficando como vítima?

— Ele não te disse a história toda — falei, atabalhoada. — Ele invadiu o vestiário das meninas enquanto eu estava me vestindo.

K.C. franziu as sobrancelhas, parecendo confusa.

— Ele apenas falou com você, não foi? Ele não te tocou? — Felizmente, ela demonstrou alguma preocupação por mim, afinal. Estava pronta para arrancar a cabeça dela.

— Bom, ele não me atacou, é claro — rebati, me defendendo. Por um momento, considerei dizer a ela que ele invadiu minha casa, mas isso apenas a levaria a fazer mais perguntas a ele, que seriam respondidas... do jeito *dele*.

— Ele tem problemas — K.C. admitiu —, mas eu te disse, tem algo rolando entre vocês dois, que você ainda não conseguiu resolver. Apenas não estou convencida de que ele seja um cara tão ruim, afinal.

O suor cobriu a minha sobrancelha e respirei profundamente.

— K.C., Jared não é flor que se cheire. Você sabe disso. Quer dizer, sério, ele é um idiota, e não quero que você comece a inventar desculpas para ele. Ele não merece.

Ela deu de ombros, provavelmente por não querer argumentar, mas definitivamente não queria desistir. A discussão acabou e, pela primeira vez, queria estrangular minha melhor amiga. Minha única amiga, na real.

— Então, falou com Liam depois de sábado? — mudei de assunto, antes de morder um pedaço do meu sanduíche de frango.

— Não, e não poderia me importar menos — rebateu, concentrada em seu telefone.

— Uhum — murmurei, nada convencida. Liam e K.C. estavam juntos há mais tempo do que qualquer outro casal que eu conhecia. Tive dificuldades de acreditar que K.C. não se importava com a traição e a perda dele. Se eu fosse ela, provavelmente não seria capaz de perdoá-lo, mas não significava que não me machucaria.

— Ei, Tate. Como você está? — Ben Jamison surgiu no assento ao meu lado, gato como sempre. Não tínhamos nada em comum, mas ele era fofo e me fazia rir.

— Oi. Estou bem. E você? — Falei com Ben algumas vezes ultimamente. Ele parecia não saber sobre o rumor envolvendo Jared e eu no vestiário.

— Estou bem... — Ele se embolou no "bem", como se estivesse nervoso e procurando o que dizer na sequência. — Tem um restaurante mexicano, Los Aztecas, que abriu quando você estava fora, e estava me perguntando se você me deixaria me desculpar por ter sido um babaca e não ter te chamado para sair bem antes, jantando comigo esta semana? — Ele arqueou as sobrancelhas e esperou.

Uma risada surpresa saiu da minha garganta. Bem, sua honestidade foi agradável.

— Hmm, bem... — Procurei as palavras. — Como vou saber que você não será um babaca no nosso encontro? — desafiei. K.C. deu uma risadinha ao meu lado.

Ben sorriu com os olhos, mordendo o lábio inferior, claramente pensando em algo. Ele arrancou uma folha do caderno e começou a escrever. Após quase um minuto, me entregou a folha e saiu andando. Olhando por cima do ombro apenas uma vez e me oferecendo um sorriso de campeão, ele se virou e desapareceu na cantina.

— O que está escrito? — K.C. espiou o bilhete na minha mão antes, dando uma mordida em seu *wrap* de frango.

Abrindo, sorri imediatamente. Ele escreveu um contrato.

A quem possa interessar,

Prometo levar Tatum Brandt para jantar. Ela é linda, esperta e adorável. Devo me considerar sortudo se ela disser sim.

Se eu agir como um babaca, então serei um cuzão, idiota e sem cérebro. Todos que lerem este bilhete têm minha permissão para retaliar como acharem necessário.

O super-herói mais atraente, engraçado e rico da escola,

Ben Jamison.

Dei o bilhete para K.C. e a observei, tentando não cuspir a comida em meio à sua risada. Nem três segundos depois, recebi uma mensagem:

> Hoje à noite, te pego às 7?

Ele não estava me dando muito tempo para pensar, estava? Andei usando o carro do meu pai desde que retornei, então respondi sua mensagem e disse a ele que o encontraria lá. Preferia ter a opção de ir embora quando quisesse.

> Parece bom!

Ele respondeu na sequência. Não consegui esconder o sorriso do rosto, e K.C. me olhava com curiosidade.

— E aí? — perguntou, com a boca cheia.

— Ele vai me levar para jantar hoje à noite. — Embora estivesse animada por ir a um encontro de verdade, meu tom de voz era realista. Ben parecia ser um cara legal, mas notei que meu coração não acelerava quando ele estava por perto. Não era para ser assim? — Vou encontrar com ele às sete.

Tive alguns encontros quando estudei fora, mas nenhum deles se tornou mais que um amigo. Ben e eu tínhamos interesses diferentes, mas não era como se os caras estivessem batendo na minha porta ultimamente. Eu poderia ir a um encontro com ele, talvez me surpreendesse.

— Que maravilha. Me liga hoje à noite depois que chegar em casa. Quero saber como foi.

K.C. provavelmente sabia que eu ainda estava apreensiva sobre a atenção que estava recebendo. Depois de tanto tempo sem confiar nas pessoas e de ser ignorada fora do meu pequeno círculo, minha cabeça dava pane com a ideia de que um dos caras mais gatos da escola tinha me chamado para sair.

Sua paranoica! Repreendi a mim mesma.

Depois do último rumor, as coisas pareciam ter se acalmado, porém. Aparentemente, o senhor Fitzpatrick, o professor de Teatro, foi pego em um encontro com uma aluna do último ano, Chelsea Berger, então eu já não era mais novidade... no momento.

CAPÍTULO TREZE

O jantar começou com o Ben esclarecendo qualquer mal-entendido, por assim dizer.

— Nunca acreditei naquelas merdas sobre você, Tate. Eu admito, era um dos primeiros a rir no começo, mas, depois de um tempo, tudo que eu precisava fazer era olhar para você ou ver como agia nas aulas para saber que algo não estava batendo. — Ele tomou um gole do refrigerante e adicionou: — E mais, você parece limpa demais para ter piolhos.

Neguei com a cabeça e sorri com aqueles boatos estúpidos.

— Bem, você seria um dos poucos que pensam diferente ao meu respeito. Mas seja sincero. Foi a minha foto de toalha que te conquistou, não foi?

Ben quase engasgou com as batatinhas enquanto ria. Esquecer toda a merda dos últimos anos parecia a melhor ideia possível neste momento. Jared era um dramalhão. K.C. era um dramalhão. Queria que com o Ben as coisas fossem fáceis. Só queria me divertir esta noite.

Comemos *enchiladas* e ele brincou que, se inventassem um restaurante de comida mexicana e sushi, ele nunca mais comeria em outro lugar. Embora eu não fosse fã de sushi, ri daquele conceito hilário.

— Então por que você me chamou para sair? — Mergulhei umas das batatinhas que sobraram da nossa refeição no molho de salsa e dei uma mordida.

— Sendo honesto? Eu já queria há algum tempo. Só que nunca tive coragem. Você meio que está na minha lista de desejos.

Não tinha certeza se aquilo era um elogio ou um insulto.

— O que você quer dizer? — Este encontro talvez acabasse logo, logo.

— Sabe, uma daquelas listas de "coisas que você simplesmente tem que fazer antes de morrer"? Precisava te conhecer melhor. Sempre tive interesse. Então, quando você voltou da Europa e te vi no primeiro dia de aula, não conseguia te tirar da cabeça.

Estreitei os olhos, o escutando. Andei de cabeça baixa a maior parte do ensino médio, sem saber que Ben tinha uma quedinha por mim.

Não podia evitar o pensamento: como seria a minha vida escolar se Jared nunca tivesse se virado contra mim?

— Então você ficou intimidado por causa dos rumores esses anos todos? Que covarde — repreendi, sarcástica. O que me surpreendeu foi a farpa ter saído dos meus lábios com tanta facilidade. Não me sentia nervosa ao redor dele e meus ombros relaxaram. Dei-me conta, lá no fundo, que isso também significava que eu não me importava com o que ele pensava também.

Ele se inclinou, seus lábios cheios se virando para cima.

— Bem, espero estar remediando isso esta noite.

— Até agora, tudo bem.

Saímos do restaurante rindo e caminhando pelo centro, conversando sobre nossos planos para a faculdade. No trajeto de volta para os nossos carros, respirei fundo quando ele se inclinou para me beijar. Surpreendentemente, seus lábios eram suaves e gentis, e seu calor me fez me aproximar dele. Apoiei as mãos em seu peito e ele passou os braços ao meu redor, mas não tentou forçar a língua na minha boca. Era seguro... confortável.

Definitivamente não deveria ser assim.

Não experimentei nenhum daqueles arrepios que K.C. mencionou sobre quando se está perto de um cara por quem você está atraída. Definitivamente não era o tipo de empolgação que li nos livros sobre garotas do ensino médio e anjos caídos. E não foi aquele tipo de calor pulsante que sinto quando estou perto... *não, não!*

Parei minha linha de raciocínio pouco antes de sair dos trilhos. *Isso não é atração*, disse a mim mesma. Apenas adrenalina que surgia por conta do confronto. A reação do meu corpo a *ele* não era algo que eu podia controlar.

— Posso te ligar? — sussurrou.

— Claro — concordei, um pouco envergonhada porque a minha mente estava preocupada com outro garoto.

Tinha interesse em passar mais tempo com Ben de novo. Talvez aquela faísca não estivesse lá naquela noite, mas eu estava estressada e ele merecia outra chance. Talvez só precisasse de tempo.

Ben me esperou entrar no carro antes de partir com o dele. Pegando o celular, corri para mandar mensagem para K.C. e dividir todos os detalhes do meu encontro. Mesmo com uma leve dúvida sobre a minha atração, foi divertido e estava animada em compartilhar as novidades com ela.

> Posso ir aí?

> Você se divertiu?

Ela perguntou.

> Sim, mas queria conversar... pessoalmente.

Não estou prestes a ter uma conversa inteira por mensagem de texto.

> Ele foi legal?

> Sim! Foi bom. Não se preocupe. Só estou meio empolgada e queria conversar.

Minha impaciência quase me fez ligar o carro e ir até a casa dela mesmo sem resposta.

> Tenho que trabalhar até tarde. Te vejo amanhã antes da aula?

Meus ombros caíram levemente com sua resposta. Estava perto do seu trabalho, mas não queria incomodar. Devolvi com:

> Sim, tranquilo. Boa noite.

> Boa noite! Fico feliz que você se divertiu.

Logo então, ouvi o ruído do motor de uma moto passando pelo meu carro e fazer um retorno à frente. Parou do outro lado da rua, a quase cinquenta metros, em frente ao Spotlight Cinemas — onde K.C. trabalhava. Meus dedos formigaram ao ver Jared, e todo o resto parou. Ele deixou o motor ligado enquanto esperava sentado, mantendo a moto no lugar, uma perna de cada lado. Tirou o celular do moletom preto e parecia estar enviando uma mensagem... e aguardando.

Nem um minuto depois, K.C. veio saltitando do cinema, correndo até ele. Ela se inclinou e tocou seu braço.

Filho de uma...

Estava tendo dificuldades para respirar. Que merda era aquela que eu estava vendo agora?

Observei o sorriso que ela deu para ele. Ele sorriu de volta, mas não a tocou. Ela parecia muito íntima dele. Tirando o capacete, ofereceu a ela com algumas palavras. Ela não recebia os mesmos sorrisos maliciosos e olhares ameaçadores que eu. Ela passou os dedos no cabelo com gel dele antes de aceitar o capacete e colocar na própria cabeça. Ele apertou as tiras, antes de ela subir atrás dele e passar os braços na altura do seu estômago.

Escorreguei na mesma hora em meu banco quando eles passaram voados por mim. Os dois conheciam o carro do meu pai, mas esperava que não tivessem reconhecido. De qualquer modo, não era como se fossem parar e dizer "oi".

Agulhas pareciam pinicar a minha pele e meus ouvidos zumbiam. Minha garganta doeu ao lutar contra as lágrimas.

Ele conseguiu ganhar a K.C.

K.C. mentiu para mim sobre trabalhar até tarde.

Ela colocou os braços ao redor dele.

Não tinha certeza de com qual dos dois eu estava mais chateada.

CAPÍTULO CATORZE

Depois de ficar sentada no meu carro por minutos além do que queria admitir, me acalmei o suficiente para dirigir.

O tempo todo que levei para chegar em casa e me arrastar até a minha varanda da frente, tive diversas versões de conversas internas com K.C. e monólogos sobre escolhas direcionados a Jared, incluindo todos os meus xingamentos favoritos. Quanto mais conversava comigo mesma, mais ficava puta. Gritar, chorar, estourar plástico bolha — tudo isso parecia ser uma boa neste momento.

No que ela estava pensando? Mesmo se Jared tivesse falado manso com ela, valia a pena machucar sua melhor amiga?

Agora eu sabia qual tinha sido o joguinho de Jared. Ele estava tentando virar minha amiga contra mim. K.C. sabia muito bem o que Jared tinha feito comigo, mas ele conseguiu mexer com ela. Chamou a atenção dela para o fato de que seu namorado a estava traindo e depois surgiu para recolher os cacos que ficaram. Como ela poderia ser tão cabeça fraca?

Ela precisava saber que Jared a estava usando. Mas como eu podia contar aquilo para ela?

Tentando me manter ocupada para não fazer nada estúpido, terminei minha lição de Cálculo, completei a leitura da aula de Política e me livrei dos alimentos vencidos da geladeira e dos armários. Depois de ficar exausta com várias tarefas a ponto de finalmente parar de falar comigo mesma, subi as escadas para tomar um banho.

Quase uma hora depois de eu sair da banheira, o barulho da moto de Jared soou pela nossa rua. Levantei da cama para espiar pela janela. Percebendo que o relógio marcava meia-noite, calculei que fazia três horas desde que o vi com K.C.

Três malditas horas! O que eles estavam fazendo?

Ele voltou sozinho para casa. Isso era bom, pelo menos.

Ele estacionou na garagem e percebi os faróis de outro veículo fazendo uma parada abrupta em frente à casa. Ele pulou da moto e tirou o capacete, mas o manteve na mão. Correu até o meio-fio para se encontrar os ocupantes do veículo. O motorista e o passageiro já tinham saído de dentro e foram para cima dele.

O que era isso?

Jared se sobressaía entre eles, não apenas pelo tamanho, mas também pela constituição física. Ele era alto desde os catorze anos, agora já deveria ter passado de 1,80 m. Julgando pela forma como os encarava, esses caras não eram amigos.

Abri as portas para ter uma visão melhor. Jared balançava o capacete no espaço entre eles, e os outros garotos estavam gritando e tentando avançar para cima dele. Escutei as palavras "vai se foder" e "supera". Eles continuavam discutindo, em tom alto e intrusivo.

Ficou difícil respirar de uma hora para a outra. A discussão deles parecia estar saindo do controle. *Eu devia ligar para a polícia?*

Apesar de estarem avançando na propriedade dele, Jared não recuava. As chances estavam contra ele, no entanto. *Merda, Jared. Cai fora daí.*

Um dos homens o empurrou e eu estremeci. Reagindo, Jared colou no rosto do cara, o empurrando com o corpo até ele ser forçado a recuar.

Naquele momento, o GTO de Madoc veio correndo pela rua, cantando os pneus na parada. Assim que os estranhos o viram sair do carro e correr na direção deles, começaram a dar vários socos em Jared. Ele acabou soltando o capacete, que caiu no chão.

Jared focou em um dos caras, e os dois caíram no chão, parecendo uma luta de MMA. Cada garoto rolou no gramado, dando socos.

Peguei meu telefone na cama e saí correndo do quarto escada abaixo. Abrindo a gaveta na mesa da entrada, peguei a Glock-17 que meu pai me instruiu a manter por lá se estivesse sozinha em casa.

Agarrei a maçaneta. *Ligo para a polícia ou vou lá fora?* Isso terminaria antes mesmo de a polícia chegar. *Dane-se.*

Abri a porta e fui até a varanda. Os caras estavam todos no gramado da frente de Jared, com ele e Madoc montados sobre os seus oponentes, socando-os sem pensar. Meu coração martelou com aquela imagem, mas não consegui parar de olhar. A sensação de urgência que me fez correr para fora de casa diminuiu quando percebi que Jared estava vencendo.

Hipnotizada com a briga acontecendo em frente a mim, pisquei quando ouvi o grito revoltado de Jared. Seu oponente, um cara mais velho e tatuado, puxou uma faca e cortou seu braço. Desci correndo as escadas, a arma em punho, bem a tempo de vê-lo pegar o capacete e acertar o cara na cabeça. O dito cujo se contorceu e caiu no chão, gemendo, com sangue escorrendo por sua testa. A faca caiu na grama ao seu lado. Jared se levantou, pairando sobre o cara praticamente inconsciente.

Madoc socou no estômago de seu oponente mais uma vez e, o jogando sobre o ombro, largou o cara no chão perto do Honda.

Jared deixou seu adversário sangrando e mal se movendo no chão, apertando o bíceps esquerdo. A manga do moletom preto estava ensopada de sangue e brilhava onde havia sido cortado. Meus olhos preocupados se voltaram para a mão daquele braço. Um fio vermelho corria e pingava da ponta de seus dedos. Tive um breve impulso de ir até lá para ajudar, mas resisti. A gentileza seria rejeitada. Ele e Madoc precisavam ir a uma emergência, mas, como era uma noite em que ele teve escola, sua mãe *deveria* estar em casa.

Caminhando até o Honda, Jared levantou o capacete acima da cabeça e desceu com tudo, em um barulho ensurdecedor, direto no para-brisa. E de novo, repetiu a ação, amassando o vidro uma e outra vez, até estar estilhaçado e se tornar inútil.

Voltando para casa, Jared parou perto do homem que estava no chão.

— Você não é mais bem-vindo no Loop. — Sua voz estava baixa e cansada. Seu tom era estranhamente calmo.

Eu não podia fazer nada, apenas ficar lá, paralisada de choque com a cena que acabara de presenciar.

Quando Madoc se curvou para pegar o segundo garoto, sua atenção acabou se voltando para mim.

— Jared — avisou. Seguindo seu olhar, meu vizinho virou os olhos para mim.

Um pouco tarde demais, percebi que estava parada com uma arma... ao ar livre... de roupa íntima. Minha camiseta do Three Days Grace e a calcinha boxer vermelha me cobriam, mas eram justas. Meus pés estavam descalços e meu cabelo estava solto nas costas. A Glock estava bem presa na minha mão direita, ao lado do corpo, com a trava acionada. *A trava estava acionada? Sim, a trava estava acionada... eu acho.*

Madoc estava com o nariz sangrando, sem dúvidas quebrado de novo, mas me deu um largo sorriso. Jared parecia... perigoso. Ele me estudou, seus olhos escuros e sobrancelhas sérias fizeram eu me sentir mais exposta do que nunca. Suas mãos se fecharam em punhos, os olhos viajando cautelosamente pelo meu corpo, e então para a arma em minha mão. Consegui sentir a energia que vinha dele em ondas quentes.

Argh, como eu sou estúpida! Eu realmente queria ajudá-lo?

Franzi a sobrancelha e torci os lábios, em um esforço para parecer irritada. Ele era um cuzão por trazer todo esse drama para a nossa rua! Virando-me, subi rapidamente os degraus da varanda e bati a porta por trás de mim.

Ao levar a arma para o quarto naquela noite, não tinha certeza do que exatamente estava me protegendo. A droga da arma não manteria aqueles olhos castanhos longe dos meus sonhos.

CAPÍTULO QUINZE

O barulho de bolhas estourando do meu computador soou cedo na manhã seguinte, me avisando de uma chamada.

— Oi, pai — falei, pausadamente, ainda com sono, depois de ter aceitado a ligação.

— Bom dia, abobrinha. Parece que te acordei. Dormindo até mais tarde hoje? — Ele parecia preocupado.

Olhando para o relógio do notebook, vi que já eram seis e meia.

— Droga! — Empurrando as cobertas, corri até o closet. — Pai, a gente pode conversar depois que eu chegar em casa à noite? Eu devia estar no laboratório daqui a trinta minutos.

Terças e quintas eram melhores para o doutor Porter, meu mentor e professor de Química do segundo ano, então optei por ir ao laboratório sempre naquelas manhãs para ter algum tempo extra para trabalhar na minha pesquisa para a Feira de Ciências.

— Sim, claro, mas vai ficar bem tarde para mim... ou cedo, na verdade. Escute, só precisava te dizer que a vovó vai aí esta noite.

Coloquei a cabeça para fora da porta do closet e sufoquei um gemido.

— Pai, acha que não pode confiar em mim? Tenho estado muito bem aqui por conta própria. — Quase parecia que eu estava mentindo. Tudo que aconteceu na noite passada, com a K.C. e depois a briga, me acertou com tanta força que eu não queria nada além de socar alguma coisa.

— Confio plenamente em você... mas sua avó não. — Ele riu. — Ela só está preocupada por você estar por conta própria, então disse que passaria uns dias aí, provavelmente uma semana, para te dar uma mãozinha. Você ainda é menor de idade, afinal de contas, e ela fica vendo aqueles noticiários tipo *Sex Slaves in the Suburbs*, que fala sobre tráfico sexual. Ela se preocupa.

Meu pai e minha avó odiavam a ideia de eu praticamente morar sozinha durante três meses, mas meu desejo de estar na minha própria escola no último ano venceu.

Coloquei um jeans skinny, deslizei uma camiseta violeta de manga comprida e justa por cima da cabeça e saí do closet.

— Se isso vai aplacar as preocupações dela... Mas, como pode ver, estou bem. — Suspirei.

— Não tenho nem certeza de quais são as leis sobre isso, na verdade. Você não está se metendo em problemas, né? — Seus olhos se estreitaram em mim, enquanto eu colocava uma sapatilha preta. Meu pai costumava ser bem tranquilo na maioria das coisas, mas tentar me educar lá da Alemanha o estava deixando louco. Era a sétima vez que conversávamos nas últimas duas semanas. Com o fuso horário, isso era um feito e tanto.

— Claro. — Quase engasguei com as palavras. Se você puder chamar correr para fora de casa para possivelmente atirar em alguns bandidos de "não se meter em confusão"... — E farei dezoito anos em algumas semanas. Quase não sou mais menor de idade.

— Eu sei. — Meu pai exalou, esgotado. — Tudo bem, vai lá. Só esteja em casa para jantar com a sua avó hoje à noite.

— Sim, senhor. Ligo amanhã de manhã. Pode ser?

— Falo com você amanhã então. Tenha um dia maravilhoso, abobrinha. — Ele então desligou.

As barras de cereais e o suco que peguei antes de sair de casa para tomar de café da manhã conseguiram segurar minha fome durante o trabalho no laboratório, mas, logo que o primeiro sinal tocou, a fome começou. Somado ao fato de que K.C. não apareceu nem me mandou mensagem de manhã, disparei, irritada, pelo corredor em direção à cantina para passar na máquina de venda automática antes da aula.

Minha concentração estava voando em cinco direções diferentes nesta manhã. Esqueci de ir na loja de ferramentas para comprar suprimentos ontem à noite, então a pesquisa que eu queria ter feito hoje de manhã acabou dando poucos frutos. Depois de ter quebrado um béquer e quase queimar minha mão com o bico de Bunsen, limpei tudo no laboratório antes de acabar me matando.

Meu maxilar doía de tanto ranger os dentes a manhã inteira. Imagens das pernas de K.C. coladas no quadril de Jared naquela moto continuavam me atacando. Os "e se" do que poderia ter acontecido ontem à noite se aquela faca tivesse cortado o pescoço ou a barriga de Jared, em vez do seu braço, piscavam na minha mente.

Virando no corredor, parei imediatamente.

O quê? O QUÊ?!

K.C. estava encostada na parede amarela ao lado das portas da cantina, enquanto Jared se apoiava nela. O braço dele estava na parede acima de sua cabeça, e o rosto dele estava mergulhado em direção ao dela, levando os lábios a poucos centímetros dos dela. A regata branca que ela estava vestindo se levantou, mostrando um pouco de pele conforme o polegar de Jared a acariciava suavemente, segurando seu quadril.

Ele disse alguma coisa em seus lábios e o peito de K.C. subiu e desceu, respirando fundo.

Não.

Meu coração martelava, um calor correndo pelo meu corpo. Assisti quando ele, finalmente, capturou os lábios dela. Ele puxou o corpo dela devagar para si, e ela passou os braços por seu pescoço. Uma náusea começou a subir pela minha garganta, meus olhos queimando. K.C. parecia estar em um buffet, saboreando todas as sobremesas, uma mordida de cada vez.

Aquela vaca!

Espera, o quê? Eu deveria estar brava com ele, se não mais do que com a K.C., então no mínimo na mesma proporção. Jared a perseguiu e, eu sabia com toda certeza, que fez isso para me machucar. Por que eu a queria longe dele ao invés dele longe dela?

Por sorte, praticamente todos os alunos já tinham ido para a aula. Caso contrário, eles estariam dando um belo show. Eu era a única na plateia.

Olhando para eles outra vez, os lábios de Jared ainda a estavam devorando. Ele mordia a sua boca antes de descer para o pescoço, arrancando um gemido de prazer. Os olhos de K.C. estavam fechados, e ela mordia o lábio inferior, mostrando que se colocava nas mãos dele. Jared parecia beijar bem, e eu estava sem fôlego com a dor no meu peito. Estremeci quando vi a forma delicada que ele enterrava os lábios por trás da orelha dela.

Ah, Jesus.

O segundo sinal tocou. Tínhamos um minuto para chegar na aula. K.C. pulou e deu uma risadinha com a interrupção. Jared sorriu maliciosamente antes de tocar a ponta do nariz dela. Quando ela se virou para correr até a sala, ele deu tapinha em sua bunda.

Voltei pelo corredor. Se ele não a seguiu, é porque viria nesta direção. Eu com certeza não queria que ele soubesse que presenciei sua demonstração. Minha raiva alimentava sua fome, e eu não queria perder o controle ao redor dele.

— Ei, cara. — Escutei a voz de Madoc, que passava pelas portas da cantina. — Era K.C. que saiu correndo? Vocês ainda não treparam?

Jared soltou uma risadinha, o barulho de seus passos se aproximando.

— Quem disse que não?

Engoli em seco.

— Ah, porque ninguém nunca te vê com uma garota depois de foder com ela. Duvido até que você espere tirar a camisinha para esquecer os nomes delas.

Jared parou bem na frente das escadas, que ficavam do outro lado da entradinha escura onde eu me escondia. Ele franziu as sobrancelhas, surpreso.

— E você espera? — perguntou, na defensiva, enfiando as mãos nos bolsos do jeans. Sua camiseta branca e a blusa térmica preta estavam penduradas no torso.

— Sim, sim. Eu sei. — Madoc rolou os olhos, machucados na noite anterior. Seu nariz não estava enfaixado, mas tinha um corte. — Só estou dizendo que você nunca ralou tanto para levar uma garota para a cama.

— Não estou com pressa. Pode ser que eu queira brincar um pouco com essa aí. — Jared deu de ombros e começou a subir as escadas, mas parou e se virou para encarar Madoc, parecendo prestes a dizer algo antes do amigo o cortar.

— Tate vai ficar puta. — A voz de Madoc parecia divertida, e eu quis sair correndo ao escutar meu nome.

— Esse é o ponto — Jared afirmou, categórico.

— Ah... então esse é o plano — assentiu Madoc, finalmente entendendo o jogo.

Minha garganta se apertou e a boca secou. Ele sabia que K.C. era minha melhor amiga, a única amiga que eu tinha praticamente, e perdê-la me faria me sentir miserável. O aperto se espalhou até minha mandíbula e neguei com a cabeça, com desgosto. Ele me odiava tanto assim?

— Valeu de novo pela ajuda na noite passada. — Jared sinalizou com o queixo para Madoc, virando de novo para as escadas.

— Essa coisa com a Tate... — Madoc falou, e Jared parou e se virou de novo. O outro continuou: — Por que fazemos isso? Sei que já perguntei antes, mas você não me fala merda nenhuma. Não te entendo.

Os olhos de Jared se estreitaram.

— Acho que você vai além do limite. Mexe com ela sem eu pedir, então por que se importa?

Madoc soltou uma risada nervosa.

— Não é coisa minha. Nunca quis fazer daquela garota minha inimiga. Ela saiu de casa ontem à noite como se estivesse pronta para nos ajudar. Ela é gostosa, atlética, durona e sabe usar uma arma. Como não gostar dela?

Jared desceu a escada e parou um degrau acima de Madoc. Sua sobrancelha se fechou em uma carranca ao encarar o amigo.

— Fique longe dela.

Madoc ergueu as mãos.

— Ei, cara, não se preocupe. Ela quebrou meu nariz e chutou as minhas bolas. Esse navio já partiu. Mas, se você não a quer, por que mais ninguém pode ter uma chance?

Jared parou como se estivesse procurando as palavras. Depois, soltou um suspiro frustrado.

— Não vou mais ficar no caminho. Se ela quiser sair e transar com todos os caras da escola, ela que fique à vontade. Cansei.

— Que bom, porque andam falando que ela saiu com Ben Jamison ontem à noite. — O tom de Madoc parecia um pouco satisfeito demais em contar as novidades. A expressão carrancuda de Jared, acompanhada de sua aparência sombria, o tornava formidável.

— Beleza — disse ele, mas seu maxilar permaneceu tenso. — Não dou a mínima. Todo mundo pode ficar com ela.

O ar travou na minha garganta.

Ele terminou de subir as escadas e desapareceu. Madoc encarou Jared por mais um momento antes de continuar pelo corredor e desaparecer também.

A sensação de levar uma facada na garganta se transformou em lágrimas que estavam querendo sair. Corri para o banheiro feminino mais próximo e me tranquei em uma das cabines. Minhas costas colapsaram contra a parede e escorreguei até meu traseiro pousar no chão. Abraçando meus joelhos, me entreguei às lágrimas. Meu colapso foi silencioso, a miséria arraigada em minhas entranhas e não na garganta. A pior parte era não saber se estava brava, triste, desesperada ou miserável. O profundo lamento saiu do meu corpo em silêncio, mas as lágrimas escorreram pelas minhas bochechas como um rio.

Jared se deleitou com o meu tormento como se fosse um doce. Ele me atirou aos lobos uma e outra vez, se alegrando com a infelicidade que me causou. Jared, meu amigo, tinha desaparecido completamente, deixando um monstro frio em seu lugar.

Suas últimas palavras também me irritaram. Ele estava me libertando, *permitindo* que eu namorasse. *Que audácia!* Em meu laço doentio e distorcido com o garoto que costumava ser meu amigo, ainda consegui sentir um *certo* alívio pela atenção que ele me mostrou. Mesmo sendo atenção negativa, pelo menos ele sabia da minha existência de algum modo. Talvez, se ele se der o trabalho de cruzar o meu caminho, então poderia ser que levasse consigo um pedaço de mim também. *Mas ele tinha se cansado*, como ele mesmo disse.

Fiquei de pé, me lembrando de que Jared prometeu que eu estaria chorando ainda esta semana. Trabalho bem feito, e era só terça-feira. Secando os olhos, tive que admitir que o babaca tinha talento.

— Desculpe por te deixar esperando hoje de manhã — K.C. se desculpou, deslizando a perna por cima do banco na mesa de piquenique. Ela se atrasou para o almoço também. — Vai, fala tudo sobre ontem à noite! — Ela parecia falsa, como se sua empolgação exigisse esforço. Sua cabeça estava em outro lugar.

Ontem à noite, pensei. A primeira imagem que me atingiu foi ela e Jared naquela moto, e então o beijo esta manhã. A segunda coisa que me veio à mente foi a briga que presenciei. A figura superassustadora que Jared apresentou ontem à noite ao socar seu oponente era o motivo de as pessoas nesta escola não andarem fora da linha perto dele. Alguns queriam estar em sua órbita, enquanto outros mantinham uma distância respeitosa. Algumas pessoas queriam ser reconhecidas por ele, porém outras se consideravam sortudas por não serem notadas.

— Ontem à noite? Por que não começa? — Olhei de relance para ela, tomando um gole da minha água. Ponderei a ideia de agir como se não soubesse de nada, mas ela e Jared não controlariam as minhas emoções. Isso tinha que ser resolvido.

— Do que você está falando? — K.C. estava com os olhos arregalados.

Peguei você.

— Vai mentir na minha cara então? Eu vi. Eu vi você e ele de moto ontem à noite e depois novamente hoje de manhã na cantina. — Torci os lábios e joguei o guardanapo amassado na mesa.

— Tate, é por isso que não te contei...

— Me contou o quê? Que está fodendo com o cara que me machuca? Que vocês dois estão rindo de mim por trás das costas? — Minha voz falhou, mas estava grata por não ter começado a gritar.

— Não é assim.

Sabia que ela não queria me ferir, mas não podia apenas escutar isso. Não tinha desculpa. O calor da raiva nublou minha racionalidade. Eu estava brava pra caralho, e queria que ela se sentisse tão mal quanto eu.

É assim que nascem os valentões, pensei, mas não deixava de ser bom cuspir aquilo tudo, e eu não queria parar.

Deixei escapar uma risadinha rancorosa:

— Sabe, acho que deveria agradecer ao Jared por ter me poupado de todo esse drama com o passar dos anos. Amigos que não posso confiar e garotos que só serviriam para me irritar. O que você está fazendo com ele?

Ela ignorou minha pergunta.

— Jared te poupou do quê? O que você está dizendo?

Mas que inferno. Por que ela se importava mesmo? Eu deveria apenas dar as costas, mas não o fiz.

— Madoc me contou tudo sobre como eles destruíram todos os meus possíveis encontros no primeiro e no segundo ano. Eles começaram *todos* os rumores e arruinaram qualquer esperança que eu tinha de fazer amigos ou conseguir um namorado.

— Você acredita no que o Madoc diz agora? — rebateu, em um tom de acusação.

— Parece algo razoável, não? Madoc não mentiria sobre seu melhor amigo. E não teria me contado se achasse que Jared ficaria bravo. Acho que ambos estão bem orgulhosos de si mesmos.

O deleite de Jared começaria assim que eu puxasse uma briga com a minha melhor amiga, por causa do meu ódio por ele ou pelo envolvimento dos dois. O bolo doloroso que se formou na minha garganta ficou ainda maior. Queria me acalmar e resolver isso, mas era necessária toda força de vontade que eu não tinha para não ir embora. Ela me traiu, mas esteve ao meu lado em meio a tudo isso. Era meu dever não cair fora no primeiro sinal de problemas.

— K.C. — continuei, depois de respirar fundo algumas vezes —, não estou de boa com isso. Se você vai namorar o Jared... — Acho que não devia me preocupar dar de cara com Jared na casa da K.C. ou tentar um encontro duplo. Se ele conseguisse o que queria, eu perderia minha amiga de qualquer jeito. Deveria dizer que ele a estava usando, mas isso só a irritaria ainda mais. — Não confio nele e isso não vai mudar.

K.C. olhou nos meus olhos.

— E nós somos amigas. Isso não vai mudar nunca.

Ainda brava pra caramba, soltei a respiração que estava prendendo.

— Vale a pena? — perguntei. — Namorar ele sabendo que o odeio? — Por que isso era tão importante? Ele realmente significava algo para ela?

Ofereceu um sorriso contido, olhos abaixados.

— Ele merece a forma como você se sente sobre ele, mas o que carregar esse ódio por aí fez a você?

Irritada, neguei com a cabeça. Acredite em mim, se eu pudesse ter me livrado disso, eu teria.

Última tentativa de fazê-la usar a cabeça:

— Sabe que Jared é um grande jogador, né? Tipo, ele já ficou com várias nesta escola e em algumas outras também.

— Sim, *mãe*, estou ciente do histórico dele. Não sou um alvo fácil, sabia?

— Não é, mas Jared é bom atirador — devolvi, inexpressiva.

Olhamos uma para a outra e rimos. A tensão em meu peito se acalmou quando percebi que nossa amizade estava segura... pelo menos por hoje.

— Venha jantar na minha casa. Precisamos de uma noite de meninas — K.C. convidou, descascando uma laranja.

— Não, não posso. — Estava exausta e, para ser sincera, não queria fingir que estava tudo bem. — Minha avó chega hoje. Eu te convidaria, mas tenho certeza de que ela vai querer se atualizar bastante. Faz mais de um ano desde que a vi pela última vez.

— Sim, claro. — Naquele instante, ela recebeu uma mensagem. Abrindo, deu um sorriso de orelha a orelha, como se estivesse curtindo uma piada interna.

Notando que eu a observava, ela me deu um sorriso de desculpas e continuou comendo. Espiei pelas janelas da cantina e vi Jared sentado do lado de dentro, bem tranquilo em sua mesa, o celular na mão. Ele deu um sorriso perverso para mim, e eu soube que estava nos observando.

E sequei uma lágrima falsa com o dedo do meio. Mais uma vez.

CAPÍTULO DEZESSEIS

No início da tarde, bocejos surgiam em meu corpo a cada cinco minutos. Depois da ligação de manhã, do laboratório, do episódio entre Jared, K.C. e Madoc, da sessão de choro no banheiro e a conversa franca no almoço, meu corpo precisava se desligar um pouco. Mais uma aula e poderia ir para casa e dormir. Se tivesse sorte, veríamos um filme em Cinema e Literatura. Quando lembrei que Jared fazia essa aula comigo, no entanto, uma tensão renovada colocou fogo em meus músculos do ombro e do pescoço.

Depois que me sentei, Nate Dietrich andou até a minha mesa e se inclinou.

— Ei, Tate, que tal sair comigo neste fim de semana?

Não consegui evitar de rir sozinha. Este cara passou por mim no corredor na semana passada e agarrou a virilha na minha direção.

— Não, obrigada, Nate.

Com seu cabelo cacheado castanhos e olhos de avelã, ele era bonito de certa forma, mas burro demais para eu tolerar. Quando não estava fazendo alguma piada imatura, ele *era* a piada imatura.

— Ah, vamos lá. Me dá uma chance. — Seu tom de voz longo e monótono fazia parecer que estava conversando com uma criancinha.

— Não. Estou. Interessada. — Fiz contato visual com ele de propósito, lançando um aviso com os olhos. Não era mais segredo nenhum que agora eu podia cuidar de mim mesma. Ele deveria entender o aviso. Abrindo o caderno e olhando minhas anotações, torcia para que ele entendesse a dica de que a conversa tinha acabado.

— Não te entendo. — *Não. Como eu disse, burro demais.* — Você deu para o Trent no vestiário na semana passada, então deixou Jamison te levar para sair. Provavelmente deu para ele também. — Ele se inclinou mais para perto e passou a mão no meu braço.

Cada nervo do meu corpo se eletrificou. Queria trazer a cabeça desse cara até o meu joelho com força o bastante para abrir um fluxo de sangue que iria rivalizar com as Cataratas do Niágara.

— Cai fora — disse, entredentes, ainda tentando ler minhas anotações. — É o seu último aviso. — Não conseguia nem olhar para ele, de tão enojada que aquele encontro me fez sentir. A ideia de todo mundo pensar que eu era algo desprezível e descartável fez com que as paredes caíssem em cima de mim. Por mais que tentasse agir como se isso fosse normal para mim e que eu estava acostumada, ainda assim me sentia uma merda. O que as pessoas pensavam de mim importava.

— Jared está certo. Você não vale a pena — sussurrou Nate, rosnando.

— Sente-se, Nate. — Uma voz grave e autoritária nos assustou.

Olhando para cima, vi Jared parado atrás de Nate, dando-lhe um olhar assassino. Meu coração acelerou ao perceber que, pelo menos uma vez, o rosto irritado de Jared não era direcionado a mim.

Como sempre, Jared passava a impressão de que daria conta de um exército sozinho.

Nate se virou lentamente.

— Ei, cara, sem ofensas. Se você não tiver terminado com ela... — Nate deu de ombros, saindo do caminho de Jared.

— Não fale com ela outra vez. — A voz de Jared se estabilizou, mas seus olhos eram ameaçadores.

É o quê?

— Vá. — Jared apontou o queixo e Nate saiu como se tivesse sido dispensado.

Dei um suspiro amargo. Como ele ousava tentar resolver um problema que ele mesmo criou? Todos eles, em algum momento, pensaram que eu fosse uma vagabunda por causa dele. Não era isso que ele queria? Ser assediada e me sentir desconfortável não eram o objetivo daquele *bullying*? Cansada de ser atormentada por ele e de seus joguinhos, forcei a necessidade que sentia nos meus punhos de socá-lo. Foi quando notei que queria machucar Jared. Machucá-lo de verdade.

Eu te odeio.

Minhas emoções recaíram para um estado de lividez e relaxamento.

— Não me faça nenhum favor — cuspi, encontrando seus olhos. A satisfação de *poder machucá-lo* uma vez na vida seria boa pra caralho. — Você é um miserável, um pedaço de merda, Jared. Mas acho que eu também seria miserável, se meus pais me odiassem. Seu pai te abandonou e sua mãe te evita. E quem é que vai culpá-los, né?

Jared hesitou e imediatamente senti meu interior tremer. O que eu estava fazendo? Essa não era eu! Bile subiu pela minha garganta. *O que acabei de dizer para ele?* Esperava que a satisfação viesse, mas nunca veio.

Ele permaneceu em silêncio, seus olhos se estreitando em mim com uma pontada de raiva e desespero. Não tinha jeito de eu apagar o que acabei de fazer para ele. Mesmo que escondesse as emoções, eu tinha visto o arrepio.

É assim que nascem os valentões.

De propósito, acabei de fazê-lo se sentir mal-amado e indesejado. Disse que estava sozinho. Mesmo com todas as coisas que ele me fez, nunca me senti abandonada ou isolada. Sempre houve alguém para me amar, alguém com quem eu podia contar.

— Ok, turma. — A senhora Penley passou pela porta, me assustando. Jared não disse nada e foi pelo corredor até o seu assento. — Por favor, peguem as bússolas e procurem o seu Leste. Quando eu disser "vai", peguem seus materiais e sentem ao lado da pessoa para a discussão do dia. Fiquem à vontade para colocar as mesas lado a lado ou frente a frente. Vai.

Piscando para afastar as lágrimas que se formaram, quase não tive tempo para recuperar o fôlego antes de meu Leste andar até mim.

— Ei, moça bonita. — Ergui o rosto, vendo Ben já ao meu lado, procurando por uma carteira vazia.

Hoje não. Coloquei o cabelo atrás da orelha e respirei fundo. Ben e eu não tínhamos conversado desde o encontro de ontem à noite, e não tinha percebido isso até agora.

— Oi, Ben. — *Aguente mais uma hora*, cantarolei para mim. Precisava da minha música, da minha cama e, definitivamente, da minha avó.

— Estou bem. Agora. — Ele abriu um sorriso radiante, e não consegui evitar uma risada fraquinha. Ele era um garoto feliz, fácil de ter ao lado. Tinha que admitir isso.

— Certo, gente, como fizeram com o Sul na aula passada, por favor, apresentem-se para o seu Leste — a senhora Penley instruiu. Todo mundo gemeu, como na última aula, porque já nos conhecíamos bem.

— Eu sei, eu sei. — A professora acenou com as mãos para todos calarem a boca. — É um bom treinamento para todas as entrevistas da faculdade que vocês farão. Além de se apresentarem, quero que, dessa vez, compartilhem sua lembrança favorita para se conhecerem melhor. Vão em frente.

A senhora Penley começou a circular pela sala, que já estava cheia do burburinho das conversas. Olhei para Ben e nós dois bufamos, como se essa fosse a última coisa que gostaríamos de perder tempo fazendo.

— Oi. — Esticou a mão, que eu peguei, revirando os olhos e acenando. — Meu nome é Benjamin Jamison. Minha lembrança favorita foi ter feito meu primeiro *touchdown* no ensino médio. Saber que eu estava no time do colégio, o público muito mais intenso, a sensação foi incrível.

Era difícil não simpatizar com uma lembrança como essa. Com todos os espectadores torcendo por ele, aposto que sentiu o coração bater forte.

— Oi, meu nome é Tatum Brandt. — Acenei, sentindo que estava em um filme, durante uma reunião dos Alcoólicos Anônimos, onde diria "sou alcoólatra" logo em seguida. — E minha lembrança favorita foi quando... — Meus olhos imediatamente seguiram até Jared e então para a minha mesa. Essa memória em particular era impagável para mim, mas tive dificuldades em admitir para mim mesma. Talvez eu devesse apenas mentir, mas por que teria que ser eu a esconder? — Hm, acho que não vai ser um grande negócio como é a sua, mas... fiz um piquenique em um cemitério uma vez.

Ben arregalou os olhos.

— Sério? — Olhou para mim, curioso. — E do que se tratava?

— Ah. — Engoli em seco. — Minha mãe faleceu quando eu tinha dez anos, e fiquei com medo de visitá-la no cemitério. Realmente me deixava assustada. Por dois anos, me recusei a ir lá. Odiava saber que ela estava embaixo do chão daquele jeito. Então, esse garoto que era meu amigo... aquela época, preparou um almoço para nós e me levou ao cemitério um dia. Fiquei muito brava quando descobri para onde estava me levando, mas ele me disse que eu deveria estar feliz que a minha mãe estava lá. Disse que era o lugar mais bonito e tranquilo da cidade. Foi bem compreensivo e paciente. Nós nos sentamos perto do túmulo da minha mãe e comemos nosso almoço, escutando o rádio que ele levou. Me fez rir em um instante. Ficamos lá por um tempo, mesmo depois que a chuva começou. Agora, é um dos meus lugares favoritos para visitar. Por causa dele. — Meu rosto doía, e percebi que tinha um mega sorriso colado no rosto durante a história toda.

Por mais terrível que Jared tivesse se tornado, e eu também agora, ainda apreciava aquela memória. Sorria toda vez que pensava no que ele tinha feito por mim naquele dia. Ele conseguiu me devolver um pouco da minha mãe.

— Uau. Minha história do *touchdown* parece um pouco superficial depois disso. — Ben parecia realmente interessado no que eu tinha revelado.

— Gosto da sua história do *touchdown*. Queria ter tido mais *touchdowns*, por assim dizer.

— E então, você e esse garoto ainda são amigos? — perguntou Ben.

Ao encarar Jared do outro lado da sala, seu olhar me encontrou, e os pelos na minha nuca se arrepiaram. Seu olhar congelante mudou para Ben, e logo voltou para mim. Nenhum sinal de emoção que lembrasse algo humano.

— Não, somos praticamente estranhos agora.

Andando até o meu carro depois da escola, notei o ex-namorado da K.C. encostado nele.

— Liam? — perguntei, momentaneamente curiosa para saber o motivo de ele estar esperando por mim, porém ficando mais irritada, porque só queria ir para casa.

— Ei, Tate. Como vai? — Suas mãos estavam enfiadas nos bolsos, e ele olhava entre mim e o chão.

— Sobrevivendo. O que posso fazer por você? — indaguei abruptamente. Não era do meu feitio deixar de questionar a alguém como a pessoa estava se já tivesse me perguntado, mas estava chateada com Liam. Por mim, ele podia se afogar nas próprias lágrimas.

Ele sorriu, nervoso.

— Hm, escuta. Me sinto muito mal sobre o que aconteceu entre mim e a K.C. Estou tentando ligar para ela, passei na casa dela, mas acho não quer me ver.

Isso era novo para mim. Quando perguntei à K.C. se teve notícias de Liam, ela me disse que "não". Minha amiga não estava sendo tão honesta como sempre foi.

— E...? — Abri a porta do Bronco do meu pai e larguei a bolsa do lado de dentro.

— Tate, eu só preciso vê-la. — Seus olhos estavam vermelhos e ele estava inquieto. — Fodi tudo. Eu sei disso.

— Sua desculpa é essa? — Não era da minha conta, mas gostava de Liam. Pelo menos, antes de ele trair a minha melhor amiga. Queria entender. — Por que você traiu?

Correndo as mãos pelo cabelo escuro, se encostou no carro de novo.

— Porque eu podia. Porque fiquei envolvido lá no Loop. Sempre houve muitas garotas ao redor, e deixei subir à cabeça. K.C. só foi comigo algumas vezes, e mesmo então nunca mostrou interesse.

Minha cabeça doía apenas por pensar no que dizer a ele. Não podia fazer isso agora.

— Liam, preciso ir para casa. Vou falar para a K.C. que você quer conversar com ela, mas não posso ficar do seu lado nisso. Se você merecer, ela vai te perdoar. — Pessoalmente, não sei se perdoaria se fosse ela.

— Sinto muito. Não quis te envolver nisso.

— Sim, você quis — brinquei, relutante. No fundo do meu coração, não conseguia acreditar que Liam fosse um garoto ruim. Ele fez merda, no entanto, e não tenho certeza se valia correr o risco de perdoá-lo. Felizmente, eu não tinha que tomar essa decisão.

— Sim, eu sei. Sinto muito. Você era minha última esperança. Se cuida e... se vale de alguma coisa, sinto muito por esta bagunça. — Ele se afastou, caminhando até seu Camaro.

Soltando um suspiro, entrei na caminhonete e dirigi, antes da novela do dia virar *E o vento levou*.

CAPÍTULO DEZESSETE

— Hmmm... qual a boa, patroa? — gritei, abrindo a porta da frente. Meu corpo estava implorando pela minha cama, mas decidi colocar um sorriso no rosto pela minha avó. Senti a falta dela.

E eu, sendo bem egoísta, precisava que ela me lembrasse de que eu era uma boa pessoa. Depois do que falei para Jared hoje, não queria nem me olhar no espelho.

Sua chegada podia ser sentida da rua. O rico aroma de molho e carne dançava pelas minhas narinas, me envelopando em um cobertor quente antes mesmo de ter fechado a porta da frente.

— Oi, pêssego! — Minha avó parecia dançar da cozinha até o saguão de entrada, me pegando nos braços. No ano em que fiquei afastada, senti falta de seus abraços cheios de perfume. O laquê de seu cabelo misturado com a loção e o perfume que ela usava, junto do couro do cinto e sapato, criavam este aroma de "casa" na minha mente. Depois da morte da mamãe, precisei muito da minha avó.

— Ah, tinha me esquecido de "pêssego". Papai ainda me chama de "abobrinha". O que acontece que vocês, os Brandt, ficam me dando apelidos de comida? — provoquei, sabendo que eram nomes carinhosos advindos de puro amor.

— Ah, não. Não negue a uma senhora o prazer de seus apelidos carinhosos. — Ela colou um beijo estalado na minha bochecha.

— Vovó, você é mais jovem de coração do que eu. — Joguei a bolsa perto da parede e cruzei os braços sobre o peito. — A única coisa que a senhora tem de velha é a sua música. — Franzi a sobrancelha.

— Beatles são eternos. Diferente daquela "gritaria" que você chama de música. — Revirei os olhos e ela segurou meu braço, me guiando até a cozinha.

Minha avó é um produto da criação dos anos cinquenta — autoritária, cada fio de cabelo no lugar certo —, mas também floresceu durante a adolescência na rebeldia dos anos sessenta. O desejo de estar ativa em seu ambiente e vivenciar o mundo a fez viajar bastante quando jovem. Quando descobriu que eu passaria um ano na França, não tinha como ficar mais empolgada. *A vivência é a melhor professora de todas.* Sua fala me acompanhou em todos os lugares.

Embora tivesse passado um pouco dos sessenta, parecia muito mais jovem. Seu cabelo era castanho-claro com um pouco de cinza, que costumava ficar solto por cima dos ombros. Uma alimentação saudável e exercícios a mantinham em forma, alegre e enérgica. Seu estilo era eclético. Já a vi de terninho e camisetas dos Rolling Stones.

— Então me diga como vai a escola? — Ela pegou a alface da ilha na cozinha e começou a lavar na pia.

— Tudo bem. — Minha cama não estava tão longe agora e meu corpo estava apático demais até mesmo para se entreter com a ideia de contar a verdade para ela.

Mas seus olhos dispararam na minha direção e ela fechou a torneira.

— O que há de errado? — Ela estava respirando pelo nariz. Isso nunca era bom. Essa mulher me conhecia bem demais.

— Nada de errado. Eu disse que está tudo bem. — *Por favor, só esquece isso.*

Seus olhos se estreitaram.

— Quando você está feliz, me conta sobre tudo: o trabalho de casa, a Feira de Ciências, França, *cross-country*...

— Estou muito bem — interrompi, passando a mão pela testa. — Foi um dia puxado, só isso. Acordei tarde e comecei o dia com o pé esquerdo. Que horas você chegou?

Ela ergueu uma sobrancelha perfeitamente delineada pela minha mudança de assunto, mas deixou pra lá.

— Mais ou menos meio-dia. Achei melhor chegar um pouquinho mais cedo para limpar as coisas e começar a lavar as roupas... — Suas palavras foram sumindo conforme ela acenava no ar com a mão. — Mas parece que você tinha tudo sob controle.

— Bem, aprendi com a melhor. Não que eu não esteja feliz por você estar aqui, mas a senhora realmente não tem que se preocupar. Estou me virando bem.

— Que bom. — Franzindo um pouco o cenho, continuou: — Na verdade, isso é ótimo. Saber que você vai para Nova Iorque no ano que vem me preocupa um pouco, e ver que estava cuidando bem de si mesma e da casa ajuda. Acho que você não precisa tanto de mim ou do seu pai.

— Não sei nada sobre isso. Minha comida cheira mal, então ter você por aqui significa que vou comer melhor! — Eu ri, e ela sacudiu a folha alface na minha direção, algumas gotas voando em meu rosto.

— Ei! — Ri, pegando um pouco de papel-toalha do balcão e passando no rosto.

Já me sentindo um pouco mais leve, pulei da cadeira para ajudar com o jantar. Minha avó preparou salada, macarrão e cogumelos salteados. Fiz o meu pão de alho de dar água na boca, que era basicamente a única coisa que eu realmente sabia fazer no forno. O restante da minha dieta costumava incluir qualquer coisa que desse para cozinhar no micro-ondas. Ela colocou a mesa no quintal dos fundos e liguei uma música ambiente, que era algo em comum para nós duas.

— Acha que vou entrar na Columbia? — perguntei, e servimos uma a outra.

— Tenho um pressentimento sobre essas coisas.

— Sim, você também teve um pressentimento de que meu primeiro beijo seria épico. Nós duas sabemos como acabou sendo — brinquei, muito contente naquele momento. A comida parecia suculenta, enquanto a brisa leve trouxe as árvores de volta à vida e o cheiro das rosas para a nossa mesa.

Ela começou a rir, quase engasgando com o gole em seu vinho.

— Sabe — minha avó ergueu um dedo —, para ser justa, não sabia que seu primeiro beijo seria com alguém que você mal conhecia. Pensei que fosse ser com aquele garoto da casa ao lado.

Jared.

Meu rosto imediatamente desmontou com o lembrete. Memórias distantes de sonhos, agora antigos, que um dia tive com Jared dançavam pela minha cabeça. Em vários momentos, conforme crescíamos, eu quis beijá-lo.

— Só porque andávamos juntos quando éramos pré-adolescentes não significa que gostávamos um do outro desse jeito. Éramos apenas amigos — murmurei, minha sobrancelha agora se franzindo de irritação. A conversa estava agradável até o assunto ser trazido à tona.

— Não, mas tinha outras coisas também. — A expressão pensativa da minha avó me fez querer mudar de assunto de novo. — Percebi certas coisas. O modo como vocês dois sempre mantinham as cabeças unidas, como ele te olhava sem você perceber... e o jeito que ele se esgueirava para dormir aqui.

Ela soltou a última parte devagar, seus olhos conhecedores zombando dos meus, arregalados na minha expressão de espanto. *Ah, caramba!*

— Achou que eu não soubesse disso, não é? — perguntou.

Claro que eu não fazia ideia de que a minha avó sabia disso! Já desde o começo da nossa amizade, pelo que me lembro, Jared subia na árvore entre os nossos quartos e se esgueirava pelas portas francesas. Não foram muitas vezes, só quando a sua mãe estava bebendo e ele precisava sair. Como sempre tive uma cama *queen size*, ficávamos muito confortáveis e mantínhamos nosso próprio espaço, embora sua mão eventualmente encontrasse a minha durante a noite.

— Bem, não precisa mais se preocupar com isso. Não somos próximos. — Enrolando um pouco de macarrão no garfo, enfiei na boca, torcendo para o assunto acabar.

— Como ele está te tratando desde que você voltou?

Com a boca ainda cheia, revirei os olhos e neguei com a cabeça para indicar que as coisas ainda não estavam boas e que eu não me importava de falar sobre isso.

— Já conversou com ele como eu sugeri? — indagou, antes de começar a salada.

— Vovó, nem me incomodei de tentar. Já fomos amigos, agora não somos mais. Meu coração não vai se partir por causa disso — menti.

— Tate, sei que dói. Ele tem sido um idiota com você.

— Sério, não dou a mínima. E mesmo se doesse, certamente eu não o deixaria ver. Ele fez coisas horríveis comigo, e se minhas lágrimas são o que ele precisa para ficar bem, então vai ficar sofrendo. Ele não merece a minha atenção.

Minha avó abaixou o garfo, a salada ainda intocada mergulhando no molho do macarrão.

— Tatum, era assim que sua mãe falava.

Meus olhos dispararam até ela, chocados pelo seu tom irritado.

— Querida, eu amava a sua mãe. Todos nós amávamos. E sei que ela queria o seu bem ao tentar te ensinar a ser forte, já que ela sabia que não estaria aqui para te guiar nos dias difíceis. Mas, querida, se deixar ser vulnerável nem sempre é uma fraqueza. Às vezes, pode ser uma decisão consciente permitir que outra pessoa se abra.

Mesmo que aquilo que a minha avó estava dizendo parecesse sensato, a ideia de me aproximar de Jared para uma conversa franca me dava refluxo.

Sentia-me horrível pelo que disse a ele hoje, mas isso não apagava todas as merdas que ele tinha feito comigo da minha memória. Procurar por ele o faria rir da minha cara. Essa imagem não me cheirava bem.

— Não ligo de fazer Jared se abrir. Seja lá que bicho o mordeu, não pode ser ruim a ponto de ele tratar as pessoas do jeito que trata. Não me importo.

Seus olhos castanhos piscaram na minha mente.

— Sim, você se importa — minha avó declarou, impassível. — Sei como a morte da sua mãe te afetou. Sei que quer ser médica para ajudar as pessoas que sofrem do mesmo jeito que ela por causa do câncer. Sei que guardou os conselhos dela no coração e pensa que tudo vai melhorar logo que for para a faculdade. Mas os defeitos de Jared não são os únicos que estão te machucando.

Jogando o garfo no prato, sequei a camada fina de suor em minha sobrancelha. Como isso se voltou contra mim?

— *Espere um minuto*. Estou ficando bem cansada de ouvir todo mundo ficar do lado dele. *Ele* se afastou de *mim*. — Bufando em minha cadeira, cruzei os braços por cima do peito.

— E você deixou, Tate.

— Mas que droga eu deveria fazer?! Ele não falava comigo. Eu tentei.

Cama. Dormir. Escapar.

— Calminha aí. Não estou dizendo que você não foi uma boa amiga. Claro que foi. Os problemas dele deram início a tudo isso. Mas é fácil dizer que tentou e *depois* se afastar. É fácil dizer que não pode forçar ajuda a alguém que não quer ajuda e *depois* se afastar. Você acha que está sendo nobre e forte ao dar a outra face ou esperando seu momento até terminar a escola. Mas essa bagagem que você não está colocando para fora está te enfraquecendo. Às vezes, o melhor remédio é ser vulnerável, colocar tudo para fora e deixá-lo ver como está te machucando. Aí sim, você poderá dizer que tentou.

Meus olhos se fecharam e levei as mãos à testa uma vez mais. Tinha tanta coisa no meu colo no momento com a Feira de Ciências, o *cross-country* e a K.C. Por que mesmo estava perdendo tempo com esta conversa?

Frustrada, joguei as mãos para o alto e deixei cair no colo.

— Por que você se importa? Você ameaçou contar tudo para a mãe dele quando isso começou.

Pelo que eu sabia, minha avó não era a maior fã de Jared. Embora sempre tenha me encorajado a conversar com ele, também ficou enojada com seu comportamento. Parei de contar a ela e ao meu pai cada detalhe desagradável do tratamento que ele me dava, porque não queria que isso fosse resolvido, a menos que por iniciativa de Jared. Quando acontecesse, imaginei que ele me procuraria. Nunca procurou.

— Porque você nunca mais foi a mesma. E porque, quando for para a faculdade, quero que seu coração esteja livre.

Livre. Como era mesmo essa sensação?

— Já esqueci. Estou livre. — Não sabia o que ela queria de mim.

— Agir como se não se importasse não é esquecer. — Encarou-me com seu olhar desafiador.

Meu corpo se afundou. Não havia mais nada em meu arsenal depois disso.

Sentindo-me mental e fisicamente esgotada, fiquei muito feliz quando vovó me deixou ir para a cama sem ajudar com a louça. Uma vez que estava em meu banheiro, me despi e entrei no calor e silêncio do meu chuveiro. Este refúgio pulsava e era o único lugar para onde eu podia fugir sem sair de casa. Poderia pensar e apenas ficar em silêncio quando precisasse, e ninguém dava de sabichão, ninguém me incomodava.

Era apenas seis da tarde, e eu ainda tinha alguns capítulos de *O apanhador no campo de centeio* para amanhã, assim como alguns exercícios de Física, mas não fazia sentido lutar contra a sonolência. Coloquei o alarme para quatro da manhã, me dando tempo suficiente para levantar e fazer a tarefa, depois fui até as portas francesas para fechar as cortinas.

Notei o vento ficar mais forte e o céu ser ofuscado por nuvens cinzentas. As árvores da vizinhança ainda tinham um verde vibrante, e um raio, que subitamente cortou o céu, fez um sorrisinho agradecido piscar em meu rosto. Saber que uma tempestade estava a caminho me acalmava, então deixei as portas abertas.

Atordoada, acordei com um estrondo penetrante e sentei na cama, tentando entender o que estava acontecendo. Meio grogue, esfreguei os olhos, no meio de um bocejo, para tentar acordar. Olhando ao redor do quarto, notei que as portas ainda estavam abertas e que a chuva caía constantemente lá fora. Dando uma espiada em direção ao relógio, vi que estava dormindo há umas seis horas.

Sair das cobertas e descendo da cama, fui até a grade do lado de fora das portas e absorvi o espetáculo de trovões e raios no céu da meia-noite. *Deve ter sido isso que me acordou.* O ar frio me deixou arrepiada e gotas de chuva caíram sobre a minha pele. Felizmente, não estava caindo um pé-d'água. Caso contrário, meu chão estaria inundado.

Estudei a árvore próxima às portas, levando em consideração que a chuva que escorria das folhas da marquise era leve. Com o coração batendo forte, agarrei a moldura em volta da porta, coloquei o pé na grade e tomei impulso. Segurei um dos galhos acima da minha cabeça e apoiei o pé no outro galho, me esticando pela grade. Um medo delicioso aqueceu meus músculos e me lembrou de que era bem mais corajosa quando criança. Avancei centímetros até os galhos ficarem mais grossos e depois cambaleei até chegar ao tronco.

Sentada em meu antigo lugar, o familiar barulho das gotas de chuva atingindo as folhas me fez sentir em casa. Apoiando as costas no tronco e as pernas no galho grosso por onde passei, dei glórias de como foi fácil trazer de volta este meu lado simples. Não subia aqui há anos.

Pelo canto do olho, vi uma luz, provavelmente da varanda da frente da casa de Jared, se acender. Segundos depois, uma garota passou correndo com um moletom preto sobre a cabeça. Não consegui ver seu rosto, mas soube quem era assim que vi o carro para onde ela correu.

K.C.

Na casa de Jared.

À meia-noite.

Não havia sinal dele, e a luz da varanda se apagou assim que ela entrou no carro. A pulsação incontrolável em meu peito começou, então fechei os olhos por alguns minutos, tentando encontrar de novo a paz que estava curtindo um minuto atrás.

— Sentada em uma árvore no meio de uma tempestade? Você é algum tipo de gênia. — A voz grave quase me assustou a ponto de cair da árvore. Meus olhos abriram com tudo e me virei para ver Jared apoiado na própria janela. Estava todo vestido, pelo menos. Aquilo me fez me sentir melhor depois de ter visto K.C. sair da casa dele.

— Gosto de pensar que sim — murmurei, me virando novamente

para a tempestade. Minha raiva por Jared tinha diminuído. Consideravelmente. Depois das minhas palavras terríveis para ele hoje, só me sentia envergonhada e constrangida agora.

— Árvore? Relâmpagos? Nenhum sinal de alerta?

Claro que eu sabia que era perigoso. Era o que deixava tão divertido.

— Nunca teve importância para você antes — ressaltei, mantendo os olhos focados na rua cintilante que brilhava sob as luzes dos postes.

— O quê? Você estar sentada em uma árvore no meio de uma tempestade?

— Não, eu me ferir. — A necessidade de olhar para ele era muito forte. Queria tanto ver seus olhos que sentia como se uma mão invisível estivesse forçando meu rosto a se virar para ele. Queria que ele me visse. Queria que nos visse.

Não houve resposta por vários segundos, mas sabia que ele ainda estava lá. Meu corpo reagiu à sua presença e pude sentir seus olhos em mim.

— Tatum? — A voz dele era suave e gentil, e instantaneamente me senti aquecer por completo. Mas então ele voltou a falar: — Não me importo se você está viva ou morta.

Todo o ar deixou o meu corpo, e sentei no galho da árvore, me sentindo completamente derrotada.

Chega. Não podia mais fazer isso. Não era possível viver me sentindo assim. Era tudo um jogo para ele, mas eu não tinha um coração que conseguisse continuar jogando. Não sou forte. Não sou uma valentona. Não estou feliz. Eu sabia o que precisava fazer.

Estou te deixando.

— Jared? — eu disse, ainda encarando a rua encharcada por causa da chuva. — Sinto muito pelo que te disse hoje.

Olhei para ele, que já tinha ido embora.

CAPÍTULO DEZOITO

— Ei, recebeu minha mensagem? — Ben apoiou a mão no meu ombro, vindo me encarar.

— Sim. — Vagamente me lembro de algumas palavras doces sobre estar ansioso para me ver novamente. — Mas só muito depois. Fui dormir cedo.

Finalmente caí no sono na noite passada por volta das duas da manhã e acordei às quatro com o estômago embrulhado. Após meu comportamento repulsivo na aula de ontem e da forma como perdi o rumo dos meus objetivos, decidi parar de fingir ser durona. O jogo dele era duro demais e eu estava me transformando em uma pessoa que não gostava.

Precisava conversar com K.C., mas não sabia bem como lidar com ela. Meu temperamento ainda queimava com a ideia de os dois namorando, mas uma coisa que ela me disse fazia sentido. Essa raiva não me levaria a lugar nenhum, e eu queria seguir em frente. Só não sabia se conseguiria sem guardar rancor.

— Ei, quer sair no final de semana? Vai ter uma fogueira lá na casa do Tyler Hitchen, na sexta depois da corrida.

— Adoraria, mas estou tão lotada no momento. Tenho que ver como minha semana vai ser. — Fechei o armário e comecei a me afastar.

— Posso te ajudar com alguma coisa? — Ben franziu as sobrancelhas, preocupado. Era doce e me fazia sorrir.

— Bom, você não pode praticar corrida para mim ou fazer meu trabalho de Matemática ou Ciências, ou as provas, então você é bem inútil.

— Sim, sim, eu sou. Vejo que andou falando com a minha mãe. — Seus olhos brilhavam com diversão e seu sorriso era provocativo. — Tente arrumar tempo. Vai ser divertido.

A vaca da Hannah passou por nós com seu grupinho, lançando alguns olhares sensuais do tipo "você nem precisa pagar um jantar" para o Ben. Suas táticas eram tão transparentes. Jogar o cabelo e morder o lábio inferior? Sério? Quem faz isso? Ela fez um "L" de *loser*, perdedor em inglês, para mim pelas costas de Ben enquanto passavam.

Acho que eu deveria estar feliz que um cara como Ben queria namorar comigo. Hannah, e provavelmente a maioria das outras garotas nesta escola, ficariam gratas por ter sua atenção. Ele foi atencioso e se comportou como um cavalheiro. Eu gostava de passar um tempo com ele. Só estava demorando mais do que eu pensava para surgir uma faísca.

— Tudo bem — respondi. — Vou tentar.

Ele pegou minha bolsa e me acompanhou até a aula de Física.

— Encontro você no almoço? — Olhou-me com expectativa.

— Claro. Estarei sentada do lado de fora hoje. — Sua presença seria bem-vinda. Eu poderia precisar de um amortecedor entre mim e K.C., se perdesse a paciência novamente.

— Vejo você lá. — Sua voz era baixa e calorosa. Chegando na aula, ele me entregou minha bolsa e se afastou de costas, indo pelo corredor.

Queria gostar mais de Ben. Talvez eu só precisasse conhecê-lo melhor.

O teste surpresa de Física me encheu de pânico até os meus ossos. Felizmente, foi o suficiente para tirar a cabeça da minha vida pessoal. Eu tinha feito a leitura e completado as perguntas esta manhã em meio ao sono, mas ainda me sentia despreparada.

A corrida que fizemos na Educação Física soltou toda a energia da manhã. Mesmo que a treinadora estivesse testando nosso tempo de corrida, e eu tenha completado um quilômetro e meio em menos de seis minutos, ela me deixou continuar correndo. A queimação em meus músculos levava embora a frustração e a mágoa das palavras de Jared na noite passada, que estavam flutuando pela minha cabeça a manhã toda.

Não me importo se você está viva ou morta. Meus calcanhares cavaram na terra enquanto eu imaginava fazer o mesmo com sua cova.

— Ei, vocês. — K.C. veio atrás de mim e de Ben, onde estávamos sentados em uma mesa de piquenique do lado de fora, almoçando.

— Oi — eu disse, com a boca cheia de salada de macarrão, incapaz de encontrar seus olhos.

— Então, como você está, Ben? Pronto para o jogo de sexta?

— Não estou tão preocupado com o jogo como estou com a corrida que vai ter depois. Tenho algum dinheiro apostado no Garoto-Maravilha. — Apontou o polegar para a cantina, se referindo a Jared, eu presumo.

— Ah, bem, ele é uma aposta segura. — Ela sorriu e acenou com a mão no ar. — Estarei na corrida também. Você vai levar a Tate? — Seu olhar deslizou para mim.

— Não achei que ela gostaria da corrida, mas estou tentando levá-la para a fogueira depois.

K.C. estreitou os olhos para mim, enquanto misturava um refresco em pó em sua água.

— Tate sabe muito sobre carros. Ela adoraria ir — destacou.

— Pessoal, estou sentada bem aqui. Falem comigo, idiotas — cuspi, sarcasticamente para os dois, sentindo como se fossem dois pais discutindo o que fazer com a criança.

Ben colocou meu cabelo atrás da orelha, e estremeci um pouco com o gesto íntimo.

— Desculpe, Tate. Como eu estava dizendo, você ama carros. Sabia disso, Ben?

— Não. Bem, ela tem que vir comigo então. — Ele sorriu, colocando um Cheetos na boca, e me senti esprimida como o recheio de um biscoito Oreo. Eles estavam me empurrando.

Como todas as outras vezes que estivemos em um ambiente social no passado, Jared fez alguma coisa para estragar. Por que me importar em ir?

Olhando para K.C., me preparei para uma luta verbal.

— Você espera que eu vá ao Loop e torça pelo Jared?

— Não, mas eu ia amar que você estivesse lá comigo, já que não conheço ninguém. Você pode ver a corrida, conferir os carros e me explicar a diferença entre uma bateria e um motor. Nunca entendi isso. Se você tem uma bateria, então por que precisa de um motor?

Ben e eu começamos a rir. Ela estava sendo propositalmente estúpida para me fazer ser agradável. Eu queria ir, mas sabia que K.C. estaria em cima de Jared. Se eu quisesse passar um tempo com ela, então teria que estar perto dele. Não poderia ficar pendurada em Ben igual uma pateta a noite toda.

— Eu disse a Ben que veria como vai ser minha semana. Tenho muito que fazer agora. — Enquanto eu estava ocupada com minha lição de casa, eu queria avançar em algumas leituras e ir à biblioteca para pesquisar sobre os tópicos de Ciências para que tomar minha decisão final. Sem mencionar que precisava estar na escola às sete da manhã de sábado para pegar o ônibus para um encontro de *cross-country* em Farley. Não é como se eu estivesse tentando evitar Jared.

— E eu sei o que isso significa. — K.C. pegou seu telefone e começou a mexer, claramente chateada.

Ela está chateada comigo? Dane-se.

— K.C.! — Meu humor ficou tão sombrio quanto minhas unhas. — Eu disse que tentaria. Jesus.

— Só estou dizendo — seus olhos não deixaram seu telefone — que eu acho que, se não fosse pelo Jared, então você iria. Você tem que tentar, Tate. Ele disse que não teria nenhum problema com você estar lá.

Com o rosto vermelho de vergonha, olhei para Ben. Nunca lavei minha roupa suja com os outros de testemunha.

— Ah, *ele* não teria nenhum problema comigo estando lá? Acho que, já que eu tenho a permissão do idiota, então eu deveria cair de joelhos com gratidão.

— Bem, Jared não é o mestre de corrida, e não diz quem está dentro ou fora. Posso convidar quem eu quiser — assegurou Ben, se levantando. — Preciso de um Gatorade. Alguma de vocês quer alguma coisa? — perguntou, provavelmente procurando uma forma de fugir enquanto K.C. e eu resolvíamos nossa pequena discussão.

— Vou tomar uma água. — Enfiei a mão no bolso para tirar algum dinheiro.

— Não, não. Pode deixar. — Ele saiu andando para dentro do refeitório. Meu olhar o seguiu enquanto eu apreciava o quão bonito ele ficava naquele jeans. Bem, pelo menos isso.

A voz de K.C. quebrou meu transe.

— Então, se Jared é um idiota, o que eu sou por vê-lo? — A voz de K.C. estava calma, mas eu podia dizer por seu olhar direto e lábios franzidos que a raiva fervia por dentro.

Jared era um idiota. Não era uma suposição, mas um fato comprovado. Minha frustração por ela passar um tempo com aquele babaca começou a escapar de mim. Eu estava tentando agarrar minha raiva antes que ela ficasse fora de controle, mas a maldita coisa continuava escapando.

— Me diz você. Ele é um idiota. Você sabe disso, e eu sei disso. — *O que diabos eu estava fazendo?* — Mas o que você não percebe é que ele está te usando. Está te usando para chegar até mim. Ele se preocupa com você tanto quanto Liam quando traiu.

Merda! Fui longe demais.

Eu estava acabada. O olhar em seu rosto perfurou meu peito. Eu a machuquei, e esperava que ela bufasse e eventualmente visse que eu tinha razão. Mas sua expressão me deixou com dúvidas apenas.

Depois de alguns momentos de hesitação, ela começou a arrumar suas coisas e pegar sua bandeja.

— Sabe, Jared me pediu para sentar com ele hoje, e agora eu quero muito mais a companhia dele do que a sua. — Ela cuspiu suas palavras antes de sair. E eu a deixei ir, porque entendi sua decepção. Agora, nem mesmo eu gosto de mim.

Por mais que eu tentasse participar de uma conversa quando Ben voltou, minha mente estava muito focada em reescrever a discussão com K.C. Meu pai sempre me disse que eu posso dizer o que eu preciso, desde que eu diga educadamente.

E bem feito pra mim por rosnar minhas palavras como uma criança de cinco anos.

Eu poderia ter lidado com isso muito melhor. Sabe o que dizem sobre os nossos melhores planos? Minhas emoções fugiram de controle, e ela provavelmente foi chorar no ombro de Jared. Aposto que ele estava adorando isso.

Conforme avançava pelo programa de Inglês e Política, eu já estava bocejando de exaustão e não estava de forma alguma com energia para o treino ou o jantar que minha avó havia planejado.

— Sentem-se todos, por favor! — a senhora Penley gritou por cima do barulho de mesas em movimento e risos. Tínhamos acabado de terminar nossa discussão sobre os capítulos designados em *O apanhador no campo de centeio* e estávamos movendo nossas mesas de volta à posição normal. A turma ficou animada com a história. Metade deles, eu acho, estava grata por não ser sobre agricultura como eles pensavam, e todos gostaram da ideia do adolescente rebelde que fumava cigarros demais.

A discussão tinha sido uma merda para mim. Fomos forçados a mover nossas mesas em um círculo, para que pudéssemos fazer contato visual com qualquer pessoa que falasse. Jared continuou me dando sorrisos maliciosos, sem dúvida totalmente informado de seu progresso na Operação Acabar com Tate e K.C.

A sensação percorrendo meus braços e pernas me fez querer gritar até que a força da minha irritação o fizesse desaparecer magicamente.

INTIMIDAÇÃO

Não me importo se você está viva ou morta.

Odiava admitir para mim mesma que me importava se *ele* estava vivo ou morto. Eu me feria todos os dias em que ele não me queria por perto.

Mas essa bagagem que você não está colocando para fora está te enfraquecendo. A vovó estava certa. Eu não estava em melhor posição agora do que antes de decidir revidar.

— Agora, classe — a senhora Penley instruiu, da frente da sala de aula. — Antes de copiarmos as tarefas para o dever de casa, quero falar sobre seus monólogos. Lembrem-se, vocês têm que entregar em duas semanas. Vou ter uma folha de inscrição do lado de fora da porta, e podem escolher o seu dia. Seu monólogo pode ser da lista que dei ou você pode escolher outro com minha aprovação. Agora, não estou procurando por performances dignas de um Oscar — ela assegurou —, então não se assustem. Isso não é teatro, afinal. Apenas executem o monólogo e entreguem a redação usando a rubrica que dei, explicando como ele reforça o tema do livro ou filme. — A senhora Penley se calou quando as pessoas começaram a pegar cadernos e copiar a tarefa do quadro.

Agir como se não se importasse é não esquecer.
Não chegou a hora de você revidar?
Quero que seu coração esteja livre.

O cansaço comprimiu meu coração. Eu me virei para olhar para Jared. Seus olhos se ergueram de seu caderno e se fixaram em mim.

Eu queria andar pelo corredor e saber que não havia nenhuma dor na próxima esquina. Queria que ele parasse. E sim, admiti, queria conhecê-lo de novo.

Mas essa bagagem que você não está colocando para fora está te enfraquecendo.

Antes que eu pudesse me impedir, me virei e ergui a mão. O nó em meu estômago se apertou quando senti como se tivesse entrado no sonho de outra pessoa.

— Senhora Penley?

— Sim, Tate? — Ela estava de pé em sua mesa, escrevendo algo em um post-it.

— Temos cinco minutos restantes de aula. Posso fazer meu monólogo agora? — Senti olhos e ouvidos se movendo em minha direção, toda a classe focando sua atenção em mim.

— Hm, bem, eu não estava esperando para avaliar nada ainda. Você está com a redação pronta? — A senhora Penley enfiou a caneta que estava em sua mão dentro do coque apertado.

— Não, eu terei no prazo, mas eu realmente adoraria apresentar agora. Por favor.

Assisti as rodas girarem em sua cabeça enquanto ela provavelmente se preocupava se eu estava preparada, mas pisquei os olhos suplicantes para fazê-la ver que eu queria acabar com isso.

— Ok — exalou —, se você tem certeza de que está pronta. — Ela fez sinal para que eu fosse para frente, se movendo para o lado para se encostar na parede.

Eu me levantei da cadeira e caminhei até a frente da classe, sentindo o ardor dos olhares nas minhas costas. Virando-me para encarar a todos, meu coração batia como uma britadeira no peito. Varri meus olhos pela sala antes de começar. Se eu não encontrasse os seus, poderia fazer isso.

— Eu gosto de tempestades — comecei. — Trovão, chuva torrencial, poças, sapatos molhados. Quando as nuvens se aproximam, fico cheia dessa expectativa vertiginosa.

Apenas continue, Tate. Tentei imaginar que estava falando com meu pai ou minha avó. *Mantenha a naturalidade.*

— Tudo fica mais bonito na chuva. Não me pergunte por quê. — Meus ombros encolheram. — Mas é como se houvesse todo esse outro reino de oportunidades. Eu costumava me sentir como uma super-heroína, andando de bicicleta pelas estradas perigosamente escorregadias, ou talvez uma atleta olímpica, enfrentando provas difíceis para chegar à linha de chegada.

Meu sorriso se espalhou com as lembranças. Memórias de Jared e eu.

— Em dias ensolarados, como uma menina, eu ainda podia acordar com aquela sensação emocionante. Você me deixava tonta de expectativa, como uma tempestade sinfônica. Você era uma tempestade no sol, o trovão em um céu entediante e sem nuvens.

— Eu lembro que colocava o café da manhã o mais rápido que podia, para que pudesse bater na sua porta. Brincávamos o dia todo, só voltávamos para casa para comer e dormir. Brincávamos de esconde-esconde, você me empurrava no balanço, ou subíamos em árvores. Ser sua ajudante me deu uma sensação de lar novamente.

Exalei, finalmente relaxando, e meus olhos vagaram para encontrar os dele. Eu o vi me observando, respirando com dificuldade, quase como se estivesse congelado. *Fique comigo, Jared.*

— Veja bem — meus olhos permaneceram nele —, quando eu tinha dez anos, minha mãe morreu. Ela tinha câncer, e eu a perdi antes de realmente conhecê-la. Meu mundo parecia tão inseguro, e eu estava com medo. Você foi a pessoa que acertou as coisas novamente. Contigo, me tornei corajosa e livre. Foi como se a parte de mim que morreu com minha mãe voltasse quando te conheci, e eu não me machuquei mais. Nada doía se eu soubesse que tinha você.

Poças de lágrimas encheram meus olhos e a classe se inclinou para me ouvir.

— Então um dia, do nada, eu perdi você também. A dor voltou, e eu me senti mal quando te vi me odiando. Minha tempestade se foi e você se tornou cruel. Não havia explicação. Você simplesmente se foi. E meu coração foi rasgado. Senti a sua falta. Senti falta da minha mãe. — Minha voz falhou, e não enxuguei a lágrima que caiu. — Pior do que perder você, foi quando você começou a me machucar.

— Suas palavras e ações me fizeram odiar vir para a escola. Elas me deixavam desconfortável em minha própria casa. — Engoli em seco, e o nó no meu peito diminuiu. — Tudo ainda dói, mas sei que nada disso é minha culpa. Há muitas palavras que eu poderia usar para descrever você, mas a única que inclui triste, zangado, miserável e lamentável é "covarde". Em um ano, eu terei ido embora, e você não será nada além de um fracasso, cujo auge da existência foi o ensino médio.

Meus olhos ainda estavam em Jared, e minha voz ficou forte novamente. A dor no meu rosto por tentar conter as lágrimas diminuiu.

— Você era minha tempestade, minha nuvem de trovão, minha árvore na chuva. Eu amava todas essas coisas, e eu amava você. Mas agora? Você é uma porra de um período de seca. Pensei que todos os babacas dirigissem carros alemães, mas acabou que idiotas em seus Mustangs ainda podem deixar cicatrizes.

Olhando ao redor da classe, notei que todos se inclinaram e ficaram quietos. Uma garota estava chorando. Terminei de limpar uma lágrima do meu rosto e sorri.

— E eu gostaria de agradecer à Academia…

Todos começaram a rir, saindo do transe da minha história séria e triste, e começaram a bater palmas e aplaudir. Minha cabeça caiu para trás para olhar para o teto antes de fazer uma reverência dramática e sarcástica, arrancando mais risos dos meus colegas. Os aplausos ensurdecedores me distraíram da tremedeira das minhas pernas.

Era isso. Jared poderia me empurrar, me machucar, pegar o que quisesse, mas mostrar a ele que tinha me machucado, mas não me quebrado, foi como eu ganhei. A euforia se instalou no meu estômago, ondas de contentamento tomando conta de mim.

Livre.

— De onde veio aquele monólogo? Senhora Penley, ela fez as pessoas chorarem! Como alguém vai fazer algo a altura disso? E estamos autorizados a xingar? — uma das meninas da minha bússola reclamou, brincando.

— Tenho certeza de que você vai se sair bem, e Tate, isso foi maravilhoso. Você realmente definiu o padrão. Mas não me lembro de esse estar na lista, então confio que tudo estará na sua redação?

Acenei com a cabeça, voltando para o meu lugar, imaginando que lidaria com essa parte mais tarde. A campainha tocou e as pessoas foram para a porta, prontas para terminar o dia.

— Ótimo trabalho, Tate!

— Uau!

Pessoas com quem eu nunca tinha falado me davam tapinhas nas costas e faziam elogios. Jared saiu da aula, como o pavio curto que lhe era peculiar. Só que, desta vez, eu estava livre de sua explosão. Eu o deixei, nem mesmo poupando esforços para fazer parecer que não me importava.

Eu desnudei minha alma lá na frente, e agora a bola estava com ele.

— Tate. — Ben caminhou até minha mesa enquanto eu pegava minha bolsa. — Isso foi ótimo. Tem certeza de que quer perder seu tempo com medicina e não no teatro ou algo assim? — Ele tirou minha bolsa do meu ombro e a pendurou sobre o dele.

Eu me dirigi para a porta, ele seguindo atrás.

— Você está bem? Você estava chorando. — Ele parecia genuinamente preocupado.

Eu me virei para encará-lo e coloquei um sorriso sem esforço no meu rosto.

— Estou bem. E adoraria ir para a corrida com você neste fim de semana.

Ele pareceu surpreso com a minha mudança de assunto, mas seus olhos se iluminaram quando agarrou minha mão.

— Ok! Mas... você sabe que tem que usar uma saia bem curta, certo? É uma espécie de uniforme para as meninas — brincou, e eu poderia dizer que estava flertando.

— Bem, eu sou rebelde, ou você não sabia?

Atravessamos a porta, de mãos dadas. Meus olhos dispararam para Jared, que estava com a testa encostada na parede. Ele se virou, e notei que o branco de seus olhos estava vermelho. Com mãos enfiadas no bolso da frente do seu moletom preto, ele estava respirando como se tivesse acabado de correr um quilômetro e meio. Fora isso, não havia emoção. Ele não parecia chateado ou feliz. Nada.

— Até logo, Jared — Ben gritou enquanto passávamos, alheio ao que tinha acabado de acontecer entre nós dois na sala de aula.

Jared não respondeu, mas manteve os olhos focados em mim. Pela primeira vez, não havia raiva ou crueldade em seu olhar.

O que estava acontecendo na cabeça dele?

Eu iria descobrir?

CAPÍTULO DEZENOVE

— Tate!

Girei ao redor, atordoada em minha celebração, e encontrei o olhar ansioso da minha avó.

Opa. Eu me perguntei há quanto tempo ela estava ali.

Corri até o CD player e desliguei a música que tocava, *Miss Murder*, da AFI.

— Desculpe. Apenas entrando no ritmo. — Sorri timidamente. Depois de um treino em que poderia ter corrido pelo menos mais uma hora, voltei para casa com energia de sobra. Um peso saiu de cima de mim, e senti vontade de comemorar.

Decidi protelar minha lição de casa — já que nada era para esta semana, de qualquer maneira — e fazer um buraco no meu tapete com alguns movimentos de dança horríveis.

— Bem, você deixou seu telefone lá embaixo. K.C. ligou. — Ela me jogou meu celular, e eu peguei. — E são quase sete. Você está pronta para comer? — Vovó acenou com a mão em direção à porta.

— Prontíssima. — Peguei meu cardigã preto e meus Chucks da mesma cor. Coloquei jeans e uma camiseta depois que voltei para casa para limpar as coisas após o treino. Desde que Jared invadiu o vestiário, optei por tomar banho em casa.

— Vou descer em um minuto. Quero ligar de volta para K.C.

Vovó assentiu e saiu.

A ideia de pedir desculpas a K.C. fez meu estômago revirar. Ela estava namorando um cara que me tratava mal, e doía que ela pudesse fechar os olhos para isso. Mas, eu também percebi que ela e Jared estavam usando um ao outro. Com o tempo, provavelmente mais cedo ou mais tarde, essa aventura terminaria. Contanto que ela não estivesse se unindo a ele para me tratar como merda, então decidi não dar o que ele queria.

— Ei — cumprimentei K.C. timidamente quando ela atendeu.

— Ei. — Sua voz soou seca.

Respirei fundo e soltei um suspiro.

— Então, espero poder usar um passe livre. Me desculpe por ter dito o que disse hoje.

Ela ficou em silêncio por alguns momentos, enquanto eu vagava nervosamente pelo meu quarto.

— Você agiu como uma idiota — murmurou.

Eu quase ri. Bem, ela estava falando comigo pelo menos.

— Eu sei. Ele não é mais da minha conta. Se é ele o que você quer, então eu posso crescer e superar isso.

— Desculpas aceitas. — Eu podia ouvir o sorriso em sua voz.

— Tudo bem. Vejo você amanhã. Vou jantar com a vovó. — Eu podia ouvir sua mãe a chamar ao fundo de qualquer maneira.

— Divirta-se. E eu te amo, Tate — declarou, docemente.

— Também te amo. Até mais.

Desligamos e eu já me sentia melhor. Graças a Deus isso foi resolvido. Agora, se eu tivesse sorte, só teria que suportar encontros mínimos com Jared. Se eu tivesse realmente azar, porém, ele transformaria todos os meus rolês com K.C. em trios.

Também ainda sentia um pouco de vontade de bater na minha amiga. Mas, pelo menos, deixaria de lado minha amargura sobre Jared. Se ela queria se recuperar com ele, então isso era problema dela. Eu estava cansada de criar problema onde não havia um, e para me poupar um pouco de estresse, decidi cuidar da minha vida. Ela sabia como eu me sentia, e eu sabia que ela não trairia minha confiança. Isso era tudo de que eu precisava.

Praticamente dancei escada abaixo, sentindo que o hipopótamo que estava sentado no meu peito decidiu finalmente seguir em frente.

— Bem, parece que você está de bom humor. — Os olhos da vovó seguiram meus movimentos. — A escola foi boa hoje?

— Sim, na verdade. Foi ótima. — Deixar Jared saber o quanto eu tinha sido machucada por ele deixou a frustração sair. Eu não me sentia mais enterrada por baixo de suas atitudes e minha luta para manter uma fachada.

— Bom. Está com vontade de quê? A julgar pelo seu jeans, acho que o O'Shea's está fora de cogitação. — Seu tom monótono mostrou decepção. O'Shea's era seu restaurante favorito em nossa cidade pouco diversificada.

— Que tal o Mario's? — perguntei, ao me sentar para amarrar os sapatos. Eu amava a massa com manjericão e azeite. O casal de idosos que dirigia o restaurante era doce e convidativo, e meus pais foram ao primeiro encontro lá.

— Claro. É uma boa. — Pegou a bolsa, e eu as chaves. Eu sempre tinha que dirigir, a menos que a situação não permitisse. Parecia uma eternidade para chegar em todos os lugares, a menos que eu estivesse no controle do veículo. Felizmente, os adultos da minha vida foram tolerantes.

Ela parou para ajeitar o cabelo e abotoar o blazer na frente do espelho perto da porta, e deslizei os braços pelo meu cardigã, passando a alça da bolsa sobre a cabeça.

— Vó? Enquanto estivermos fora, você se importa se circularmos alguns quarteirões, para que eu possa verificar alguns carros depois do jantar? — Encontrar um carro não me vinha à mente há semanas, mas a ideia saiu da minha boca como se estivesse na ponta da minha língua o dia todo.

Eu não podia fingir que precisava do carro para me locomover. Afinal, tinha o Bronco do meu pai. O posicionamento que fiz hoje foi como adentrar uma nova pele. Tudo parecia quente, delicioso e possível. Conseguir um carro próprio era outra dose de posicionamento, direto na veia.

Vovó estreitou os olhos azuis para mim através do espelho.

— Seu pai sabe que você quer comprar um carro?

— Sim, mas estou apenas olhando agora, de qualquer maneira.

— Você não vai querer um carro em Nova Iorque, querida — afirmou, virando-se para abrir a porta.

— Está tudo bem se nós apenas olharmos? Afinal, talvez eu ainda goste de ter um carro quando voltar para casa nas férias. — Eu a segui para fora.

Virando-se para trancar a casa, ela assentiu.

— Claro, não vejo nenhum mal em *olhar*.

Depois de uma noite muito necessária e de uma conversa alegre com minha avó, voltei para casa me sentindo mais calma do que em semanas.

Sentei na cama, lendo um dos suspenses de Chelsea Cain, quando ouvi ganidos vindos do lado de fora.

Minhas portas francesas estavam entreabertas, então eu podia ouvir a chuva. A leve garoa que começou quando vovó e eu chegamos em casa estava caindo com tudo agora. Abrindo uma das portas, inclinei-me para fora e escutei.

O latido era consistente, angustiado... e próximo.

Madman.

Enquanto olhava para os jardins de Jared, não vi nenhuma luz ou sinal do cachorrinho. A casa inteira parecia silenciosa e escura. Já passava das onze, então ele e sua mãe deviam estar dormindo ou ainda fora.

Colocando meus Chucks, desci as escadas, levando um momento para verificar se a luz do quarto da minha avó estava apagada. Uma vez na porta da frente, acendi a luz da varanda e saí.

Merda! Estava chovendo.

Como eu tinha me esquecido disso nos três segundos que levei para descer? Graças a Deus pela varanda coberta. Abraçando-me, caminhei até a borda mais próxima da casa de Jared e dei outra olhada. Coloquei a mão na boca para abafar um pequeno suspiro ao ver Madman choramingando e arranhando a porta da frente. Ele estava encharcado, e eu poderia dizer daqui que ele estava tremendo. Por sorte, tinha um pequeno toldo o protegendo da chuva estrondosa.

Sem pensar duas vezes, mergulhei na tempestade e corri pelos nossos quintais até a pequena varanda da frente de Jared. Eu só usava meu short de dormir e uma regata, então, como Madman, estava tremendo com a chuva fria espirrando em minhas pernas e braços nus.

— Ei, amigo. Como você chegou aqui? — Eu me abaixei para acariciar sua cabeça, e ele lambeu minha mão, empolgado. — Onde está Jared, hein?

Um arrepio percorreu meu corpo, fazendo meus ombros se contorcerem.

A última coisa que eu queria fazer era bater na porta do idiota, mas não há como dizer com que merda eu acordaria se levasse Madman para casa comigo. Jared provavelmente me acusaria de tentar roubar o *seu* cachorro.

Madman tinha sido um dano colateral na minha situação com Jared. Por mais que eu amasse o cachorro, parecia que ele deveria estar com meu antigo amigo. Algumas coisas tinham sido assim depois que ele voltou daquele verão. Um dos nossos lugares favoritos era um lago no Eagle Point Park. Quando Jared e eu deixamos de ser próximos, ele parou de ir lá.

Fiquei com o lago. Ele ficou com o cachorro.

— Jared? Senhora Trent? — chamei, tocando a campainha. A chuva batia no chão, dando uma sensação de inundação à nossa rua. O vento uivante forçou a chuva de lado, o que encharcou meus sapatos e panturrilhas, mesmo sob o toldo.

Eu duvidava que alguém pudesse me ouvir gritar nessa confusão, então bati na porta e toquei a campainha mais duas vezes. A casa permaneceu escura e silenciosa.

— Bem, Madman. Pode ser que você volte para casa comigo. — O carinha latiu novamente, claramente infeliz por estar do lado de fora.

Antes de ir embora, agarrei a maçaneta da porta e virei. Para minha surpresa, ela se abriu.

Não está trancada? Esquisito.

Madman disparou para dentro, empurrando a porta completamente aberta como se estivesse fugindo de um incêndio. Suas garras contra o piso de madeira dura ecoaram pelo corredor. Ele foi para a cozinha, provavelmente para seu prato de comida.

Dei um passo hesitante para o *hall*.

— Olá? — A casa estava quase escura como breu, exceto pelas luzes da rua que lançavam um brilho opaco pelas janelas. — Senhora Trent? Jared? — Olhei em volta, sentindo um calafrio descer pelos meus braços.

Alguma coisa não está certa.

A casa parecia quase morta. Sem relógios, sem zumbido de um aquário. Eu nem tinha certeza se eles tinham peixes, mas uma casa ocupada faz algum tipo de barulho, mesmo no meio da noite.

Madman latiu, e dei um passo em direção à cozinha, mas parei quando ouvi um estalo sob meu sapato. Olhando mais de perto, meus olhos se ajustando ao escuro, notei vidro quebrado ou... talvez fosse cerâmica, no chão. Examinei a área e percebi mais desordem que não tinha notado quando entrei.

Cadeiras estavam viradas, uma lâmpada quebrada e almofadas de sofá espalhadas pela sala de estar. Até as fotos emolduradas de Jared na parede perto da escada estavam quebradas e penduradas em um canto.

Jared?! Meu coração pulsava em meu ouvido. O que aconteceu aqui?

Madman continuou a latir, desta vez com mais persistência. Corri pelo corredor e entrei na cozinha. O cachorro ficou olhando pela porta dos fundos aberta, ganindo e abanando o rabo.

Quando olhei por lá, pude ver Jared sentado no degrau mais alto que levava ao quintal. Soltei um suspiro.

Ele estava de costas para mim, encharcado. A água escorria por suas costas nuas, e o cabelo de sua cabeça grudava no couro cabeludo.

— Jared? — chamei, me aproximando do batente.

Ele virou a cabeça o suficiente para me ver pelo canto do olho, que estava quase completamente coberto por seu cabelo encharcado. Sem me reconhecer de outra forma, ele se virou e levou uma garrafa de whisky aos lábios.

Jack Daniels. Direto.

Meu primeiro pensamento foi ir embora. Ele estava seguro. O cachorro estava seguro. O que quer que ele estivesse fazendo não era da minha conta.

Mas meus pés não se moviam. A casa havia sido vandalizada e Jared estava bebendo sozinho.

— Jared? — Pisei do lado de fora, agradecida pela cobertura sobre a porta dos fundos também. — O cachorro estava latindo lá fora. Eu toquei a campainha. Você não ouviu? — Acho que senti a necessidade de explicar minha presença na casa dele.

Quando ele não respondeu, desci as escadas para encará-lo. A chuva caiu em cascata pelo meu rosto, encharcando meu cabelo e roupas. Meus músculos ficaram tensos com a urgência de voltar para dentro, mas, por algum motivo, fiquei parada.

A cabeça dele estava erguida, mas seus olhos estavam baixos. Seus braços repousavam sobre os joelhos, e a garrafa meio vazia estava presa em sua mão esquerda, onde ele a balançava para frente e para trás entre os dedos.

— Jared? Quer me responder? — gritei. — A casa está um lixo.

Não é da minha conta. Só vai embora.

Jared lambeu os lábios, e as gotas de chuva em seu rosto pareciam lágrimas. Eu o observei, enquanto ele levantava os olhos preguiçosamente e piscava para afastar a água.

— O cachorro fugiu — murmurou, com naturalidade. Sua voz estava calma.

Atordoada por uma resposta tão enigmática, eu quase ri.

— E então você fez birra? Sua mãe sabe que você fez isso com a casa?

Sua sobrancelha se estreitou quando ele me olhou nos olhos.

— Você se importa? Eu sou um nada, certo? Um perdedor? Meus pais me odeiam. Não foram essas suas palavras?

Por um momento, fechei os olhos, sentindo-me culpada novamente.

— Jared, eu nunca deveria ter dito essas coisas. Não importa o que você...

— Não se desculpe — interrompeu. Balançando ao se levantar, ele adotou seu tom sádico habitual. — Rastejar faz você parecer patética.

Idiota!

— Eu não estou rastejando! — rebati, o seguindo para dentro da casa. — É que eu posso admitir quando estraguei tudo.

Fiquei parada na porta, enquanto ele colocava a garrafa na mesa da cozinha e pegava um pano de prato do balcão. Caminhando até Madman, que estava encolhido debaixo de uma cadeira, ele enrolou o pano em volta do cachorro e o secou lentamente. Continuou a me ignorar, mas eu não podia sair até que dissesse o que precisava dizer.

— Me desculpe se te machuquei, isso não vai acontecer de novo. — Pronto, falei. Não há mais necessidade de eu estar aqui.

Mas não parei por aí. Meu olhar caiu sobre a garrafa ainda não vazia de Jack, e fiquei preocupada. Sua mãe era uma alcoólatra em recuperação, e bebidas fortes poderiam ser perigosas em grandes quantidades. Pela aparência da casa, ele não estava no controle de sua cabeça.

Pegando a garrafa da mesa, caminhei até a pia e comecei a despejar o conteúdo no ralo.

— E não vou deixar você se machucar, também.

— Filha da puta! — Jared se levantou às minhas costas, e eu balancei a garrafa nervosamente quando ouvi seus passos rápidos atrás de mim.

Jared agarrou o recipiente, que ainda estava a alguns goles de estar vazio, mas me virei para encará-lo, ficando à espera.

— Não é da sua conta. Apenas vá embora — ele rosnou. Sua respiração bateu no meu rosto, cheirando a uísque e chuva, e seus olhos selvagens fizeram meus braços ficarem fracos. Quase soltei a garrafa, esmagada pela força que ele usou para tirá-la. Quando ele puxou, todo o meu corpo estremeceu.

Bem, isso é novo.

O Jared com quem me acostumei andava calmo e controlado, mas esse aqui estava desesperado e imprudente. Eu deveria estar com medo, mas, por algum motivo, estava embriagada com o embate.

Eu queria esse confronto com Jared. Ansiava por isso.

Nós dois respirávamos com dificuldade, tentando tirar a garrafa um do outro, mas ninguém desistia. Seus braços se flexionaram com a luta, e senti a garrafa começar a escorregar dos meus dedos. Eu sabia que ia perder.

— Pare com isso! — choraminguei. A porra da garrafa era tão importante assim?!

Se controla, idiota! Ele obviamente perdeu a noção, e eu precisava tirá-lo dessa.

Soltei a garrafa e dei um tapa no rosto dele. Sua cabeça virou para o lado com o impacto, e minha mão doeu. Eu nunca tinha batido em Jared. Nem quando éramos crianças e estávamos brincando.

 Atordoado e furioso, Jared deixou cair a garrafa no chão, esquecida, e voltou seus olhos cruéis para mim. Engoli em seco quando ele me levantou do chão pela cintura e me jogou na borda dura da pia. Antes que eu percebesse, prendeu meus pulsos atrás das costas e posicionou seu corpo entre as minhas pernas. Ele me puxou para si, rudemente, e eu fiquei presa. Meu peito subia e descia rapidamente, desesperado por ar.

 Ai, Deus.

 — Me deixa! — gritei.

 Meu corpo estava apertado entre seus braços atrás de mim e seu torso na frente. Seu aperto era forte, o suficiente para me manter imóvel, mas não o bastante para machucar. Tentei me contorcer e me libertar, mas ele só me puxou com mais força contra si e nos apertou.

 — Jared, me solta. — Tentei fazer minha voz soar forte, mas, com a disputa, minha força diminuiu.

 Seus olhos encontraram os meus, nossos rostos a menos de um centímetro um do outro. Vários momentos se passaram enquanto ele me segurava, tentando me encarar.

 Mas não funcionou.

 Uma vez que meu olhar encontrou o dele, era impossível desviar. Seus olhos eram como a capa de um livro — dando dicas, mas não toda a história. E eu queria saber a história. Se eu procurasse seus olhos por muito tempo e com força suficiente, talvez o que eu desejava vazasse.

 Caramba!

 Mesmo com a bebida no hálito, seu cheiro era incrível. Como algum tipo de sabonete onde eu queria me envolver para sempre. Minhas coxas estavam frias onde suas calças molhadas esfregavam, mas o resto de mim estava em chamas. Calor escorria dos poros do meu pescoço, e uma gota de suor deslizou entre meus seios, onde meu peito tocava o dele. Tontura deixou minha cabeça confusa com a pressão que ele estava colocando entre as minhas pernas.

 Nossa respiração se igualou, e sua expressão não estava mais zangada. Ele falou trêmulo, quase triste:

 — Você me fodeu hoje.

 Presumi que ele estava falando sobre o monólogo.

 — Que bom — cuspi.

Ele me empurrou novamente.

— Você queria me machucar? Ficou aliviada? Foi bom, não foi?

Ele estava falando de mim ou dele?

Tentei manter meu rosto uniforme, mas meu corpo formigava em todos os lugares. Seu cheiro estava ao meu redor quando ele se inclinou. Nossos corpos estavam derretendo juntos, nossos lábios estavam próximos. Quando o senti endurecer entre as minhas pernas, fechei os olhos, com muito medo de por que eu não estava mais lutando.

Respirando fundo, abri meus olhos e o encarei corajosamente, minha pulsação latejando em meus ouvidos.

Ele não é nada para mim. Nada.

— Não, eu não fiquei aliviada — respondi, calmamente. — Eu não sinto nada. *Você* não é nada para mim.

Ele se encolheu.

— Não diga isso.

O calor de sua boca flutuou ao meu redor quando me inclinei.

— Nada — repeti, apenas um sussurro. — Agora, saia...

Sua boca esmagou a minha, abafando meu protesto.

Seus lábios me devoraram, duros e rápidos, como se eu estivesse sendo comida viva. Sua língua mergulhou em minha boca, e eu deixei, precisando sentir tudo dele. A sensação pulsante em meu interior acelerou, e envolvi as pernas em volta de sua cintura antes de fechar os olhos, saboreando o alívio.

Tentei pensar, mas não consegui. Eu não queria. Todos os anos que estivemos separados preencheram este momento.

Ele soltou meus braços, enfiando uma das mãos no meu cabelo e a outra segurando minha bunda. Puxando meus quadris com mais força contra os dele, atacou minha boca como se estivesse faminto. Chupou meu lábio inferior e então voltou sua atenção para minha mandíbula e pescoço em beijos quentes e frenéticos. Uma legião de borboletas voou no meu estômago, e eu gemi de prazer.

E eu o beijei de volta.

Ai, meu Deus! Eu o estava beijando de volta!

— Jared — engasguei. Ele deveria parar. Nós deveríamos parar. Mas esqueci o porquê.

Eu estava perdida.

Apertei minhas pernas ao redor de sua cintura e agarrei seu cabelo molhado, segurando-o contra mim, enquanto ele chupava meu pescoço.

Sua mão esquerda desceu pela minha coxa, e eu trouxe seus lábios de volta aos meus novamente, precisando de mais. A pressão aumentava enquanto ele pressionava nossos centros. Ele gemeu, e eu não queria que parasse. Nunca.

Quando ele abaixou a cabeça para mordiscar debaixo da minha orelha, imagens dele e K.C. no corredor ontem passaram pela minha mente.

Foi isso que ela sentiu.

Tudo voltou, me inundando. Meus olhos se abriram quando a compreensão surgiu.

Ele me machucou.

Ele me odiava.

— Jared, pare. — Meu tom deveria ser mais forte, mas soava desesperado. Ele me ignorou, beijando e mordendo levemente meu ombro, sua mão se movendo por baixo da minha camisa.

— Jared! Eu mandei parar! — Colocando minhas mãos em seu peito, eu o empurrei. Ele tropeçou alguns passos para trás, respirando com dificuldade e me olhando como um animal.

Longe demais.

Pulando da borda da pia, quase corri para fora da cozinha e da casa. Parecia que o vapor estava saindo da minha pele quando a chuva fria atingiu meus braços e pernas na parte externa da casa. Meu coração estava quase batendo fora do peito quando cheguei à minha varanda.

O que você está fazendo?! Eu gritei para mim mesma.

Uma dor oca se instalou no meu estômago, e um vazio horrível encheu meus braços onde ele estava. Eu o deixei me beijar. E me sentir.

E eu tinha feito o mesmo com ele.

Tentei recuperar o fôlego. Como pude deixar isso acontecer? Era como se eu nem estivesse no controle! Sabia que o que estávamos fazendo era loucura, mas a sensação dele me fez esquecer tudo. Mesmo agora, meu corpo ainda ansiava pelo seu, e eu odiava isso. A vergonha queimava minha pele onde ele me tocou.

Jared sempre calculava seus movimentos. Ele planejou tudo? Isso foi mais baixo do que eu pensei que ele jamais iria. Ele provavelmente estava lá rindo de mim agora, sabendo que tinha conseguido roubar meu orgulho.

Mil perguntas encheram minha cabeça, mas eu as afastei. *Não.* Uma coisa era certa: Jared não era confiável. Ele nem tinha começado a fazer as pazes, e eu estava enjoada pela humilhação.

Isso não aconteceria novamente.

CAPÍTULO VINTE

Corri de uma aula para outra no dia seguinte. Meu coração estava na garganta — sabendo que a qualquer minuto eu poderia encontrar Jared —, então mantive meus olhos focados em frente. Literalmente.

Durante toda a aula de Francês, foi quase impossível manter a mente desligada da noite passada. Suas mãos, seus lábios, seu...

Não. Não vamos lá.

Eu tinha gostado. Isso estava disposta a admitir. Mas por que ele me beijou se não para provar que podia? E por que diabos eu deixei?!

Decidi colocar culpa na bebida da parte dele, e em um colapso emocional da minha.

Dirigindo-me para o almoço, rapidamente enfiei minhas coisas no armário e voei até o refeitório, tentando evitar que meus olhos vagassem.

— Opa. — O ar foi arrancado dos meus pulmões, e eu tropecei no chão.

Mas que...?

Estremeci com a dor na minha bunda do colapso no piso frio de ladrilhos, e tentei piscar para afastar a perturbação do meu equilíbrio. Algo tinha me derrubado.

Olhando para cima, respirei fundo e senti uma vibração quente na minha barriga com a visão de Jared pairando sobre mim.

Merda. Devo ter batido direto nele. E aqui estava eu, tentando evitá-lo como uma praga. Tanto esforço para nada.

Não conseguia superar o fato de apenas a sua presença me desfazer. Fiquei boquiaberta, igual uma estúpida, incapaz de desviar os olhos de quão incrivelmente sua camiseta caía abaixo de sua cintura estreita ou quão sexy seu cabelo farto e escuro estava penteado hoje.

Vendo-me de bunda no chão, ele deveria estar dando um sorrisinho presunçoso ou franzindo o rosto. Corei de vergonha, sabendo que devia estar parecendo uma estúpida.

Mas não recebi nada dele. Nada de ruim, pelo menos.

Ele me estendeu a mão, e olhei para ele com os olhos arregalados, me perguntando o que diabos ele estava fazendo.

Ele estava... me ajudando a levantar?

Ele manteve a mão macia, de dedos longos, palma para cima, na minha direção e meus dedos dos pés se curvaram com o gesto.

Uau. Talvez o beijo não fosse uma coisa tão ruim. Talvez ele começasse a se comportar agora.

E então ele arqueou uma sobrancelha, como se estivesse aborrecido por estar esperando.

Fiz uma careta ante sua mesma atitude arrogante de sempre.

Ah, não. Não me faça nenhum favor, colega!

Impulsionando-me bruscamente do chão, tirei o pó das calças e passei por ele, virando a esquina.

Meu corpo definitivamente reagiu positivamente a ele, mas meu cérebro praticaria uma política de tolerância zero... a partir de agora.

Ben e eu nos encontramos na sexta à noite depois do jogo. Eu queria manter nosso encontro, mesmo tendo passado a maior parte dos últimos dois dias tentando não pensar em outra pessoa. Não havia nada entre Jared e eu. Não havia razão para cancelar um encontro com alguém que ainda não era meu namorado só porque beijei outro cara, mesmo que me sentisse um pouco culpada por isso.

Ben era fácil. E eu precisava de algo fácil. Eu merecia. Só tinha que controlar meu corpo.

Malditos hormônios.

— Então, eu estava querendo te perguntar uma coisa. — Ben parecia se divertir, embora estivesse tímido, quando terminamos nossa pizza.

— Deixe-me ver. — Coloquei o dedo indicador em meus lábios. — Sim, eu faço todas as minhas próprias manobras, e não, eu normalmente não como muito — brinquei, e tomando um gole da minha Coca.

— Não, não exatamente. — Ele balançou o dedo para mim e tirou o cartão de crédito para entregar à garçonete quando ela se aproximou.

— Estou ouvindo.

— Você mencionou esse garoto que sua personagem no monólogo era amiga. Eles eram próximos, e então ele se virou contra ela. Você disse que ele dirigia um Mustang?

Assenti, me perguntando onde ele estava indo com isso.

— Jared Trent dirige um Boss 302. Um Mustang Boss 302 — apontou.

O suor brotou em minha testa, mas acenei novamente. Eu sabia onde ele queria chegar, mas não haveria nenhuma resposta, se era isso que ele estava esperando. Já era ruim o suficiente eu ter beijado Jared pelas costas de K.C., mas foi só um beijo. E isso é tudo que haveria. Não estava prestes a explicar algo que eu nem entendi direito para Ben.

— E? — Colocou os cotovelos sobre a mesa e cruzou os braços, inclinando-se.

— E qual foi a pergunta? — Eu esperava que ser evasiva soasse fofo, e então ele entregaria sua linha de questionamento.

Olhando para o lado e depois de volta para mim, ele riu baixinho.

— Notei que ele te deu toda atenção durante aquele monólogo. Você e Jared Trent eram amigos? — Seus grandes olhos verdes estavam interessados.

— O que você quer dizer? — Jogar verde para colher maduro estava se tornando fácil. Eu poderia fazer isso a noite toda.

Ele parecia estar tentando conter um sorriso, mas pressionou ainda mais.

— O monólogo era sobre ele?

Inclinei a cabeça para a dele.

— Pensei que os monólogos deveriam ser de um livro ou filme.

— De que livro ou filme veio o seu? — rebateu.

A continuação do jogo fez meu estômago estremecer de tanto rir. Isso estava ficando divertido.

— Vai estar tudo na minha redação — sussurrei, quando a garçonete trouxe o cartão e o recibo de Ben de volta. — Mas... Jared não é nada para mim, só para você saber.

Seus lábios se curvaram no canto, esperançosamente satisfeitos com o que dei a ele. Pegando minha mão, ele me levou para fora do restaurante e para seu carro. Infelizmente, ele estava dirigindo, então abriu a porta para eu entrar.

— Você nunca esteve no Loop, certo?

— Não. — Apertei meu cinto de segurança e puxei minha saia preta risca de giz o mais baixo possível pelas minhas coxas. As três fivelas finas sobre a coxa direita refletiam a luz da rua brilhando pela janela.

INTIMIDAÇÃO

— Bem, você vai adorar. E eles vão te amar. — Seu olhar deslizou para o meu peito antes que ele rapidamente desviasse os olhos. De repente, desejei ter usado uma camiseta. Minha regata branca não era tão reveladora, felizmente, sob minha jaqueta militar cinza curta, mas ainda me sentia exposta. A necessidade de me cobrir me irritou. Eu queria ficar bonita para Ben esta noite, não queria?

Ou talvez não fosse em Ben que eu estivesse pensando tanto quando me vesti.

— Eles vão *me amar*? Por quê? — perguntei.

— Porque você parece um doce. — Negou com a cabeça e ligou o motor.

As palavras de K.C. voltaram para me assombrar. Bem, eu, pelo menos, estou bem animada para ver a cara dele quando te encontrar!

Minhas mãos se fecharam em punhos, e mordi meu lábio inferior para abafar um sorriso.

Sim, mordi meu lábio inferior. *Merda.*

O Loop estava localizado na fazenda do senhor Benson, fora dos limites da cidade. Seu filho, Dirk, que se formou há duas décadas, começou uma cultura de corridas semanais ao redor da lagoa no local. Com o tempo, Dirk assumiu o controle da fazenda e ainda permitia corridas na propriedade, embora raramente participasse. Desde que recebesse a taxa cobrada para passar pelo portão, todos os outros poderiam fazer suas apostas e se divertir sem nenhuma intrusão.

Descemos a longa estrada de terra que levava à fazenda. Normalmente, ela estaria escura como breu a esta hora da noite, mas, com o tráfego descendo para a pista, ela estava iluminada como um cruzeiro no sábado à noite.

— Vou estacionar aqui. Não se importa de andar um pouco, não é? — perguntou Ben. Os carros se alinhavam nas laterais da estrada e, como estávamos chegando quase na hora da corrida, as vagas de estacionamento eram escassas.

— Aqui está ótimo. — Meus dedos formigavam com a ansiedade no ar. Pulei para fora de seu Escalade, imediatamente grata pelos Chucks que eu tinha usado. Não ficava muito elegante com a saia, mas eu não era o tipo de garota de usar salto. A estrada de terra apresentava depressões e poças, junto com cascalho minúsculo.

— Aqui, me dê mão. — Ben estendeu a sua, dando a volta na frente do carro para me encontrar. Ele me fez parar e gesticulou para o carro. — Quer deixar sua bolsa no porta-malas?

— Não, eu posso precisar do meu celular. Estou bem. — Enganchei meu polegar atrás da alça da bolsa, que continha duas das minhas três rotas de fuga. — Vamos — cantarolei e comecei a andar em um ritmo acelerado.

À nossa frente, a pista se dividia à esquerda e à direita. Diretamente em frente estava o lago. O cheiro de escapamento já encheu minhas narinas, e não pude evitar o salto no meu passo. Meus olhos varreram o ambiente avidamente e vi faróis de carros estacionados nas laterais, voltados para dentro, iluminando a pista.

Felizmente para a família de Dirk, o lago não estava nem à vista da casa principal. Na maioria das vezes, as pessoas iam e vinham sem perturbá-los. Como a maior parte da atual força policial da cidade se formou na mesma época que ele, o Loop era visto como um tesouro local em vez de um incômodo. Como as corridas eram tão ilegais quanto permitir que as pessoas usassem sua propriedade para isso, qualquer um ferido não poderia culpar os Benson sem se culpar também. Foi tudo muito conveniente e arrumado.

Enquanto nos dirigíamos para o Loop, Ben me guiou para a direita em direção ao que parecia ser a linha de partida. Havia dois carros já estacionados lado a lado, e as pessoas se espremiam ao redor do ambiente como moléculas compactadas. Um dos carros era o GTO 2006 de Madoc e o outro era um Camaro, último modelo.

Liam.

— Tate!

Eu me virei para encontrar quem gritava e notei K.C. correndo em minha direção. Ela se jogou em mim em uma tentativa de abraço, e tropecei para manter o equilíbrio.

— Opa! — explodi. — Não faz tanto tempo desde que nos vimos, não é? — Rindo de seu amor obviamente induzido pela cerveja, eu nos endireitei.

Nós fizemos as pazes, mas agora eu me sentia desconfortável por ter beijado Jared, e o relacionamento deles ainda me incomodava. Eu pretendia manter minha promessa de cuidar da minha vida, mas havia uma distância entre nós que não existia antes, e não tinha certeza de como recuperar o que costumávamos ter. Talvez eu tenha olhado para ela de forma diferente, ou nossa conversa não fosse mais tão fácil, mas eu sabia que algo havia mudado.

Ben levantou o dedo e murmurou "um minuto" antes de sair para falar com um cara da nossa classe.

— Aquele é o Camaro de Liam? — Gesticulei com a cabeça em direção à linha de partida onde a tenaz máquina vermelha estava parada. A simetria de seu veículo o faz caber em qualquer multidão ou estrada. Era difícil não respeitar um Camaro. E os pneus eram tão largos que pareciam ajudar o carro a flutuar.

— Sim — disse ela, torcendo o nariz em desgosto.

— Ele vai competir com Madoc? — O que Madoc faria com o carro de Liam seria considerado uma tragédia shakespeariana. Embora eu nunca tivesse visto Madoc correr, tinha ouvido falar sobre. Ele não era sujo, embora fosse imprudente e assustasse os outros pilotos.

— Aparentemente, sim — ela respondeu.

— Pensei que você tinha dito que Jared fosse te vingar. — Coloquei a mão sobre o peito e pisquei os cílios.

— Ah, cale a boca — disse K.C., fingindo se irritar, e tomou um gole de sua cerveja. — Esse era realmente o plano, mas Roman voltou da faculdade para passar o fim de semana e queria correr com Jared. Então você sabe... — ela deixou no ar.

O melhor tinha que correr com o melhor, acho.

Comecei a me inquietar com a menção de Derek Roman. Ele era um idiota de classe mundial e tratava todos da mesma forma. Como merda. Não importava se você era homem, mulher ou criança. Jovem, velho, rico ou pobre. Roman se comportava como se todos estivessem abaixo dele, e não tinha respeito pela ética. Ele era sujo.

— Onde está Jared? — Repentinamente desconfortável com o pensamento de ele competir com Roman, examinei a multidão em busca de seu cabelo castanho ralo.

— Ali com Madoc, conversando com ele. K.C. engoliu sua cerveja, e pelo jeito que ela balançou os pés, eu poderia dizer que estava inquieta.

— Tenho certeza de que Madoc não fará nada estúpido. Ele não vai querer estragar o carro. Liam vai ficar bem — assegurei.

— Eu não tô nem aí. — Seus olhos focavam em qualquer lugar, menos em mim.

Okay, certo.

Assustada com o rugido estrondoso de um motor, inclinei a cabeça em direção à linha de partida e fiquei na ponta dos pés para espiar por uma brecha na multidão. Jared estava encostado no batente da porta de Madoc, conversando com o piloto, que estava escondido. Seu cabelo caía nos olhos, e um sorriso fácil se espalhava por seus lábios. A forma como seu rosto se ergueu com o sorriso radiante...

Ah, alguém estava tocando tambores de aço no meu estômago.

Eu me odiava por ficar com as pernas bambas. Era inaceitável ser afetada por Jared, de todas as pessoas possíveis. *Eu estava aqui com Ben, e ele também era muito bonito,* disse a mim mesma.

— Ei. — Ben caminhou de volta e colocou um braço em volta de mim. Seu corpo ao lado do meu me aqueceu, e ele cheirava a perfume.

Quase implorei para que os elefantes ou qualquer outra coisa aparecessem no meu estômago, mas nunca aconteceu. Tê-lo perto ou ter seus olhos em mim simplesmente não me afetava como deveria.

Droga.

— Ei — respondi. — Devemos nos mover para ter uma visão melhor?

— Você realmente gosta disso, não é? — Ben olhou para mim, uma expressão divertida em seu rosto.

— Carros? Garotas gostosas? Claro. — Estreitei as sobrancelhas em uma expressão que dizia "dã".

— Vem por aqui. — K.C. apontou para a direita. — Jared estacionou bem ao lado da pista. Podemos assistir de lá.

Ela estava aqui com Jared. Eu quase tinha esquecido. Claro que iria querer assistir a ação com ele.

E por que não? Eu tinha superado nossas merdas, e se ele pode me ignorar nos últimos dois dias, então eu poderia fazer o mesmo.

Abrimos caminho pela multidão enquanto todos tomavam suas posições para assistir. Jared já estava encostado no capô de seu carro preto e malvado. Com uma perna apoiada no para-choque, ele brincou com algo em sua mão. Sua camisa preta de botões estava aberta para revelar outra branca, e ele e o carro pareciam zangados.

— Ei, você. — K.C. foi até ele e se inclinou.

— Ei, você. — Ele deu a ela um sorriso de boca fechada, antes de olhar para mim. Seu sorriso desapareceu antes de seus olhos se estreitarem em Ben.

— E aí, cara. — Ben cumprimentou Jared.

— Ei, como vai? — Jared perguntou, sendo agradável, mas desviou o olhar cedo demais.

Ben deve ter percebido que era uma pergunta retórica, porque não respondeu.

Fiquei ali, tentando parecer desinteressada, enquanto olhava para qualquer lugar menos para Jared. Comecei a suar, imagens de nós dois enrolados um no outro naquela noite passaram pela minha cabeça e me abaixei um pouco, me escondendo com a gola do casaco. A vibração estranha no ar me fez refletir quem precisava ser excluído dessa equação para torná-la mais confortável: Jared, K.C., Ben ou eu.

K.C. quebrou o silêncio:

— E Jared, esta é Tatum Brandt. Diga "oi" — brincou, enquanto Jared deslizou um braço ao redor de sua cintura. Minha respiração engatou.

Ele me fitou, os olhos nublados, e encarou a minha roupa, apenas sacudindo o queixo na minha direção antes de voltar seu foco para a linha de partida.

Revirei os olhos e me virei para a ação.

— E estamos prontos! — Um jovem que presumi ser o mestre de corrida chamou as pessoas para esvaziar a pista. Meus olhos dispararam para todo o dinheiro mudando de mãos, enquanto as pessoas faziam suas apostas.

O rugido dos motores vibrou sob meus pés e causou arrepios nas minhas pernas. Meus dedos dos pés se curvaram. *Porra, eu gostaria de estar correndo.* Odiava ser espectadora, mas ainda me inquietava com a antecipação.

Uma garota de saia xadrez curta e blusa de alcinha vermelha e minúscula se posicionou na frente dos carros e levantou as mãos no ar.

— Preparar? — gritou.

Os motores aceleraram, enviando gritos de entusiasmo pela multidão.

— Apontar? — Ela levantou os braços mais alto. — Vai!

Fiquei na ponta dos pés novamente para ver a casca dos pneus levantando poeira e lutando para seguir em frente. Eu balançava um pouco para cima e para baixo com a excitação, e não conseguia conter meu sorriso de orelha a orelha. Os carros passaram disparados, enviando uma rajada de vento no meu rosto e uma pancada estrondosa no meu peito.

— Merda! — Ouvi atrás de mim e me virei para ver K.C. limpando a camisa.

— Eu derramei cerveja — ela murmurou.

Vi Jared alguns metros atrás dela, ainda encostado em seu carro, nem mesmo assistindo a corrida. Seu foco estava inteiramente em mim, algo familiar em sua expressão. Naquele momento, a corrida, Ben e K.C. nem existiam.

Um pequeno gemido mal saiu da minha garganta quando meu coração acelerou e meu estômago revirou.

Ele estava me dando o mesmo olhar que recebi na noite de quarta-feira antes de me beijar, e eu sabia que não tinha imaginado nada. Era raiva e desejo misturados para fazer algo quente o suficiente para meus joelhos ficarem fracos. Do jeito que ele estava me ignorando ontem e hoje, mal fazendo contato visual, comecei a me perguntar se tudo não tinha sido um sonho quente da minha parte.

Mas não.

Respirando fundo e desviando os olhos, arranquei a jaqueta e joguei para K.C.

— Coloque isso.

— Obrigada. — Ela segurou o copo em uma das mãos e vestiu a jaqueta com a outra.

Dando outro olhar a Jared, notei que seu peito subia e descia com força, seus olhos cuspindo fogo. O desejo se foi. Seu olhar estava em Ben agora, que percebi estar olhando para mim também, mas se virou como se tivesse sido pego encarando algo que não deveria.

Mais uma vez, eu imediatamente quis me cobrir.

Estava aqui para ver a corrida, me lembrei, voltando para a pista.

Madoc e Liam nunca estiveram frente a frente. Ou Madoc estava drasticamente atrás, ou Liam estava a uma distância ridícula atrás dele. Depois de um minuto, a multidão começou a rir quando perceberam que Madoc estava apenas brincando com seu oponente. Não me admira que Jared não estivesse assistindo. Ele sabia que seria uma vitória fácil. Não que o Camaro de Liam não fosse digno, mas Madoc era mais experiente e tinha feito muito trabalho em seu carro.

Na curva final, Madoc avançou uma última vez e cruzou a linha de chegada ao som de aplausos e assobios. As pessoas correram até seu carro, e Madoc surgiu com um sorriso idiota em seu rosto presunçoso. Uma garota agarrou sua camiseta cinza e enfiou a língua na boca dele. *Eca*.

Liam saiu lentamente de dentro e na mesma hora olhou para K.C., que, notei, estava descaradamente enrolada em Jared novamente. Minha perna se contraiu com o desejo de chutar algo quando o vi enterrar a cabeça em seu pescoço. Ela riu com prazer, obviamente para fazer cena.

— Jared é o próximo. — Ben esfregou o queixo. — Roman é incrível. Espero não ter apostado no cara errado.

Eu honestamente não sabia em quem apostaria se quisesse colocar dinheiro em qualquer um dos idiotas.

— Todos esvaziem a estrada!

Eu pulei.

O mestre de corrida estava começando o próximo evento.

— Trent e Roman, coloquem suas bundas na linha de partida.

E de repente eu estava nervosa com essa rodada.

CAPÍTULO VINTE E UM

Ben e eu nos separamos da multidão para que Jared pudesse retirar seu carro. K.C. veio para ficar ao nosso lado, mas, por algum motivo, eu não conseguia olhar para ela.

Quando Jared entrou e ligou o motor, as garotas ao nosso redor começaram a pular e gritar. Papa Roach gritou em um nível ensurdecedor de seus alto-falantes. Ele acelerou o motor algumas vezes para atrair a multidão, um sorriso brincalhão em seus lábios.

O Boss 302 parou na pista e percebi que estava quase com vontade de ir embora. Jared e eu tínhamos sonhado em estar aqui juntos para correr, e agora eu estava do lado de fora, olhando para dentro. Ele estava vivendo isso sem mim, e eu odiava estar sendo deixada de fora.

Roman tinha acabado de chegar em seu Pontiac Trans Am. Mesmo que seu carro de 2002 fosse considerado antigo comparado ao de Jared, ele tinha uma excelente chance de vencer. A quantidade de trabalho e opções que Roman havia acrescentado ao seu veículo o tornaram uma máquina formidável. Infelizmente, Derek Roman não confiava apenas em suas habilidades como mecânico para vencer. Houve muitos ferimentos aqui quando ele corria no ensino médio.

— Tudo bem! — o mestre de corrida anunciou. — Esvaziem a pista para o evento principal da noite.

De acordo com K.C., o Loop tem apenas algumas corridas por semana durante o ano letivo, já que os universitários voltam para suas faculdades, então esta era uma noite leve com apenas duas corridas.

A música de Jared encheu o ar, e eu o vi pegar algo de sua mão para pendurar no espelho retrovisor. Não consegui distinguir o que era, só que era grosso e parecia um colar.

A mesma garota que deu a largada para Madoc e Liam parou na frente dos carros, balançando a bunda e caminhando na frente dos faróis.

O cheiro de combustível e pneus permeava o ar, o ronco dos motores percorrendo minhas pernas. Jared olhava para frente, com um rosto de pedra, esperando a ligação.

— Preparar? — a senhorita "olhe para mim" chamou. — Apontar? — Os motores rugiram. — Vai! — Seus braços caíram com força para os lados, e os carros passaram zunindo por ela, levantando poeira e pedras em seu rastro. Corri para a pista com a enxurrada de pessoas para assistir por trás, mais com medo do que animada desta vez.

Por mais que eu odiasse admitir, estava preocupada. Roman faria algo obscuro e machucaria Jared. Mesmo depois de tudo, eu não queria vê-lo ferido.

As lanternas traseiras dos carros diminuíam à medida que se aproximavam da primeira curva. Eram quatro esquerdas, e a corrida terminaria. As curvas eram fechadas, e é aí que um piloto de *drift* pode se dar melhor no Loop. A pista era pequena, esses carros eram grandes e as curvas eram um inferno. Por esta razão, nenhum carro foi autorizado a estacionar no perímetro das curvas.

Jared seguiu o caminho de um cavalheiro, diminuindo a velocidade para fazer a curva depois de Roman, enquanto o último seguia em frente. Roman venceria ou mataria os dois. Ambos os carros derraparam na curva, enviando uma nuvem de poeira para o ar, para o deleite dos espectadores, que gritavam implacavelmente. Avançando, Jared alcançou Roman e eles seguiram paralelamente.

Vamos, vamos. Apertei as palmas das mãos contra o peito, os dedos entrelaçados tão apertados que minha pele parecia esticada. Girei o corpo para acompanhar seu progresso, vendo Jared recuar pacientemente a cada vez para deixar Roman fazer as curvas primeiro.

Meu coração batia forte, e meu estômago estava apertado de nervosismo.

Chegando à curva final, Jared parou atrás de Roman, mas ele não estava diminuindo a velocidade. Quando Roman dobrou a última curva, ele derrapou ainda mais para a borda e Jared pegou o lado de dentro. Ambos os carros se recuperaram e estavam lado a lado quando se aproximavam da linha de chegada.

A multidão esvaziou a pista em uma pressa surreal e assistiu os dois motores passarem trovejando. Os carros estavam tão perto que eu não conseguia descobrir quem tinha vencido.

Quando os dois pararam, todos correram para eles em uma confusão de empurrões e gritos. Ninguém parecia saber quem tinha vencido.

Torci o pescoço, procurando pelo mestre de corridas. Ele parecia estar deliberando com algumas outras pessoas, provavelmente tentando chegar a uma decisão.

— Então, você viu quem ganhou? — K.C. perguntou, parecendo confusa, enquanto caminhávamos até os carros.

— Não. Você?

Ela negou também.

— Aí está você! — Ben se aproximou de mim e agarrou minha mão. — Acho que eles não têm certeza de quem ganhou. Corrida incrível, hein?

Eu soltei uma risada.

— Minhas unhas foram roídas até o sabugo.

— Vamos. Vamos ver Jared. — K.C. agarrou meu pulso, e nós três subimos pela pista.

Aproximando-me dos carros, notei que os pilotos estavam cara a cara entre os veículos. Suas bocas estavam apertadas, e eles estavam muito perto. Pareciam que estavam prestes a transformar o evento em uma luta.

Quando nos aproximamos, ouvi o que eles estavam dizendo.

— Você estava entrando na minha linha de corrida! — Roman rangeu os dentes. — Ou talvez você simplesmente não saiba como lidar com seu carro. — Seu cabelo preto estava penteado para trás, e seu jeans e camiseta branca o faziam parecer alguém que foi rejeitado nos anos 1950.

— Não há linhas de corrida na pista. — Jared riu. — E não vamos falar sobre quem não consegue lidar com seu carro.

Roman apontou o dedo perto do rosto dele, falando:

— Vou te dizer uma coisa, princesa. Volte depois de ter crescido um pouco e tirado suas rodinhas. Então você será homem o suficiente para competir comigo.

— Homem o suficiente? — Jared franziu as sobrancelhas, como se fosse a coisa mais ridícula que ele já tinha ouvido. Virando-se para a multidão, Jared estendeu as mãos para os lados, com as palmas para cima. — Homem o suficiente? — perguntou, sarcasticamente.

A morena barata da festa de Jared, Piper, se aproximou e se grudou nele como uma cobra. Ela segurou sua bochecha com uma das mãos e agarrou sua bunda com a outra. Mergulhando a língua em sua boca, ela o beijou lenta e profundamente, colocando seu corpo inteiro nele.

Caralho, a multidão não poderia gritar mais alto.

Calor saiu do meu nariz, orelhas e olhos antes que eu desviasse o olhar. Ele me beijou assim apenas dois dias atrás.

Foda-se ele.

Olhei para K.C., cujas sobrancelhas estavam erguidas de surpresa.

— Está tudo bem? — perguntei. Eu realmente me importava? Provavelmente não, mas pelo menos tirou minha mente da dor no *meu* peito.

— Porra, fantástico — ela rosnou. — Liam acabou de ver isso. Incrível.

Eu quase ri, percebendo que a única coisa que a deixava chateada era a reação de Liam. Se ele não achasse que Jared estava falando sério sobre K.C., então não se sentiria ameaçado.

Ela não dava a mínima para Jared. Isso era certo. E me fez sentir um pouco melhor sobre beijá-lo pelas costas dela.

— Ok! — O mestre de corrida cortou em meio à multidão. — Fora do caminho, fora do caminho.

Seus olhos varreram a galera, esperando que se acalmassem. Piper se descolou de Jared e voltou para seus amigos, limpando-o de seus lábios e cambaleando.

— Ouça. Temos boas e más notícias. A má notícia é que estamos declarando um empate. — Gemidos e palavrões soaram ao redor da multidão. Apostas foram feitas e as pessoas ficaram chateadas. — Mas a boa notícia é que — continuou — temos uma maneira de resolver o impasse.

Seu sorriso me assustou. Soltei a mão de Ben para me aproximar, agora de pé no meio da multidão. Jared e Roman estavam franzindo a testa.

— Uma revanche? — perguntou Jared.

— Mais ou menos. O mestre de corridas parecia se divertir um pouco demais. — Se vocês quiserem resolver isso, então seus carros vão correr de novo, mas... vocês não serão os pilotos.

Murmúrios podiam ser ouvidos ao redor da multidão, e meus olhos dispararam para Jared, para ver sua expressão atordoada.

— É o quê? — Roman se aproximou e questionou.

— Sabemos que vocês são pilotos excepcionais. A corrida foi próxima o suficiente para provar isso. Vamos ver quem tem a melhor máquina.

— Então, quem vai dirigir os carros? — Jared quase gritou, seu rosto ficando pálido.

O rosto do mestre de corridas inchou quando ele sorriu.

— Suas namoradas.

CAPÍTULO VINTE E DOIS

Eu tinha certeza de que as risadas do Loop podiam ser ouvidas até a casa dos Benson. Algumas pessoas aplaudiram a solução inovadora do mestre de corridas, enquanto outras reclamaram de suas apostas. Mas todos pareciam concordar que uma corrida de duas adolescentes idiotas em máquinas de alto desempenho seria hilária.

— Cara! Isso não está acontecendo! — Roman olhou para sua namorada, uma pequena garota mexicana com mais peso no peito do que o resto do corpo. Conhecendo Roman, eles poderiam estar namorando por dois meses ou dois minutos. Quem saberia dizer?

— Zack, eu não tenho namorada. Eu nunca tenho namorada — Jared declarou à queima-roupa para o mestre de corrida, enfatizando a palavra "nunca".

— E a coisinha bonita com quem você chegou? — Zack perguntou.

O olhar de Jared virou para K.C., e seus olhos se arregalaram.

Engolindo em seco, ela gritou:

— Ele é apenas meu peguete.

A multidão soltou um alto "ahhhh", e K.C. sorriu por sua própria tenacidade. Jared ergueu as sobrancelhas para Zack em um olhar que dizia "está vendo?".

— Ninguém dirige o meu carro — Jared esclareceu para Zack.

— Concordo com a princesa aqui. — Roman sacudiu a cabeça para Jared. — Isso é uma estupidez.

Zack deu de ombros.

— A multidão já viu vocês dois correrem. Eles querem se divertir. Se vocês dois tiverem algum interesse em acertar as contas para que as pessoas possam ser pagas, então vão jogar do meu jeito. Estejam na linha de partida em cinco minutos ou vão embora. — Ele começou a se afastar, mas parou e se virou. — Ah, e vocês podem ir no carona se quiserem... sabe, para dar apoio moral. — Ele não conseguiu dizer as últimas palavras sem cair na gargalhada. Provavelmente esperava que as pobres garotas acabassem chorando antes de terminar a corrida.

Zack foi embora, e sussurros se espalharam pela multidão. Roman se afastou e Jared caminhou até nós.

— Isso é besteira. — Ele passou os dedos pelos cabelos.

— Ei, cara. Eu poderia dirigir para você — Madoc entrou na conversa. — Nós apenas teríamos que contar a eles sobre nosso relacionamento secreto. — Ele enganchou seus braços sobre meus ombros e os de Ben brincando, mas eu o empurrei.

Jared o ignorou. As rodas em seu cérebro estavam girando, enquanto ele andava de um lado a outro à nossa frente. Ele provavelmente estava tentando pensar em uma saída para isso, mas, quando ele parou e soltou um suspiro derrotado, eu sabia que estava encurralado.

Olhei para Roman, que estava levando sua namorada para o seu veículo, aparentemente dando instruções sobre câmbio manual.

Ai, caramba. Minhas bochechas se contraíram, tentando não rir.

— Jared, eu não posso correr por você. — K.C. riu. — Tem que haver outra pessoa.

Ele olhou para o céu e negou com a cabeça. Mesmo que eu não quisesse ver o carro dele destruído, achei a situação divertida. *Bem feito.*

— Só tem uma pessoa em quem eu confiaria um pouco dirigindo meu carro. — Ele levantou uma sobrancelha e se virou para travar os olhos comigo.

Todo o ar deixou meu corpo.

— Eu?

— Ela? — Madoc explodiu, e Ben e K.C. ecoaram.

Jared cruzou os braços sobre o peito e se aproximou de mim como um policial em uma sala de interrogatório.

— Sim, você.

— Eu? — Olhei para ele como se ele fosse louco. Se pensou que eu lhe faria algum favor, ele *estava* louco.

— Estou olhando para você, não estou? O tom arrogante de Jared e o olhar condescendente me fizeram querer dizer "sim" e depois bater o maldito carro na esperança de que ele fosse o único a chorar.

Eu o ignorei e olhei para o meu encontro.

— Ben, podemos ir mais cedo para aquela fogueira? Estou entediada aqui. — Virando-me e ignorando o olhar estupefato de Ben, fui para longe da multidão.

Uma das mãos se enganchou na dobra do meu cotovelo e gentilmente me puxou até parar. Olhei para cima e vi Jared com dificuldades de me encarar nos olhos.

— Posso falar com você? — Sua voz era abafada, e seu comportamento gentil. Fazia tanto tempo que eu tinha esquecido o quão humano ele poderia ser. No entanto, não foi o suficiente para eu esquecer o quão horrível ele tinha sido, também.

— Não — cuspi a mesma resposta monótona que ele me deu semanas atrás, quando pedi a ele para desligar a música.

Ele respirou fundo.

— Você sabe como isso é difícil para mim. — Desviou o olhar e depois voltou. — Preciso de você. — E suspirou, parecendo derrotado.

Respirei fundo, ante essas palavras. *Ele precisava de mim?* Pela forma como puxou o ar pelo nariz e não fez contato visual, eu sabia que ele estava desconfortável ao dizer essas palavras. Parte de mim queria ajudá-lo, mas a outra parte de mim só queria ir embora. Onde ele estava quando precisei dele no passado?

Eu me odiei por um momento, considerando que poderia perdoá-lo por tudo depois de proferir essas três palavras simples. Tarde demais.

— E amanhã quando você não precisar de mim? Serei o cocô do cavalo do bandido de novo? — Minha resposta foi mais raivosa do que eu havia planejado. Eu me ressenti com a facilidade com que me encontrei cedendo a ele.

— Ela vai fazer isso — K.C. gritou por cima do ombro de Jared. Eu não tinha percebido que ela estava perto de nós, mas, quando olhei para cima, notei Ben e Madoc atrapalhando nossa conversa também. Meu coração acelerou novamente.

— K.C. — reclamei. — Você não fala por mim. E eu não vou fazer isso! — dirigi a última parte para Jared.

— Mas você quer — retrucou.

E ela estava certa.

Eu queria muito dirigir o carro dele. Queria mostrar a todas essas pessoas do que eu era capaz. Queria mostrar a Jared que eu tinha algum valor.

E foi esse pensamento que me fez querer ir embora. Eu não tinha que provar nada para ele. Sabia o meu valor, e não precisava de sua aprovação.

— Talvez — admiti. — Mas eu tenho orgulho. Ele não vai ganhar nada de mim.

— Obrigado — Jared cortou K.C. antes que ela tivesse a chance de responder.

— Pelo quê? — atirei de volta.

— Por me lembrar de como você é uma vadia decepcionante e egoísta! — Jared cerrou os dentes, se aproximando do meu rosto. O calor subiu à minha cabeça quando comecei a sentir que as palavras não eram mais suficientes.

Meus braços ficaram rígidos, meu dedo se fechou em punhos. Eu estava fantasiando em ter Jared algemado enquanto dava um soco nele.

Antes que eu pudesse devolver com uma resposta sarcástica, Madoc retrucou:

— Já chega. Vocês dois. — Ele se colocou entre nós, mudando seu olhar de Jared para mim. — Agora, eu não dou a mínima para a história entre vocês dois, mas precisamos de bundas naquele carro. As pessoas vão perder muito dinheiro.

Ele arregaçou as mangas como se fosse nos jogar pessoalmente no carro.

— Jared? Você vai perder muito dinheiro. E Tate? Acha que todos te trataram mal antes? Dois terços das pessoas aqui esta noite apostaram em Jared. Quando souberem que a pessoa que ele escolheu primeiro o recusou, o resto do seu ano letivo será um inferno sem termos que levantar um dedo. Agora, vocês dois, entrem no maldito carro!

Todos ficaram parados ali, chocados. Madoc nunca disse nada que fez sentido, mas conseguiu me fazer sentir imatura e infantil. Muita gente estava contando com a vitória de Jared e, por mais que eu odiasse admitir que Madoc estava certo, ele fez uma observação válida.

— Ele tem que me pedir com jeitinho. — Cruzei os braços, mantendo minha expressão impassível.

— O quê? — Jared deixou escapar.

— Ele tem que dizer "por favor" — repeti para K.C., Madoc e Ben, não querendo falar com Jared depois que ele acabou de me insultar.

Os outros ficaram olhando para ele e para mim como se estivessem esperando para ver qual bomba explodiria primeiro. Jared balançou a cabeça com um sorriso amargo no rosto e finalmente respirou fundo antes de responder:

— Tatum. — Sua voz estava calma, mas a amargura subjacente estava lá. — Você poderia pilotar comigo, por favor?

Olhei para ele por um momento, apreciando essa rara demonstração de humildade, mesmo que forçada, antes de estender a mão.

— Chaves?

Jared as deixou cair na minha mão.

Quando mordi o canto da boca para abafar um sorriso, corri para a pista com Jared seguindo atrás. Vi Roman descendo do carro, depois de colocá-lo atrás da linha de partida para sua namorada. Corri até o de Jared e as várias pessoas ao redor da pista explodiram em sussurros e assobios ao me ver indo para o lado do motorista.

Jared subiu no banco do passageiro, e eu bati minha porta depois de afundar no couro frio. O impressionante carro era quase inteiramente preto por dentro, e imediatamente senti calafrios nos braços. Aquela máquina cantava seu poder com sua sensação de caverna: legal, escura e animalesca.

Cacete.

Girando a chave, voltei para a posição, enquanto a multidão se afastava. A vibração nas minhas coxas fez meu centro formigar e imediatamente olhei para Jared, que estava me observando.

Com o cotovelo apoiado ao lado da janela, ele encostou a cabeça na mão e me olhou com uma mistura de curiosidade e diversão. Eu me perguntei o que ele pensava de mim atrás do volante.

— Você está sorrindo — ele apontou, quase como uma acusação.

Acariciei o volante sem encontrar seus olhos.

— Não estrague tudo para mim com suas palavras, por favor.

Jared limpou a garganta e continuou assim mesmo.

— Então, seu pai nos ensinou a dirigir com marchas, e o Bronco é um manual, então suponho que você não tenha dúvidas sobre essa parte, certo?

— Nenhuma. — Minha pulsação estava martelando na ponta dos dedos.

— Bom. As curvas são apertadas. Mais apertadas do que parecem. A ideia é chegar primeiro, ou ficar para trás e ir depois. Não tente virar à esquerda com o carro de Roman, entendeu?

Acenei a cabeça. Eu estava olhando para a frente, pronta para ir, enquanto meu pé batia ansiosamente.

— Em cada esquerda, solte o acelerador antes de virar e acelere depois de endireitar. Se sentir que precisa aplicar o freio na curva, faça-o, mas o mínimo possível. Não acelere até ter feito a curva. Você vai girar.

Concordei novamente.

— Use o acelerador entre as curvas. Na última reta, vá com força. — Sua voz era dominante.

— Jared, eu entendi. — Olhei para ele. — Eu posso fazer isso.

Ele não parecia acreditar em mim, mas ele parou de falar de qualquer maneira.

INTIMIDAÇÃO

— Cinto.

Seguindo sua ordem, olhei para a minha esquerda e vi Roman cuspindo ordens para sua namorada enquanto ela balançava a cabeça nervosamente. Zack caminhou entre os dois carros para se posicionar na frente. Felizmente, parecia que ele nos daria partida em vez da vulgaridade que houve antes.

Enquanto eu olhava pelo para-brisa dianteiro, mantendo meus olhos em Zack, notei o que Jared tinha pendurado em seu espelho retrovisor. Estendi a mão e agarrei o pedaço oval de argila, preso por uma fita verde clara. Calor subiu no meu pescoço, e minha garganta apertou.

Era o colar de Dia das Mães que fiz para minha mãe depois que ela morreu.

Jared e eu fizemos fósseis de nossas impressões digitais um ano para dar às nossas mães. Usando massa de porcelana, fizemos uma impressão digital e penduramos o pedacinho oval de fita, fazendo um colar. Ele deu o dele para a mãe, e coloquei o meu no túmulo da minha. A próxima vez que a visitei, o colar havia sumido. Imaginei que estivesse perdido ou que o tempo o tivesse desgastado.

Acontece que foi roubado. Olhei para Jared, em parte intrigada e em parte com raiva.

— Amuleto da sorte — ofereceu, sem me olhar nos olhos. — Peguei alguns dias depois que você deixou lá. Achei que seria roubado ou estragado. Meio que ficou comigo desde então.

Deixando para lá, olhei pela janela e tentei equilibrar minha respiração. Acho que estava feliz por ainda existir. Mas era da minha mãe, e ele não tinha o direito de pegá-lo.

Mas ele ainda tinha? Mesmo depois de tudo. Por quê?

Fiz uma anotação mental para recuperá-lo depois da corrida.

— Nós. Estamos. Prontos? — A voz de Zack me assustou ao berrar para a multidão. Eles gritaram através de sua excitação induzida pela de cerveja.

Jared sintonizou o iPod em *Waking the Demon*, de Bullet for My Valentine. Agarrei o volante, usando a música para clarear a cabeça e me concentrar.

— Preparar? — Zack gritou e eu acelerei meu motor, vendo a garota de Roman pular para fazer o mesmo imediatamente depois.

— Apontar?

Jared colocou uma das mãos no painel, aumentando a música com a outra.

— Vai! — Zack baixou os braços.

Pisando no acelerador, desci pela estrada de terra e decolei. À medida que a música preenchia o momento, minhas mãos empurraram o volante, de modo que minhas costas afundaram no assento. Com meus braços cheios de tensão, concentrei-me na estrada à frente.

Merda! O carro tinha muita potência.

— A primeira curva é rápida — Jared avisou. Eu não sabia se o outro carro estava ao meu lado ou atrás de mim. Tudo que eu sabia era que não estava na minha frente, e eu não me importava com mais nada. Eu correria com este carro sem nenhum oponente.

Minhas coxas, umedecidas com suor, rasparam no assento quando levantei a perna para empurrar a embreagem. Levemente freei em preparação para virar a esquina. Quando soltei o freio e fiz a primeira curva, a traseira começou a deslizar. Rapidamente virei para a direita, o carro deslizando para a esquerda, para não derrapar. A poeira cobria a pista e meu coração batia forte. Pisei na embreagem e mudei de volta para a terceira marcha. Quando minha velocidade aumentou, mudei imediatamente para a quarta, avistando o outro carro pelo espelho retrovisor.

— Acelera! — Jared gritou. — E não vire tão forte. Você está perdendo tempo se corrigindo.

Tanto faz.

— Quem está em primeiro lugar? — eu o lembrei.

— Não seja arrogante. — Jared alternava entre olhar a estrada e atrás de nós, para o Trans Am.

Suor escorria da minha testa e meus dedos estavam exaustos de apertar o volante com tanta força. Relaxando, aumentei o volume da música e nos coloquei em sexta marcha, ignorando completamente a quinta.

Isso é incrível! A maneira fácil como o acelerador impulsionava o carro para a frente parecia um ônibus espacial. Ou eu que sim.

— A próxima curva está chegando. Você precisa desacelerar.

Sim, sim, sim.

— Tatum, você precisa desacelerar. — A voz de Jared ecoou em algum lugar no fundo da minha mente.

A curva estava a três segundos de distância, e as vibrações disparando pelas minhas pernas me impediram de largar o acelerador. Agarrando o volante com mais força, avancei.

Tirando o pé do acelerador, mas sem frear, fiz uma curva fechada à esquerda, depois derrapei para a direita, e então forcei o volante para a esquerda novamente até me endireitar. Mais poeira voou ao nosso redor, mas me recuperei rapidamente e apertei o acelerador outra vez. Olhando para trás, vi que o Trans Am havia girado naquela curva e agora estava tentando se recuperar. Eles estavam mais de trinta metros atrás de nós.

Sim!

— Não faça isso de novo — Jared resmungou, agora segurando o painel com as duas mãos, enquanto eu olhava para a estrada, pronta para mais. A próxima curva veio e foi com sucesso, não importa o quanto Jared lamentasse diminuir a velocidade.

Para um idiota quebrador de regras, ele realmente optou pelo lado seguro. E para alguém que sempre optava pelo lado seguro, eu me tornei uma grande infratora de regras.

À medida que avançamos na última curva com um ganho significativo, reduzi a velocidade para cerca de cinquenta quilômetros por hora e mudei para a terceira. Cruzando a curva a uma velocidade confortável sem qualquer derrapagem ou poeira, olhei para Jared com uma expressão inocente de olhos arregalados.

— Está bom desse jeito, senhor Trent? — Mordendo o canto da boca para não rir, notei seus olhos brilharem em meus lábios. O calor aumentou em seu olhar, e formigamentos floresceram através do meu estômago e desceram para a área sensível entre as minhas pernas.

— Tatum? — Seus olhos se estreitaram em fendas. — Pare de brincar com seu oponente e ganhe a droga da corrida.

— Sim, senhor Trent— retruquei, com meu melhor sotaque sulista.

Cruzei a linha de chegada a uma segura e divertida velocidade de cinquenta quilômetros por hora quando peguei o Trans Am no meu espelho retrovisor gaguejando na última curva. Grupos de pessoas invadiram o carro, mas Jared e eu ficamos dentro por alguns momentos.

Colocando o carro em ponto morto e levantando o freio eletrônico, inclinei a cabeça contra o encosto de cabeça e massageei o volante. Meu pulso ainda estava a mil por hora, e eu me sentia viva. Essa foi a coisa mais emocionante que já fiz. Cada nervo do meu corpo parecia que estava em alto nível de açúcar.

— Obrigada, Jared — sussurrei, sem olhar para ele. — Obrigada por me pedir para fazer isso.

Estendi a mão e peguei o colar da minha mãe do espelho, deslizando sobre minha cabeça.

Quando olhei para ele, vi que estava encostado em seu punho com um dedo sobre os lábios. O que ele estava tentando esconder? Um sorriso?

Passando a mão pelo cabelo, ele abriu a porta, e os sons de aplausos e gritos correram como água em um barco afundando. Olhando para suas botas, ele balançou a cabeça.

— *Waking the demon*... Acordando o demônio... — ele murmurou para si mesmo, e eu não tinha certeza do que ele queria dizer.

Antes de sair, ele olhou para mim novamente através das pálpebras nubladas.

— Obrigado, Tate — sussurrou.

O cabelo do meu pescoço se arrepiou, e minhas mãos tremiam.

Ele não me chamava de "Tate" desde que tínhamos quatorze anos. Desde que éramos amigos.

CAPÍTULO VINTE E TRÊS

Maci Feldman me abordou assim que Ben e eu chegamos à fogueira.

— Foi incrível! Meu irmão está inacreditavelmente feliz por ter vencido essa aposta.

Fogueiras eram realizadas na propriedade de Marcus Hitchens, às margens do lago Swansea, quase toda semana, principalmente após corridas e jogos de futebol. O frio intenso de janeiro e fevereiro foi o único momento em que pouca coisa aconteceu, tanto no lago quanto na trilha da fazenda Benson.

— Estou feliz por poder ajudar — respondi. E era verdade. Correr esta noite foi o melhor momento que já vivi. — Mas só ganhei porque a outra garota não tinha ideia de como dirigir com câmbio manual.

Por que eu disse isso? Arrasei naquela corrida, quer a idiota soubesse ou não o que estava fazendo.

Ela enganchou meu braço, enquanto Ben tinha a mão em volta da minha cintura. Outros vieram nos cumprimentar, seja para dizer "oi" para ele ou para me parabenizar.

— Bem, eu adoraria ver você correr novamente. E você, Ben? — Maci se dirigiu ao meu encontro, que desviou sua atenção de seus amigos de futebol.

— Acho que sou um cara de sorte. — Olhou para mim, e não escapou ao meu conhecimento como ele evitou a pergunta. Me perguntei se ele estava envergonhado de ter seu par fazendo algo que só os caras normalmente participavam.

Como já eram dez e meia, prometi que ficaria por mais uma hora antes de Ben ter que me levar para casa. Com um compromisso pela manhã, eu teria que chegar em casa e descansar, gostasse ou não.

— Grande corrida esta noite, Tate. — Jess Cullen me deu um tapinha no ombro enquanto passava.

— Obrigada — soltei, me sentindo insegura com a atenção.

— Você está bem? — Ben me puxou para perto.

— Ótima — falei, meio engasgada, antes de avançar em direção às bebidas. — Podemos pegar algo para beber?

Ele ergueu a mão para me manter parada.

— Fique aqui, já volto. — E foi até o barril.

Grupos de pessoas estavam ao redor do fogo ou sentados em pedras, enquanto outros circulavam. K.C. ainda não tinha chegado, pelo que pude ver, e presumi que viria de carro com Jared. Fiquei ali, me sentindo desconfortável por estar só. Acho que poderia agradecer a Jared por não me sentir tão confortável em um grupo maior do que poucas pessoas. Por causa dele, eu nunca tinha sido convidada para essas coisas.

Neguei com a cabeça ligeiramente para limpar meus pensamentos. Eu precisava parar de culpá-lo. Era culpa dele eu ter entrado na lista proibida no passado, mas não era culpa dele eu ter aceitado isso. Agora era comigo.

Olhando para o grupo de garotas rindo perto da água, reconheci uma da minha equipe de *cross-country*.

— Dane-se. — Dei de ombros e decidi mergulhar. Avancei um passo em direção ao grupo, quando uma voz me parou.

— Dane-se o quê?

Arrepios se espalharam pelo meu corpo quando me virei para encarar Jared. Ele segurava um copo em uma das mãos e o telefone na outra. Parecia estar enviando uma mensagem e esperando pela minha resposta. Ele deslizou o telefone no bolso de trás e ergueu os olhos para mim.

Os pelos em meus braços pareciam eletrificados com estática, como se fossem atraído por Jared. Esfregando as mãos para cima e para baixo em meus braços, virei minha cabeça de volta para o fogo, tentando ignorá-lo. Ainda não tinha certeza de em que pé estávamos. Não éramos amigos, mas também não éramos mais inimigos. E ter uma conversa normal ainda estava fora de questão.

— Você está com frio. — Jared parou ao meu lado. — K.C. ainda está com a sua jaqueta?

Eu suspirei, insegura sobre o que estava causando meu aborrecimento desta vez. Talvez fosse porque toda vez que Jared estava perto de mim, os nervos do meu corpo se tornavam uma fonte de calor pulsante, enquanto Ben me dava vontade de me enroscar no sofá para assistir *American Idol*.

Jared provavelmente nunca assistiu TV. Uma atividade muito mundana.

Além disso, achei ridículo que agisse como se estivesse preocupado por eu estar com frio, quando no início desta semana ele disse que não se importava se eu estivesse viva ou morta. Ele não se desculpou, e eu não podia esquecer isso.

INTIMIDAÇÃO

— Bem, ela estava vestindo minha jaqueta quando você a trouxe aqui, não estava? — Minha observação cortante foi recebida com um sorriso.

— Ela não veio comigo. Não sei se ela já está aqui. — Sua cabeça virou e seus olhos se viraram para mim.

— O que você quer dizer? Você deixou a corrida sem ela?

— Não, ela pegou uma carona com Liam. Eu vim aqui sozinho. — O tom baixo e rouco de Jared tomou conta de mim, e lutei contra um sorriso ao ouvir suas últimas palavras.

Parecia que K.C. e Liam estavam a caminho de reatarem.

Limpei a garganta.

— E tudo bem por você? — perguntei.

— Por que não estaria? — devolveu à queima-roupa, uma expressão confusa em seu rosto.

É claro. No que eu estava pensando? Jared não namorava, e não havia como ele investir em K.C. Cavei na pequena bolsa apoiada no meu quadril, procurando pelo meu telefone.

— Se eu a vir, direi a ela para te encontrar. — Jared começou a se afastar, mas parou depois de alguns passos e se virou para mim. — Vou precisar do fóssil de volta. — Apontou para o colar em volta do meu pescoço.

Percebi que ele estava falando sobre seu amuleto da sorte.

— Não vai rolar. — E voltei minha atenção de volta para o meu telefone.

— Ah, Tate. Eu sempre consigo o que quero. — Seu tom baixo e sedutor me fez congelar. Meus dedos estavam parados acima da tela do celular, como se de repente eu tivesse esquecido como enviar uma mensagem. Olhei para cima a tempo de vê-lo sorrir e ir embora.

Observando-o caminhar até Madoc e outros do seu grupinho, fiquei mais intrigada agora do que no início desta semana. Eu queria que Jared se tornasse mais humano, e queria que me tratasse bem. Agora que ele mostrava sinais de ambos, eu estava passando mal com tantas perguntas sem resposta. Velhos sentimentos se infiltraram pelas rachaduras da parede que construí para mantê-lo fora.

— Ei, aqui está. — Ben se aproximou com duas cervejas, me entregando uma.

— Obrigada. — Lambi meus lábios e tomei um gole, deixando o gosto amargo molhar minha língua e garganta.

Ben passou os dedos pelo meu cabelo e o penteou atrás da minha orelha. Meus músculos ficaram tensos. Meu um metro e meio invisível de espaço pessoal havia sido violado e eu queria me afastar.

Por quê? Por que não poderia simplesmente gostar desse cara? Eu estava frustrada comigo mesmo. Ele parecia decente e com objetivos. Por que ele não estava transformando minhas entranhas em gosma ou me fazendo sonhar acordada?

Senti a certeza rastejar sobre mim, incapaz de detê-la. Eu não queria Ben. Puro e simples. Não seria uma daquelas garotas bobas em um romance de triângulo amoroso que não conseguia escolher. Não que eu estivesse em um triângulo amoroso, mas nunca entendi como uma garota não pode *saber* se quer ou não um cara. Podemos ficar confusas sobre o que é bom para nós, mas não sobre o que realmente queremos.

E eu não queria Ben. Disso eu sabia.

— Era Jared com quem você estava falando? — Gesticulou com sua cerveja para o outro lado da fogueira, onde o dito cujo ria com alguns caras da escola.

— Sim. — Tomei outro gole.

Ben exalou uma risada e tomou um gole de sua cerveja.

— Ainda não é muito de dar informações, não é?

— Ah, não foi nada. Eu estava procurando por K.C., e pensei que eles tivessem vindo juntos.

— Ela circula bem, hein? — Ben comentou mais do que perguntou.

— O que você quer dizer? — falei, na defensiva. K.C. e eu estávamos estressadas uma com a outra ultimamente, mas ela era minha melhor amiga.

— Circulando entre Liam e Jared, e voltando para Liam. Eu os vi depois da sua corrida. Pareciam bem próximos.

— Andar com dois caras significa que ela "circula bem"? — Eu estava realmente aliviada por ela ter superado Jared, mas não gostava que Ben ou qualquer outra pessoa tirasse conclusões sobre ela.

Ben me deu um olhar arrependido e mudou de assunto. Claramente, ele era inteligente o suficiente para saber que não deveria falar disso.

— Bem, você foi muito bem esta noite. A escola vai falar sobre isso por um tempo. Parece que ganhei o baú premiado. — Ben enganchou um braço em volta de mim e me guiou ao redor da fogueira.

O baú premiado? O que isso deveria significar?

Ben e eu circulamos por diferentes grupos dos seus amigos, com ele correndo de um lado para o outro até o barril. Tomei dois goles da minha cerveja e larguei. Apesar de dar boas dicas para Ben de que eu precisava estar em casa logo, ele estava em sua quarta cerveja, e eu sabia que não seria capaz de dirigir. Estava começando a me perguntar como chegaria em casa.

INTIMIDAÇÃO

Eu tinha visto K.C. e Liam meia hora atrás, sentados em uma pedra conversando. Ou melhor, Liam falava enquanto K.C. ouvia e chorava um pouco. A conversa deles parecia intensa e importante pela forma como suas cabeças estavam juntas, então optei por deixá-los sozinhos.

Tentava ignorar a vibração da presença de Jared, mas me vi incapaz de deixar de procurá-lo. Eu o percebi conversando com seus amigos, e da última vez que olhei, Piper estava com o rosto enterrado em seu pescoço. Ela parecia um lixo em seu vestido preto, curto e apertado, e saltos. Quem usava salto na praia? Nem era uma praia de verdade, apenas uma margem de lago rochosa e lamacenta.

Para minha alegria, ele parecia tão interessado nela quanto um prato de cherovia. Roubei olhares suficientes para vê-lo tentar descartá-la algumas vezes. Ela finalmente entendeu a dica e saiu, fazendo beicinho.

Jared encontrou meus olhos mais de uma vez, mas quebrei o contato imediatamente em todas elas. As imagens da outra noite, misturadas com seu olhar penetrante e esfumaçado, criaram uma necessidade latejante dentro de mim.

Soltei um suspiro áspero. Definitivamente é hora de sair daqui.

Olhando para o meu relógio, encontrei Ben retornando do barril.

— Ei, eu realmente preciso ir agora. Tenho aquela corrida amanhã — lembrei a ele.

As sobrancelhas de Ben se ergueram em surpresa.

— Ah, vamos lá. São apenas onze e meia.

Seu resmungo foi um choque, e eu fiquei definitivamente sem clima.

— Podemos ficar mais um pouco — disse ele.

— Desculpe, Ben. É por isso que me ofereci para vir de carro. Eu realmente tenho que ir. — Com meu melhor sorriso de desculpas, me mantive firme. Não estava com medo do que ele pensava, porque sabia que este era provavelmente o nosso último encontro. A faísca não estava lá e, além das corridas, eu teria ficado mais feliz em casa com um livro esta noite.

— Vamos ficar por mais meia hora. — Tentou empurrar sua cerveja para mim, como se me embriagar fosse a resposta, mas acabou balançando para o lado e teve que agarrar meu braço para se apoiar.

— Você não está bem para dirigir — eu apontei. — Posso te deixar em casa, e você pega seu carro na minha casa amanhã.

— Não, não. — Ben ergueu as mãos. — Vou parar agora e ficar sóbrio. Estaremos a caminho em breve.

— Bem, você não deveria dirigir. De jeito nenhum. — Desviei os olhos, minha preocupação aumentando.

— Eu posso cuidar de mim mesmo, Tate — afirmou Ben. — Se você quiser ir embora agora, então terá que encontrar outra carona. Se quiser sair comigo, estarei pronto daqui a pouco.

O quê?! Quanto tempo é "daqui a pouco"?

Isso estava ficando ridículo, e minha paciência acabou. Ele disse que poderíamos sair às 23h30min, e eu acreditei em sua palavra.

Ben puxou meu braço para me levar de volta para a fogueira, mas o puxei de volta e fui embora. Ele não disse outra palavra, então assumi que tinha retornado sem mim.

Eu precisava chegar em casa, e Ben não era mais minha carona. Essa era a vida da qual eu estava ansiosa para fazer parte? Ben e seus amigos eram tão interessantes quanto flocos de milho, as garotas não tinham outros interesses além de compras e maquiagem, e os caras aqui me davam vontade de higienizar meus globos oculares depois de ver o jeito como olhavam para mim.

Após uma rápida varredura da área, verifiquei que K.C. já havia desaparecido. Tirei meu telefone da bolsa e liguei para ela de qualquer maneira. Nenhuma resposta.

Procurando a companheira de equipe de *cross-country* que eu tinha visto antes, notei que ela também não estava à vista. A única outra opção era ligar para minha avó, que eu temia acordar a essa hora, mas ela pelo menos ficaria feliz em saber que optei por uma viagem segura.

Torci meus lábios em decepção quando minha avó também não atendeu ao telefone. Isso não era incomum, já que muitas vezes ela se esquecia de levá-lo para a cama. E, graças à conveniência dos celulares, havíamos desconectado nossa linha fixa anos atrás.

Incrível.

Minhas únicas opções neste momento eram esperar por Ben e convencê-lo a me deixar dirigir ou caminhar até o estacionamento e pedir uma carona a alguém que eu conhecia.

Ben podia ir à merda.

Caminhei sobre as rochas e entrei na floresta pela pequena trilha até a clareira perto da estrada onde todos estacionaram.

Sem lanterna disponível, usei a tela do celular como luz para guiar meu caminho. A iluminação era pouca, mas o trajeto estava cheio de gravetos e tocos. As árvores já tinham começado a perder suas folhas, mas a chuva que recebemos neste outono manteve tudo úmido e maleável. Gotas respingavam em meus tornozelos, enquanto eu pisava na folhagem molhada, e alguns galhos cutucavam minha pele, me pinicando.

— Veja o que encontrei.

Pulei, assustada, em meio ao silêncio que tinha acabado de me cercar. Olhando para cima, eu me encolhi ao ver Nate Deitrich... que estava me fodendo com os olhos como sempre.

Parecia que ele vinha de onde eu estava tentando ir, e agora bloqueava o meu caminho.

— É o destino, Tate. — Sua voz cantarolou.

— Saia do meu caminho, Nate. — Aproximei-me dele lentamente, embora o infeliz não tenha se mexido. Tentei contorná-lo, mas suas mãos dispararam para agarrar minha cintura, e ele me puxou para si. Meus músculos se contraíram e minhas mãos se fecharam em punhos.

— Shh — Nate implorou, enquanto eu tentava me afastar. Sua respiração ecoou no meu ouvido, e ele cheirava a álcool. — Tate, eu te quero há tanto tempo. Você sabe disso. Que tal me tirar do meu sofrimento e me deixar te levar para casa? — Seu nariz se enfiou no meu cabelo, e suas mãos desceram para a minha bunda. Congelei.

— Pare com isso — ordenei, tentando trazer meu joelho entre suas pernas. Mas parecia que ele já tinha antecipado aquele movimento, porque as suas estavam muito juntas.

Nate estremeceu com uma risada. Apertando minha bunda, sussurrou:

— Ah, eu sei que é só fingimento, Tate. Pare de lutar contra isso. Eu poderia te pegar no chão agora mesmo, se quisesse.

Seus lábios esmagaram os meus, e o gosto ácido de vômito subiu na minha garganta.

Mordi seu lábio inferior, com força suficiente para que meus dentes debaixo sentissem os de cima através da pele. Ele rosnou e me soltou, apalpando sua boca para verificar se havia sangue.

Pegando o spray de pimenta da minha bolsa, que meu pai insistiu que eu mantivesse lá, atirei em seus olhos. Ele gritou e tropeçou para trás, suas mãos cobrindo o rosto. Finalmente trouxe meu joelho para cima entre suas pernas, e o vi cair no chão, agarrando a alça da minha regata enquanto caía.

Corra! Apenas corra! Gritei para mim mesma.

Mas não. Inclinei-me sobre ele, o vendo soltar gemidos de dor.

— Por que os caras da nossa escola são tão idiotas?!

Uma das mãos cobria os olhos e a outra segurava a virilha.

— Merda! Sua puta do caralho! — Nate gemeu, tentando abrir os olhos.

— Tatum! — A voz de Jared explodiu atrás de mim, e meus ombros saltaram antes de eu girar. Com os olhos furiosamente se mudando entre Nate e eu, Jared parecia tão rígido quanto um leão antes do ataque. Sua respiração era superficial por entre os lábios, e suas mãos formaram punhos apertados. Vi seus olhos dispararem para o meu ombro, onde a alça da minha blusa estava caída para a frente, rasgada.

— Ele te machucou? — Jared perguntou, sereno, mas seus lábios estavam apertados e seus olhos eram assassinos.

— Ele tentou. — Cobri meu ombro onde minha pele estava exposta. — Estou bem. — Minha voz era seca. A última coisa que eu queria esta noite era bancar a donzela em perigo para Jared.

Tirando sua camisa de botão preta, Jared a jogou para mim, vindo em minha direção.

— Ponha isto. Agora.

Pegando a camisa quando ela me atingiu no rosto, parte de mim queria jogá-la de volta para ele. Embora Jared e eu tivéssemos encontrado algo em comum durante a corrida, isso não significava que eu queria ou precisava de sua ajuda.

No entanto, eu estava exposta, com frio e sem vontade de chamar atenção para mim. Deslizando a camisa, o calor do corpo de Jared aqueceu meus braços e peito. Os punhos eram maiores que as minhas mãos, e quando as levantei para deixar o calor cobrir minhas bochechas frias, pude sentir o cheiro de homem. O aroma híbrido de almíscar e borracha de pneu quase fez meus pulmões estourarem enquanto eu tentava respirar mais fundo.

— Você tem uma memória ruim pra caralho, Dietrich. O que eu te disse? — Jared se abaixou para rosnar na cara de Nate. Ele agarrou um punhado da camisa dele em seu peito e o puxou para cima antes de dar um forte golpe no estômago.

Meus olhos quase se arregalaram com o golpe de Jared. O soco gutural lembrou o efeito de argila de moldagem. A figura de Nate se curvou com o golpe, e ele não seria o mesmo por um tempo. Sua respiração ofegante, enquanto tentava recuperar o fôlego, soava como a mistura da tosse de um fumante e o murmúrio de um zumbi.

Jared usou sua mão esquerda para prendê-lo pelo pescoço, o apoiando em uma árvore. Com o punho direito, desferiu golpe após golpe no rosto de Nate. Meus joelhos começaram a ceder, observando Jared apertar o pescoço dele até seus dedos ficarem brancos.

Pare, Jared.

Ele continuou socando até o sangue pingar do olho e do nariz de Nate. Quando ele não mostrou nenhum sinal de parar, dei um passo à frente.

— Pare. Jared, pare! — chamei, minha voz firme por cima dos grunhidos e suspiros de Nate.

Jared cessou seu ataque, mas imediatamente puxou o outro pela dobra do cotovelo e o jogou no chão.

— Isso não acabou — assegurou, encarando a bagunça ensanguentada e amassada no chão.

O que ele estava fazendo?

Virando-se para mim, o peito de Jared subia e descia pesadamente com sua respiração. O esforço fez seu corpo parecer pesado, seus ombros caídos, mas seus olhos ainda eram cruéis. Ele me encarou com uma mistura de cansaço e fúria.

— Vou te levar para casa. — Ele se virou para andar pelo estacionamento, nem mesmo vendo se eu o seguiria.

Me levar para casa?! Sim, para que ele pudesse se sentir como o grande herói?

Deixar Jared sentir como se tivesse me tirado de uma situação que eu controlava acabou com meu orgulho. *Dane-se.*

— Não, obrigada. Eu tenho carona — cuspi a mentira antes de deixá-lo me fazer algum favor.

— Sua carona — Jared se virou para me olhar com desgosto — está bêbada. Agora, a menos que você queira acordar sua pobre avó para que ela venha para o meio do nada te pegar depois que seu encontro ficou bêbado e você quase foi estuprada, o que tenho certeza que fará maravilhas com a confiança de seu pai de que você pode ficar sozinha, a propósito, então você vai entrar no maldito carro, Tate.

E ele se virou para ir embora, sabendo que eu o seguiria.

CAPÍTULO VINTE E QUATRO

O clique sinalizando que as portas do carro foram destrancadas soou, e entrei no automóvel aquecido, do lado do passageiro desta vez. Minhas mãos estavam tremendo do meu encontro com Nate, então lutei para tentar tirar a camisa de Jared.

— Fique com ela. Ele nem me poupou um olhar antes de ligar a ignição.

Hesitei. Sua raiva era visível quando os músculos de sua mandíbula se contraíram.

— Mas não estou mais com frio.

— E eu não posso olhar para sua camisa rasgada agora.

Enfiei a camisa de volta por cima dos ombros, coloquei meu cinto e me joguei para trás no banco, enquanto ele saía do estacionamento.

Caramba, qual era o problema dele?

Estava bravo comigo ou com Nate? Obviamente, Jared não queria me ver machucada — não fisicamente, de qualquer maneira. Mas por que ele estava sendo tão ríspido *comigo*?

A traseira do carro deu uma leve deslizada no cascalho e entrou na estrada pavimentada da rodovia. Jared pisou no acelerador e mudou de posição com força, enquanto ganhávamos velocidade. Nenhuma música tocava, e ele não falava.

A estrada estava deserta, exceto pelas árvores assustadoras que pairavam sobre nós nas laterais. A julgar pela rapidez com que tudo passou pela minha janela, Jared estava muito acima do limite de velocidade.

Espiando-o pelo canto do olho, vi que estava fervendo. Lambia os lábios e respirava fundo várias vezes, apertando o volante uma e outra vez.

— Qual é o seu problema? — Criei coragem e perguntei.

— *Meu* problema? — Ergueu as sobrancelhas como se eu tivesse acabado de fazer a pergunta mais idiota. — Você vem para a fogueira com aquele idiota do Ben Jamison, que não consegue ficar sóbrio o suficiente para te levar para casa, e então vai para a floresta, no escuro, e o Dietrich toca em você. Talvez seja você que tem um problema. — Sua voz era baixa, mas amarga e rancorosa.

Ele estava bravo comigo? Ah, inferno, não mesmo.
Virei-me em meu assento e olhei diretamente para ele.
— Se você se lembra, eu tinha a situação sob controle. — Tentei manter minha voz calma. — Qualquer favor que você pensou que estava me fazendo foi apenas para satisfazer sua própria raiva. Me deixa fora disso.
Ele prendeu a respiração e continuou pela estrada.
Quando olhei para o velocímetro, meus olhos se arregalaram ao perceber que Jared estava dirigindo a mais de cento e trinta quilômetros por hora.
— Diminui — ordenei.
Ele ignorou meu apelo e agarrou o volante com mais força.
— Haverá situações com as quais você não poderá lidar, Tate. Nate Dietrich não ia aceitar muito bem o que você fez com ele esta noite. Achou que este seria o fim? Ele teria vindo atrás de você novamente. Sabe o quanto Madoc queria fazer algo depois que você quebrou o nariz dele? Ele não queria te machucar, apenas se vingar.
Por que ele não o fez então?
Madoc foi humilhado, sem dúvida, naquela festa há mais de um ano, quando quebrei seu nariz. Mas ele simplesmente deixou rolar, ou assim eu pensei, e não tinha buscado nenhuma vingança. Graças ao Jared.
Acho que Nate Dietrich também não buscaria vingança. Não com Jared envolvido.
Senti a gravidade puxar meu corpo para o outro lado do carro, e meu coração bateu descontroladamente quando vi que ele não estava diminuindo a velocidade quando contornamos a curva suave.
— Você precisa desacelerar.
Jared bufou.
— Não, acho que não, Tate. Você queria a experiência completa do ensino médio, não queria? Namorando um jogador de futebol, sexo casual, comportamento imprudente? — provocou, com seu sarcasmo.
O que ele estava falando? Nunca quis essas coisas. Eu só queria ser normal.
E então ele desligou os faróis.
Ai, Deus.
A estrada estava escura, e eu não conseguia ver mais do que trinta centímetros à nossa frente. Felizmente, havia refletores que separavam nossa pista do tráfego que se aproximava, mas as estradas rurais estavam ocupadas com veados e outros animais, não apenas outros veículos.

O que diabos ele estava fazendo?

— Jared, pare com isso! Acenda os faróis! — Apoiei uma das mãos no painel, me virando para confrontá-lo. Estávamos descendo a estrada a uma velocidade assustadora, e um nó se formou na minha garganta.

A tatuagem em seu braço saía de sua camiseta e se esticava com seus músculos tensos, enquanto ele segurava a alavanca de câmbio. Minhas pernas estavam fracas e, pela primeira vez em muito tempo, eu estava com muito medo de pensar.

— Jared, pare o carro agora! — gritei. — Por favor!

— Por quê? Isso não é divertido? — A voz de Jared estava perturbadoramente calma. Nada disso o assustava, ou mesmo o excitava. — Você sabe quantas garotas de cabeça vazia estiveram gritando nesse lugar aí? *Elas* adoraram. — Suas sobrancelhas se juntaram, olhando para mim com uma perplexidade simulada. Ele estava me pressionando.

— Pare. O. Carro! — gritei, meu coração batendo com pavor. Ele ia nos matar.

Jared virou a cabeça para me encarar.

— Sabe por que você não gosta disso? Porque você não é como elas, Tate. Você nunca foi. Por que acha que eu mantive todo mundo longe de você? — Sua voz soava zangada, mas clara. Ele não estava bêbado, pelo menos eu não achava que estava, e isso era mais emoção do que eu tinha visto nele em anos, exceto pela noite do beijo.

Ele manteve todo mundo longe de mim? O que isso significava? Por quê?

Os pneus guincharam quando ele fez outra curva, e entramos em outra pista. Eu estava respirando tão rápido quanto o carro acelerava agora, com certeza. Nós íamos bater em alguma coisa ou capotar!

— Pare a porra do carro! — berrei, com toda a força dos meus pulmões, batendo meus punhos nas coxas antes de atingi-lo no braço.

A última coisa que eu queria fazer era distraí-lo, dirigindo a uma velocidade daquelas, mas funcionou. Jared pisou no freio, usando algumas palavras bem escolhidas dirigidas a mim e reduzindo a marcha e se desviando para o lado da estrada até parar.

Eu saí do carro e Jared saltou ao mesmo tempo. Nós dois nos inclinamos sobre o teto, olho no olho.

— Volte para o carro. — Seus dentes estavam à mostra enquanto ele rosnava.

— Você poderia ter nos matado! — Minha garganta se apertou, e notei seus olhos furiosos passando pela minha camisa rasgada, que tinha saído de dentro da de botão que eu ainda estava usando.

— Volte para o maldito carro! — Bateu a palma da mão no teto, seus olhos em chamas.

— Por quê? — perguntei, lágrimas ameaçando a cair.

— Porque você precisa ir para casa — cuspiu, como se dissesse "dã".

— Não. — Neguei com a cabeça. — Por que você manteve todos longe de mim? — Ele começou esta conversa, e eu tinha toda a intenção de terminá-la.

— Porque seu lugar não era com o resto de nós. Ainda não é. — Os olhos de Jared se estreitaram em desgosto, e meu coração afundou. Ele estava sendo deplorável como sempre.

Eu o odeio.

Sem pensar duas vezes, entrei e peguei as chaves de Jared na ignição. Contornando a porta do carro, corri alguns metros à frente e abri o chaveiro oval. Tirando uma de suas chaves, eu a segurei em um punho perto do meu rosto.

— O que você está fazendo? — Ele se aproximou lentamente, aborrecimento evidente em seus olhos.

— Mais um passo, e você perde uma de suas chaves. Não tenho certeza se é a do carro, mas eventualmente chegarei a essa. — Coloquei meu braço atrás da cabeça, pronto para jogá-lo a qualquer segundo. Ele parou. — Não vou entrar no seu carro. E não vou deixar você ir embora. Não vamos sair daqui até que me diga a verdade.

O suor escorria pela minha testa, mesmo com a temperatura em cerca de quinze graus. Com os lábios franzidos, esperei que ele começasse.

Mas ele não o fez. Parecia estar trabalhando em algo em sua cabeça, mas eu não estava disposta a lhe dar tempo para pensar em alguma mentira para me distrair.

Quando levantei o braço para jogar a primeira chave, seus olhos dispararam impotentes entre mim e meu punho, e ele levantou a mão, gesticulando para que eu parasse.

Depois de apenas mais um momento de hesitação, finalmente soltou um suspiro derrotado e encontrou meus olhos.

— Tate, não faça isso.

— Não é a resposta que eu estava procurando. — E joguei uma de suas chaves no mato ao lado da estrada.

— Droga, Tate! — retrucou, olhando nervosamente entre mim e a floresta escura onde sua chave havia desaparecido.

Eu rapidamente tirei outra e coloquei a mão atrás da cabeça, pronta para lançá-la a qualquer segundo.

— Agora, fale. Por que você me odeia?

— Odeio você? — Jared respirou pesadamente e negou com a cabeça. — Eu nunca te odiei.

O quê?

Fiquei atordoada.

— Então por quê? Por que você fez todas as coisas que fez?

Ele soltou uma risada amarga, sabendo que estava encurralado.

— No primeiro ano, ouvi Danny Stewart dizendo que ia te convidar para o baile de Halloween. Eu me certifiquei de que nunca o fizesse, porque ele também disse a seus amigos que mal podia esperar para descobrir se seus peitos cabiam na palma da mão dele ou se eram maiores.

Eu me encolhi de desgosto.

— Nem pensei duas vezes sobre minhas ações. Espalhei aquele boato sobre Stevie Stoddard, porque você não pertencia a Danny. Ele era um idiota. Todos eram.

— Então você pensou que estava me protegendo? Mas por que você faria isso? Você já me odiava a essa altura. Isso foi depois que você voltou da casa do seu pai no verão. — Minha confusão surgiu a cada sílaba. Se nossa amizade havia terminado naquele ponto, e ele não se importava comigo, então por que queria me proteger?

— Eu não estava te protegendo — Jared declarou com naturalidade, me prendendo com um olhar quente. — Eu estava com ciúmes.

O nervosismo atacou o meu estômago. Parecia que algo estava descendo por um ralo dentro de mim, o formigamento indo cada vez mais para baixo.

Eu mal o notei avançando, se aproximando, enquanto eu tentava recuperar o fôlego.

— Nós chegamos ao ensino médio e, de repente, você tinha todos esses caras gostando de você. Lidei com isso da maneira que eu sabia.

— Me intimidando? Isso não faz sentido. Por que você não falou comigo?

— Eu não podia. — Ele enxugou a testa antes de enfiar a mão no bolso. — Não posso.

— Você está indo bem até agora. Quero saber por que tudo isso começou em primeiro lugar. Por que você quis me machucar? As brincadeiras, a lista proibida das festas? Isso não era sobre outros caras. Qual era o seu problema *comigo*? — acusei.

Suas bochechas incharam quando ele bufou.

— Porque era você quem estava lá. Porque eu não podia machucar quem eu queria machucar, então te machuquei.

Não pode ser isso. Tem de ser mais.

— Eu era sua melhor amiga. — A frustração empurrou minha paciência para ainda mais longe. — Todos esses anos... — Minha voz falhou mal contendo as lágrimas que se acumularam em meus olhos.

— Tate, eu tive um verão de merda com meu pai naquele ano. — Sua voz soou mais próxima. — Quando voltei, não era o mesmo garoto. Nem mesmo perto disso. Eu queria odiar todo mundo. Mas eu ainda precisava de você de certa forma. Precisava que você não me esquecesse. — A voz de Jared nunca falhou, mas eu podia dizer que havia remorso em seu tom.

O que aconteceu com ele?

— Jared, eu revirei várias vezes a minha memória me perguntando o que eu poderia ter feito para você agir do jeito que agia. E agora você me diz que foi tudo sem motivo? — Ergui o rosto, querendo encontrar seus olhos.

Seu corpo se aproximou, mas não me importei. Eu queria ouvir mais.

— Você nunca foi pegajosa ou um incômodo, Tate. No dia em que se mudou para a casa ao lado, pensei que você era a coisa mais linda que eu já tinha visto. Porra, eu te amei. — O último foi apenas um sussurro quando seus olhos caíram para o chão. — Seu pai estava descarregando o caminhão de mudança e olhei pela janela da minha sala para ver o que era o barulho. Lá estava você, andando de bicicleta na rua. Estava vestindo um macacão com um boné de beisebol vermelho. Seu cabelo estava caindo pelas costas. — Jared não encontrou meus olhos com sua confissão.

Nós nos mudamos para uma nova casa na cidade depois que minha mãe faleceu. Lembrei-me de ver Jared pela primeira vez naquele dia. Ele se lembrava do que eu estava vestindo?

Eu te amei. Uma lágrima escorreu quando fechei os olhos.

— Quando você recitou seu monólogo esta semana, eu... — Ele se afastou com um suspiro. — Eu soube, então, que realmente tinha te atingido, e em vez de sentir qualquer satisfação, eu estava com raiva de mim mesmo. Queria te odiar todos esses anos, queria odiar alguém. Mas não queria te machucar, e realmente não percebi isso até o monólogo.

De repente, ele estava na minha frente. Inclinando a cabeça para o lado, seus olhos brilhantes procuraram os meus. Eu não sabia o que ele procurava, e não sabia o que queria revelar. Eu o odiava pelos anos de tormento. Ele jogou fora tudo o que tínhamos porque estava com raiva de outra pessoa. Senti agulhas perfurando minha garganta e lutava para conter mais lágrimas.

— Você não está me contando tudo. — Minha voz falhou, quando ele estendeu a mão para segurar minha bochecha e enxugar a lágrima com o polegar. Seus dedos longos e musculosos estavam quentes na minha pele.

— Não, não estou. — Seu sussurro rouco causou arrepios em meu corpo, ou talvez fosse seu polegar acariciando círculos na minha bochecha. Eu estava ficando tonta com tudo o que tinha acontecido esta noite.

— As cicatrizes em suas costas — engasguei, meus olhos vibrando com a sensação de seu toque. — Você disse que teve um verão ruim e que quando voltou queria odiar todo mundo, mas não tratou ninguém tão mal quanto...

— Tate? — Seus lábios estavam a centímetros dos meus, e seu corpo irradiava calor. — Eu não quero falar mais esta noite.

Pisquei e notei como seu corpo me atraiu. Ou talvez eu o tenha atraído. Nós éramos como os lados positivos de dois ímãs novamente. Ele estava tão perto agora, e tinha engolido a distância entre nós sem que eu percebesse.

Você não vai se safar tão fácil.

— Você não quer mais falar? — cuspi, não acreditando muito no que ouvi. — Bem, eu quero. — E me virei para lançar outra chave no ar, mas os braços de Jared dispararam e circularam ao redor do meu corpo, me prendendo por trás.

Ofeguei para respirar, tentando me contorcer e me libertar. Os pensamentos giravam na minha cabeça, e era difícil me agarrar a apenas um. Ele nunca me odiou. Eu não tinha feito absolutamente nada! Mesmo sabendo disso, parte de mim sempre pensou que tinha que haver uma razão. E agora ele não queria terminar a história? Eu precisava saber!

Seus braços sólidos me seguraram, sua respiração quente contra meu cabelo, e lutei para sair de seus braços.

— Shhh, Tate. Eu não vou te machucar. Nunca mais vou te machucar. Eu sinto muito.

Como se isso fosse apagar tudo!

— Não me importo que você esteja arrependido! Eu te odeio. — Minhas mãos agarraram seus antebraços, que estavam apoiados sobre meu peito enquanto eu tentava soltá-los. Minha raiva se transformou em ira com seus joguinhos e besteiras, e eu estava cansada de vê-lo.

Seu domínio sobre mim diminuiu quando ele usou as mãos para tirar as chaves do meu punho. Ele me soltou, e dei um passo à frente antes de me virar para encará-lo.

— Você não me odeia — afirmou. — Se odiasse, não ficaria tão chateada. — Seu tom arrogante fez meu corpo enrijecer, mas fiquei aliviada quando senti minhas unhas cravarem na minha pele.

— Vá se ferrar — rebati, e comecei a me afastar.

De jeito nenhum ele iria se dar bem! Queria que eu o perdoasse em uma noite por anos de constrangimento e infelicidade, e então assumiu que eu me importava com ele. Pensou que sairia ileso disso.

Que babaca colossal!

Em seguida, meus pés estavam sendo arrancados do chão, e eu estava de cabeça para baixo. Jared me jogou por cima do ombro, e todo o ar deixou meu corpo quando seu osso se cravou em meu estômago.

— Me coloque no chão! — O calor da raiva era como um fogo ardente cobrindo minha pele. Chutei meus pés e dei um soco em suas costas, mas ele simplesmente me segurou firmemente por trás dos meus joelhos, retornando pelo caminho que tínhamos vindo. Eu sabia que minha saia não cobria nada nesta posição, mas estávamos sozinhos aqui, e eu realmente não me importava de qualquer maneira, com o humor que estava.

— Jared! Agora! — exclamei.

Como se estivesse seguindo ordens, Jared me virou de volta, bem onde eu caí sentada no capô de seu carro. Ainda estava quente embaixo das minhas coxas por termos dirigido até aqui, mas o calor não era um conforto bem-vindo, uma vez que eu já estava queimando de fúria.

Jared se inclinou lentamente, provavelmente com medo de que eu o acertasse, e colocou as mãos em cada lado de mim. Suas pernas estavam entre as minhas, e eu imediatamente corei com a memória da última vez em que estivemos nessa posição.

— Não tente fugir — avisou. — Como você se lembra, eu posso mantê-la aqui.

Eu respirei fundo. Sim, me lembrava.

Meus dedos dos pés se curvaram com o pensamento daquele beijo, mas eu sabia que não poderia acontecer novamente.

— E eu sei usar spray de pimenta e quebrar narizes. — Minha voz soava como um ratinho patético, estridente e quase inaudível. Eu me inclinei para trás para manter a maior distância possível, mas meu coração estava batendo em um ritmo agitado.

— Eu não sou Nate ou Madoc — ameaçou. — Ou Ben.

E eu entendi o que ele quis dizer. Eu não estava atraída por eles, e Jared sabia disso.

Ele se inclinou para mais perto, seus olhos castanho-escuros levando meu corpo a querer fazer coisas que meu cérebro sabia que não deveria. Seus lábios estavam a poucos centímetros dos meus, e eu podia sentir o cheiro de seu hálito de canela.

Eu o odeio. Eu o odeio.

— Não — sussurrei.

Seus olhos procuraram os meus.

— Prometo. Não vou, a menos que você peça.

Sua boca mergulhou para o lado e levemente roçou minha bochecha. Prazer indesejado escapou da minha garganta, e soltei um pequeno gemido.

Droga!

Ele não me beijou. Não juntou nossos lábios ou me provou. Sua boca apenas deslizou ao longo da minha pele, deixando um delicioso rastro de desejo e necessidade. Descendo pela minha bochecha, seus lábios aveludados acariciaram minha pele antes de se moverem pelo meu maxilar e depois irem para o meu pescoço. Fechei os olhos, saboreando as novas sensações.

Eu nunca tinha feito amor antes, e definitivamente nunca tinha ficado com alguém que me fizesse sentir assim. Inferno, ele nem estava me beijando, e eu estava lutando para não me render.

Enquanto seus lábios se moviam sobre minha orelha, ele perguntou:

— Posso te beijar agora?

Ai, Deus. Não. Não. Não.

Mas eu não diria isso. Eu não disse nada. Ceder era como deixá-lo vencer. E lhe dizer para parar também estava fora de questão. Eu não queria que ele parasse. A sensação era muito boa. Como uma montanha-russa multiplicada por cem.

Seus lábios se moveram para trás sobre minha bochecha, se aproximando da minha boca.

— Eu quero te tocar. — Suas palavras estavam contra meus lábios agora. — Quero sentir o que é meu. O que sempre foi meu.

Ai, Jesus Cristinho.

Essas palavras não deveriam me excitar. Mas, santo inferno, elas excitaram. Minha boca tremeu com o desejo de tomá-lo. Provei sua respiração e queria capturar e saborear tudo dele. Queria suprir minha necessidade.

Mas meus olhos se abriram quando percebi que isso satisfaria sua necessidade também.

Merda.

Mordi o canto da boca para abafar a dor entre as pernas e usei meus músculos fracos para afastá-lo.

Eu mal podia encontrar seus olhos. Ele sabia que tinha me atingido. Ele tinha que saber.

— Fique longe de mim. — Desci do carro e caminhei até o lado do passageiro.

Ouvi sua risada atrás de mim.

— Você primeiro.

CAPÍTULO VINTE E CINCO

Meus olhos se abriram com o frio repentino. Estava na cama, mas uma corrente de ar acariciava meu corpo. Minhas portas francesas estavam abertas?

Olhando ao meu redor, arregalei os olhos em choque quando notei Jared parado ao pé da minha cama, com meu cobertor na mão.

— Jared? — Esfreguei meus olhos e o encarei interrogativamente. Meus braços subiram para cobrir meus peitos, que não se escondiam bem por baixo de uma camisola branca.

— Não — sua voz rouca me ordenou. — Não se cubra.

Não sei por que obedeci. Deixei meus braços caírem ao meu lado na cama. O olhar intenso de Jared vasculhou cada centímetro do meu corpo, enquanto ele jogava o cobertor no chão. Minha pele queimava com a fome em seu olhar, e eu não conseguia respirar o suficiente.

Seu peito nu brilhou ao luar que entrava pela minha janela. Ele usava calças pretas, que pendiam de seus quadris fortes e estreitos.

Inclinando-se, envolveu os dedos em volta dos meus tornozelos e suavemente os separou.

Minhas pernas, que estavam levemente dobradas no joelho, agora estavam abertas e não escondiam nada, exceto o que estava coberto pela minha calcinha boxer rosa.

Apoiando um dos joelhos na cama, ele se abaixou até que cada uma de suas mãos parassem ao lado dos meus quadris. Meus joelhos tremiam com nervosismo e excitação, e observei sua cabeça mergulhar e beijar o topo da minha coxa. Suspirei ao sentir seus lábios macios e quentes contra a minha pele. A pirueta em meu estômago não era nada comparada ao latejar no meu interior.

Por que eu não o impedi?

Estava com medo de deixá-lo continuar, mas completamente maravilhada com as sensações que se espalhavam pelo meu corpo. Eu o observei silenciosamente, enquanto trilhava mais beijos, indo para dentro. O cabelo no topo de sua cabeça roçou meu sexo, e agarrei o lençol para não envolver as pernas ao redor de seu corpo e pressioná-lo em mim. Sua língua tocou minha coxa com o próximo beijo, e o calor escaldante de sua boca quase me fez erguer o corpo para fora da cama. Enfiei as mãos em seu cabelo, incapaz de me controlar.

— *Jared* — *implorei.*

Ele veio pairar sobre mim, olhando nos meus olhos com fogo e necessidade. Enquanto sua cabeça permanecia no alto, sem quebrar o contato visual, seus quadris encontram os meus, e começamos a nos mover um contra o outro. Eu o senti endurecer através de suas calças, e gostei de fazer isso com ele. Meus olhos se fecharam com o prazer fervendo meu sangue, e minha necessidade por ele aumentou com a fricção de sua ereção esfregando entre minhas pernas.

— *Não pare* — *suspirei, o latejar ficando intenso por dentro, e soube exatamente onde precisava que ele estivesse. Eu precisava mais dele.*

— *Você é minha, Tate.* — *A mão direita de Jared segurou o lado do meu peito debaixo do braço, e seu polegar acariciou meu peito.*

— *Por favor.* — *Entre seu dedo no meu mamilo e a pulsação entre minhas coxas aumentando mais rápido com o nosso ritmo crescente, apertei os olhos, delirando de desejo. Nossos corpos se moviam em um frenesi, e respirei uma e outra vez para acompanhar. Não sabia quanto tempo isso poderia durar, mas sabia que estávamos construindo algo bom.*

— *Diga que você é minha* — *Jared ordena, se esfregando contra mim, mais forte. Droga, a sensação era boa. Ele abaixou os lábios sobre os meus, enquanto respirávamos um ao outro. Ele cheirava a vento, chuva e fogo.*

— *Eu...* — *minha voz sumiu. Só precisava de mais alguns segundos.*

Ai, Deus.

— *Diga* — *Jared implorou contra meus lábios, nossos corpos se unindo agora. Eu o agarrei pelos quadris e o puxei para mim tanto quanto nossas roupas permitiam. Meu corpo começou a ter espasmos, e prendi a respiração esperando que ele viesse.* — *Diga* — *Jared sussurrou em meu ouvido.*

Empurrei os quadris contra ele e suspirei.

— *Eu sou sua.* — *Arrepios percorreram meu centro e minha barriga, descendo pelo meu corpo. Uma onda de prazer se derramou sobre meu corpo, como vibrações sob minha pele. Eu nunca senti nada assim antes.*

E quero mais disso.

Enquanto o doce ponto entre minhas pernas latejava, meus olhos se abriram. Virei para a esquerda e para a direita antes de me deitar na cama. A luz do sol brilhava através da janela do meu quarto, e percebi que estava sozinha.

Mas o quê?!

Eu me virei, certa de que encontraria Jared lá. Mas não. Nada. Sem Jared. Sem luz do luar. Eu tinha ido dormir de bermuda de pijama e camiseta preta. Meus cobertores descansavam no meu corpo. Jared nunca esteve aqui.

Mas o orgasmo tinha sido real. Eu ainda sentia o corpo estremecer por dentro com a excitação que ele, ou melhor, o sonho com ele, me causou. Meus músculos, fracos pela tensão, mal me mantinham sentada na cama. Caí de volta no travesseiro e soltei um suspiro exasperado. Isso tinha sido incrível, mas eu não podia acreditar que realmente aconteceu! Já tinha ouvido falar de caras sonharem e acordarem molhados, mas não de garotas.

Tate, você é psicótica. Fantasiar sobre aquele idiota era doentio. Respirei fundo e profundamente para me acalmar. *Foi tudo porque ele andava bastante na minha cabeça. Só por isso.*

Eu não tinha sido devidamente beijada em meses, não desde os poucos encontros que tive na França. Jared tinha ficado na minha mente na noite passada, mas não importa quão excitada ele me deixasse, eu tinha que lembrar que ele estava fora dos limites. Pedir desculpas por me tratar como lixo não era suficiente. Eu não confiava nele, e nunca confiaria.

Não sem toda a história.

Ele também tinha muito controle sobre meu corpo, e isso tinha que mudar.

Ontem à noite, depois do não beijo, Jared me levou para casa sem outra palavra. Ele foi embora depois que me deixou, e agora eu estava exausta de ficar acordada até as duas da manhã me perguntando sobre suas últimas palavras para mim.

Você primeiro. Ele quis dizer que eu não poderia ficar longe dele?

O filho da puta era corajoso.

— Está acordada, Tate? — Minha avó enfiou a cabeça pela fresta da porta. Eu mexi nas cobertas quando ela entrou no quarto, e fiz uma careta internamente, me perguntando se tinha feito algum barulho suspeito em voz alta durante o sonho.

— Ah, sim. Acordei agora. — Sentando-me, coloquei um sorriso inocente no rosto.

— Que bom. É melhor se vestir. O café da manhã está pronto lá embaixo. Você precisa se apressar se quisermos chegar ao seu compromisso a tempo. — Ela afirmou com a cabeça e acenou com a mão em um movimento para que eu saísse da cama, enquanto eu tentava me lembrar do que ela estava falando.

Compromisso?

— Vamos. Levante, pra cima deles. — Ela bateu palmas antes de se virar e sair.

Olhando para o relógio, percebi que tinha me esquecido de ajustar o alarme na noite passada. Meu compromisso! A razão pela qual deixei Jared me dar uma carona em primeiro lugar. Eu deveria ter acordado meia hora atrás!

Felizmente, vovó me daria uma carona e ficaria para assistir antes de voltar para sua própria casa hoje. Amanhã, eu ficaria sozinha novamente.

Arrancando as cobertas, corri para o armário e coloquei o short, sutiã esportivo e regata. Vestiria a camisa da equipe quando chegasse lá, então a enfiei na mochila com minhas meias. Pegando meus sapatos e um elástico de cabelo, desci as escadas e enchi um prato descartável com torrada e frutas fatiadas.

— Sente-se e coma. — Vovó apontou para a cadeira.

— Vou comer no carro. Eu odeio chegar atrasada. — Enfiei um par de barrinhas e garrafas d'água na bolsa antes de ir para a porta. — Vamos — disse, ignorando seu olhar.

A última coisa que eu queria fazer esta manhã era sentar na frente da minha avó e tentar tomar o café da manhã, sabendo que ela entrou no meu quarto minutos depois que eu tive um orgasmo.

Mesmo com o pouquíssimo sono que tive, a oportunidade de liberar um pouco de energia e frustração provou ser útil. Minha equipe participou de uma competição na qual ficamos em segundo lugar, e eu também disputei uma corrida individual de alguns quilômetros em uma área recreativa próxima. Os muros altos da pedreira ao nosso redor e a densa população de árvores faziam o espaço da trilha parecer apertado. E era assim que eu queria hoje. Não conseguia imaginar que estava sozinha, então era difícil deixar minha mente vagar pela corrida.

Chegando em segundo novamente, sorri, percebendo que minha avó tirava fotos e mais fotos. Fiquei feliz por ela estar aqui para me ver correr, provavelmente pela última vez na minha carreira no ensino médio. Embora meu pai tivesse perdido isso, e agora eu sentisse ainda mais a falta dele. Foi difícil lidar com minha mãe não estar por perto para os eventos importantes, mas eu realmente queria meu pai hoje.

Depois de comermos cachorro quente com chili no Mulgrew's, ela nos levou para casa.

— Vou sentir saudades. Mas eu disse ao seu pai que voltaria no Natal. — Vovó arrumou seus últimos pertences e colocou tudo na porta da frente.

— Ansiosa por isso. E vou sentir sua falta também.

— Então, quer me contar sobre a noite passada? — Espiou por cima da bolsa, verificando se estava com tudo.

Meu coração pulou uma batida.

— Noite passada? — Eu poderia ser honesta com ela, mas, em vez de fazer isso, escolhi bancar a ignorante. Não tinha ideia de por onde começar a explicar sobre a noite passada.

— Sim. Um carro preto de aparência perigosa, semelhante ao do vizinho, deixou você em casa depois do toque de recolher? — questionou, com olhos risonhos. Claramente, ela não estava muito preocupada.

— Siiim — arrastei as palavras, dramaticamente. — Jared me deu uma carona para casa. Estávamos na mesma festa. Nada demais. — Meus olhos desviaram para os meus sapatos, pois minhas omissões me fizeram sentir culpada. Havia mais para dizer a ela, muito mais, porém, como sempre, optei por manter meus problemas com Jared em segredo.

E agora havia toda uma nova gama de problemas para resolver — seus beijos e meus sonhos picantes.

Ela ficou lá por alguns momentos me estudando, enquanto eu continuava a agir indiferente.

— Ok, se você diz. — Enganchou a bolsa no ombro. — Você se lembra das regras sobre trancar a casa?

Acenei.

— Bom. Enfim, me dê um abraço.

Ela estendeu os braços, e eu me envolvi ao seu redor, inalando o perfume de sua loção mais uma vez. Peguei uma de suas malas e a guiei até o carro.

— Vejo você logo, logo — assegurei a ela, a vendo levar um lenço de papel ao olho.

— Logo, logo — repetiu, fungando. — Coloque algumas decorações de Halloween. Vai te animar se você ficar sozinha.

INTIMIDAÇÃO

— Já?
— É outubro. — Ela riu. — Essa é a hora do Halloween, Tate.

Outubro? Eu não tinha percebido. Meu aniversário estava chegando.

Depois que minha avó foi embora, mandei uma mensagem para K.C. Depois de tudo o que aconteceu ontem à noite, não tive a chance de falar com ela.

> Como tá indo?

> Tudo bem. Desculpe, não pude ir à corrida. Ocupada.

Ela respondeu, um minuto depois.

> Então... você e Liam?

Perguntei. Parte de mim esperava que ela e Liam estivessem de volta. Eu me senti culpada. Apenas uma pessoa ruim beijaria o cara que sua melhor amiga estava ficando, e eu me preocupava em como contaria a ela. Se ela e Liam voltassem a ficar juntos, então talvez eu não precisasse confessar?

> Não julgue.

Ela mandou de volta.

Alívio me inundou. Eles *estavam* juntos de novo.

> Nunca. Se você está feliz...

> Estou. Só espero poder confiar nele.

Ela ainda tinha dúvidas, e com razão. Eu não acho que poderia aceitar de volta um cara que me traiu, mas, de novo, nunca estive apaixonada. Acho que não saberia de nada até experimentar.

> Você pode nunca saber com certeza, mas contanto que ele valha a pena.

> Acho que sim... Então Jared é todo seu.

O quê?! A baque em meu peito realmente doeu.

Aparentemente, demorei muito me afogando no meu próprio suor, porque ela mandou uma mensagem de novo.

> Não se preocupe, Tate. Ele nunca foi meu de qualquer maneira.

Eu não conseguia responder. O que eu diria? *Obrigado?*

Jared não era dela, e definitivamente não era meu. Ele deixou bem claro que não pertencia a ninguém. Jared estava se segurando com ela por minha causa? Foi por isso que ela disse o que disse?

Passei o resto do fim de semana fazendo qualquer coisa para manter minha mente longe dele. Passei o sábado e o domingo limpando a casa, lavando o Bronco, terminando o dever da escola, digitando os procedimentos para meu experimento e evitando mensagens de Ben e K.C.

Precisava ficar sozinha, e não tinha certeza se conseguiria manter o que aconteceu entre mim e Jared em segredo. K.C. merecia saber que o beijei, mas não queria que ninguém soubesse, então optei por evitar todos. Até meu pai quando ligou.

Ben merecia meu silêncio, mesmo que tivesse ligado e enviado várias mensagens para se desculpar. Se ele tivesse me levado para casa como prometeu, então eu não teria entrado nessa confusão com Nate.

Honestamente, Ben provavelmente era um cara muito decente, apesar de seu comportamento na fogueira. Mas o problema continuava — eu não senti fogos de artifício explodindo no meu estômago quando ele me beijou. Eu não senti nada.

Jared era como uma queima de fogos em 4 de julho... por todo o meu corpo.

Quando saí da aula de francês na segunda de manhã, parei imediatamente. Madoc estava do outro lado do corredor, encostado nos armários, me olhando com um sorriso bobo.

— Ei, pequena corredora. — Ele se aproximou, os alunos atrás de mim esbarrando nas minhas costas ao tentarem sair da aula.

Revirei os olhos, não me sentindo pronta para outra irritação. Esta manhã, me atrasei para a escola depois de sair de casa e descobrir que o Bronco estava com o pneu furado. Doutor Porter me enviou um e-mail para me dizer que eu não poderia usar o laboratório amanhã à tarde. E as pessoas estavam falando comigo o dia todo sobre a corrida de sexta à noite.

Por mais positiva que essa atenção fosse, era como se alguém raspasse meus dentes com o garfo. Eu não queria que me lembrassem de como a noite de sexta-feira tinha ido de boa a ruim, e depois boa de novo, e depois pior ainda. A semana estava começando difícil, e eu não estava com disposição para o idiota do Madoc.

— O que você quer? — murmurei, passando por ele no corredor.

— Bem, é bom te ver também. — Ele parecia conter seu eu sinistro habitual. Não estava fazendo insinuações ou tentando me apalpar. Apenas olhou para mim, quase timidamente, com seu sorriso ridiculamente brincalhão.

Ignorando-o e indo direto para o meu armário, senti uma vontade de chutar alguma coisa quando Madoc só acelerou para me acompanhar.

— Ouça, quero que você saiba que fiquei realmente impressionado com a forma como você dirigiu na sexta à noite. E ouvi dizer que você ficou em segundo lugar na prova de cinco quilômetros. Parece que você teve um ótimo fim de semana.

Não, na verdade, estou completamente confusa. Eu não tinha visto Jared desde sexta-feira. Sua casa parecia abandonada até tarde da noite passada, quando ouvi o rugido de seu motor se arrastar pela calçada. Eu não o tinha visto hoje também.

E eu estava procurando por ele. Estava mais irritada com isso do que qualquer coisa.

— Fale logo, Madoc. Que brincadeira nojenta e humilhante você vai pregar em mim hoje? — Chegando ao meu armário, eu nem sequer lhe dei um olhar, despejando minha bolsa e livros.

— Não tenho absolutamente nenhuma carta na manga, Tate. Na verdade, vim implorar seu perdão. — Madoc pegou minha mão e virei meu rosto para encará-lo.

Ele colocou a mão sobre o coração e fez uma reverência.

Ah, e agora?

Olhando em volta para ver a enxurrada de alunos no corredor, todos encarando boquiabertos Madoc Caruthers fazendo seu grande gesto, dei um tapa nas costas dele.

— Levanta! — sussurrei, as pessoas ao nosso redor rindo e murmurando umas para as outras.

O que ele estava fazendo?! O medo apertou meu estômago.

— Eu realmente sinto muito por tudo que fiz com você. — Madoc levantou o corpo novamente para me encarar. — Não tenho desculpa. Não é minha coisa me tornar inimigo de garotas bonitas.

É o que você diz.

— Tanto faz. — Cruzei os braços, pronta para ir almoçar. — É isso?

— Na verdade não. — Ele balançou as sobrancelhas. — Eu estava esperando que você fosse ao Baile de Boas-vindas comigo.

CAPÍTULO VINTE E SEIS

Meus músculos ficaram tensos. Imediatamente comecei a examinar o corredor para ver se alguém estava rindo, um sinal de que tudo isso era uma piada.

Mas nenhum dos amigos de Madoc estava por perto para testemunhar a brincadeira, e Jared não estava à vista.

Voltando-me para Madoc, eu o encarei com um olhar.

— Você realmente esperava que eu caísse nessa?

— Cair no quê? Meu charme e corpo incrível? Com certeza.

Seu sarcasmo não fez nada para aliviar minha desconfiança. Revirei os olhos, já me perguntando por que diabos eu estava aqui ouvindo.

— Chega. Eu vou almoçar. Diga a Jared que não sou tão estúpida.

Eu me virei e fui para o refeitório.

— Espera. — Madoc correu ao meu lado. — Você acha que isso é uma armação?

Ignorando-o, continuei andando. *Claro que isso era uma armação*. Por que Madoc iria querer ir ao baile comigo? E por que pensaria que eu diria "sim"? Nós estivemos um contra o outro por anos.

— Tate, Jared provavelmente colocaria fogo no meu cabelo se soubesse que estou falando com você, quanto mais te convidando para sair. Estou falando sério. Sem brincadeiras. Sem piadas. Eu realmente quero te levar para o baile.

Virei em direção ao refeitório, esperando que ele entendesse. Comecei a sentir que estava sufocando. Ele precisava se afastar de mim.

— Tate, por favor, pare. — Madoc tocou meu braço.

Girei para encará-lo, quente de raiva.

— Mesmo se estiver falando sério, realmente achou que eu iria confiar em você? Você me tocou sem eu querer, e eu quebrei seu nariz. Agora está me convidando para sair? Sério?

Esta foi a reviravolta mais idiota de todas, algo que eu nunca tinha previsto, e o que é mais? Um desperdício do meu tempo.

— Sei que temos uma história interessante — Madoc começou, levantando as mãos — e eu quero te garantir que não estou te convidando para sair de uma forma romântica. Jared vai cortar minhas bolas. Fui um idiota, e quero fazer as pazes. Se você ainda não tiver um par, eu adoraria te levar e mostrar que posso ser um cara legal.

Ah, que belo discurso.

— Não — respondi.

Seu charme não funcionou em mim do mesmo jeito que nas outras, mas o olhar chocado em seu rosto me fez parar um pouco. Parte de mim queria rir, porque ele realmente parecia desapontado. E parte de mim estava preocupada, porque ele *realmente* parecia desapontado.

Eu não devia nada a Madoc, disse a mim mesma.

Depois de tudo, eu nem deveria falar com ele. Mas, novamente, após ouvir sua conversa com Jared na semana passada no corredor, parecia que ele nunca esteva totalmente a bordo quando se tratava de tentar me machucar. Talvez ele realmente quisesse fazer as pazes.

Não importa. Não vai rolar.

Girando ao redor, fui para o refeitório novamente quando realmente só queria sair correndo pela porta da frente. Era apenas segunda-feira de manhã, e eu já estava escalando as paredes para dar o fora daqui.

Era verdade que eu queria ir ao baile e ainda não tinha um par. E ir com Madoc deixaria Jared com ciúmes. Talvez eu quisesse vê-lo se contorcendo por minha causa.

Afastei os pensamentos da minha mente. Nem pense nisso, *Tate*.

— Está pensando em tentar uma bolsa de estudos esportiva? — Jess me perguntou, enquanto jogávamos fora os restos de nossos almoços.

— Na verdade, não. Gosto de correr, mas não tenho certeza se quero assumir esse tipo de compromisso na faculdade — respondi.

K.C. e Liam se juntaram a nós para almoçar, mas desapareceram há um tempo, provavelmente embaixo das arquibancadas perto do campo de futebol para *conversar*. Ela parecia feliz, e ele tinha sido ainda mais doce do que o habitual. Levaria muito tempo antes que eu pudesse olhar para ele sem pensar em sua traição, mas estava feliz por eles estarem juntos novamente.

Depois que saíram, eu mal comi meu burrito de frango. Madoc continuou sorrindo para mim do outro lado do refeitório.

Ben continuou me mandando mensagens também. Ele queria conversar antes do almoço terminar, mas, graças aos meus amigos, eu tinha uma desculpa para não ficar sozinha. Ele tinha sido estúpido e, embora estivesse irritada, sabia que teria que falar com ele algum dia. Mesmo que fosse apenas para dizer "vamos ser amigos".

— Bem, você foi incrível no sábado. — Jess terminou seu suco antes de jogar a garrafa fora. — Ah, e sexta-feira também. Eu não vi a corrida, mas a escola inteira está falando sobre isso. Você fez as pessoas ganharem muito dinheiro. Derek Roman estava muito chateado, pelo que ouvi.

— Tenho certeza de que estava. — Prendi meu cabelo comprido em um rabo de cavalo e senti um lampejo de calor na parte de trás do meu pescoço.

Era uma loucura como funcionava minha geolocalização de Jared, mas eu tinha certeza que ele estava aqui em algum lugar.

Ele estava fora de seu posto por toda a manhã, nenhum sinal de seu carro ou dele. Mantive minha atenção em Jess, mesmo que o impulso para me virar tenha vibrado por todo o meu corpo. Depois dos dois beijos e do sonho, para não mencionar seu pedido de desculpas, pensei muito nele neste fim de semana.

Antes que eu pudesse desistir e procurá-lo, fiz meu caminho para as portas com Jess. Um momento depois, parei quando ouvi alguém chamando meu nome:

— Tatum Brandt!

Pulei, instantaneamente envergonhada que o grito da pessoa me fez virar o foco de todo o refeitório.

— Por favor, você pode ir ao Baile de Boas-vindas comigo? — a voz do idiota soou atrás de mim.

Fechei meus olhos. Eu. Vou. Matá-lo.

Girei lentamente para ver que Madoc estava ajoelhado a alguns metros de distância. Ele me fitou com seus grandes olhos azuis de cachorrinho, e notei que o refeitório ficou muito quieto, as pessoas silenciando umas as outras e nos assistindo com os olhos arregalados e sem respirar.

— Você só pode estar brincando comigo — murmurei, oferecendo um sorriso de desculpas para Jess. Andando de joelhos em passos curtos e hilários, ele veio até chegar aos meus sapatos e inclinou a cabeça todo o caminho para trás para me olhar. E pegou minha mão na sua.

As garotas estavam rindo, e todo mundo estava olhando para nós. Apenas Madoc poderia se safar com essa demonstração extravagante e ainda ser considerado viril.

— Por favor, por favor! Não diga não. Eu preciso de você. — Seu tom dramático causou um alvoroço de risos e coros, o encorajando ainda mais.

Meu coração estava batendo forte. A qualquer segundo eu iria enlouquecer, e provavelmente não teria a sorte de ficar fora da sala do diretor uma segunda vez.

— Levante-se — rebati, puxando minha mão. Minha cabeça nadou com ideias de como eu iria machucar esse garoto. Eles nunca encontrariam o corpo.

— Por favor, vamos fazer isso funcionar. Eu sinto muito por tudo. — Ele estava deliberadamente falando acima das risadas para que todos soubessem do que estava acontecendo.

— Eu disse que não.

— Mas o bebê precisa de um pai! — implorou.

Meu coração afundou com suas palavras. *Ai, meu Deus. Não, não, não...*

Assobios e gritos irromperam de todos os cantos do cômodo, e o calor subiu pelo meu pescoço e rosto. Senti como se estivesse tendo uma experiência extracorpórea. Isso não poderia estar acontecendo. É assim que ele queria fazer as pazes? Me envergonhando ainda mais?

Ele agarrou meus quadris e pressionou seu rosto no meu estômago.

— Prometo que vou amar nosso filho — sussurrou, para apenas eu ouvir. — Eu posso falar mais alto se você quiser.

— Tudo bem, eu vou. Por enquanto — eu disse, com os dentes cerrados. — Mas se você fizer mais merda, vou quebrar seu braço.

Ele se ergueu, passou os braços em volta de mim e me puxou para um abraço. Girando-me ao redor, todo mundo aplaudiu e assobiou, e eu senti vontade de vomitar. Assim que me levantei, dei um tapa no braço dele e saí do refeitório, sabendo que não queria ver as expressões nos rostos de Jess ou Jared.

CAPÍTULO VINTE E SETE

Felizmente, quando as aulas terminaram, todos sabiam que a piada de Madoc era apenas isso... uma piada. Pelo menos o babaca se mostrou honrado ao corrigir o boato. Eu ainda não tinha aceitado o fato de que eu disse sim. Ainda faltavam duas semanas para o baile, então esperava encontrar uma saída. Como comprovado no último mês, muita coisa pode acontecer em pouco tempo.

Jared não estava na aula de Cinema e Literatura, então, em vez de lutar para não olhar para ele, tive que lutar para evitar que Ben me olhasse. A vida pode ser uma merda. Eu iria para o baile com a única pessoa nesta escola que fazia minha pele arrepiar negativamente, recebia atenção de um lindo jogador de futebol estrela para quem eu não dava a mínima, e estava tendo sonhos eróticos sobre um potencial sociopata que agia como se me odiasse na maioria das vezes.

Mais oito meses.

— Oi, doutor Porter. — Sorri, cansada, caminhando para o laboratório depois da escola. Uma vez que a sala não estaria disponível amanhã como havíamos agendado, optei por aceitar a oferta de trabalhar hoje. A treinadora nos deu a tarde de folga, então tudo deu certo.

— Oi, Tate. — O doutor Porter era um ex-hippie de meia-idade que muitas vezes deixava soltos seus longos cabelos cor de ferrugem e tinha gotas de café penduradas em seu bigode e barba desgrenhados. Minhas primeiras aulas com ele no segundo ano foram irritantes. Ficava querendo passar um guardanapo no rosto dele.

— Quanto tempo posso ficar hoje? — Largando minha bolsa no chão debaixo da mesa de sempre, olhei para ele.

— Estarei por perto por pelo menos uma hora, provavelmente mais. — Juntou algumas pastas e papéis, tentando encontrar uma maneira de pegar sua xícara de café também. — Precisa de alguma coisa?

— Vou pegar minha caixa no armário e sei onde está tudo o que preciso.

— Bom. Tenho uma reunião de planejamento com o departamento de ciências, mas é em outra sala de aula. Sinta-se à vontade para me chamar se precisar de alguma coisa. É sério. Sala 136B. — Ele se dirigiu para a porta.

— Ok, obrigada. — Agarrando um avental de vinil pesado do cabideiro, deslizei pela cabeça e amarrei na cintura. O nó arranhou minhas costas no espacinho onde meu jeans e top não cobriam a pele.

Tirando meus suprimentos do armário, quase deixei cair o peso assim que voltei para a sala de aula. Jared se sentou à mesa do professor, bem na frente.

Inferno.

Ele se recostou na cadeira com as mãos atrás da cabeça e um pé apoiado na ponta da mesa. Seus olhos não revelavam nada, mas seu olhar estava focado inteiramente em mim. Isso por si só fez o calor subir ao meu rosto e um suor frio escorreu dos meus poros.

Maldito seja. Por que ele tinha que ter essa aparência?

A suavidade de seus lábios e sua língua quente e celestial no meu pescoço passou pela minha memória. Uma contração ansiosa começou entre minhas pernas, e eu realmente queria montar em cima dele naquela cadeira.

Merda. Eu era uma bomba-relógio ambulante de nervos.

Neguei com a cabeça e desviei o olhar, carregando meu caixote para a mesa.

— Agora não, Jared. Estou ocupada. — Honestamente, essa era a verdade. Eu precisava me concentrar e, por mais que parte de mim quisesse entrar nesse drama, eu precisava ser deixada sozinha.

— Eu sei. — Sua voz suave estava estranhamente calma. — Eu vim te ajudar.

Parei de descarregar a caixa e olhei para ele com os olhos arregalados.

— Me ajudar? — Meu tom gotejou com sarcasmo, pois eu tinha certeza de que isso era uma piada da parte dele ou um esforço para sabotar meu experimento. — Não preciso de ajuda.

Abaixando os braços, ele enfiou as mãos no bolso da frente de seu moletom preto.

— Eu não estava perguntando se você precisava — respondeu, rápido e assertivo.

— Não, você está apenas supondo que preciso. — Continuando a descarregar meus materiais, evitei seus olhos. Aquele maldito sonho continuou correndo pela minha mente, e eu estava com medo de entregar algo se o encarasse.

— De jeito nenhum. Eu sei o que você pode fazer. — Havia riso em sua voz, e não perdi o duplo sentido dessa observação. — Pensei que, se vamos ser amigos, este pode ser um bom lugar para começar.

Saindo da cadeira, ele caminhou em minha direção. Inspirei e expirei lentamente.

Apenas pegue o béquer e o frasco e coloque-os lentamente no lugar. Devagarinho.

— Afinal, não é como se pudéssemos voltar a subir em árvores e ter festas do pijama, não é? — ele perguntou sugestivamente, seus dedos se arrastando pela mesa do laboratório.

Festas do pijama? Meu núcleo começou a pulsar mais forte, e eu sabia que meu corpo estava pronto para o que precisava. Eu senti.

A ideia de Jared vir para uma festa do pijama, mesmo que ele estivesse brincando, me emocionava. Droga, eu adoraria deixá-lo me manter acordada a noite toda fazendo coisas que com certeza não fazíamos quando crianças. Eu queria suas mãos em mim, me trazendo para perto, e sua boca toda.

Mas queria que ele se importasse também. E não confiava nele.

Piscando, estreitei minhas sobrancelhas para ele.

— Como eu disse, não preciso de ajuda.

— Como eu disse, não estava perguntando. Você achou que Porter ia te deixar fazer experimentos com fogo sozinha? — Ele riu amargamente e veio para ficar ao meu lado.

— Como você sabe sobre meu experimento? E quem disse que vamos ser amigos? — perguntei, antes de me abaixar para pegar meu fichário da bolsa. — Sabe, talvez o dano tenha sido muito grande. Sei que você se desculpou, mas não é tão fácil para mim.

— Não vai ficar toda melosa comigo, né? — zombou.

Vasculhando meu fichário, peguei as anotações e os procedimentos que pesquisei. Tentei ler o material, mas ter Jared tão perto tornava difícil me concentrar.

Virando-me para a esquerda, fixei os olhos nele com minha melhor expressão de tédio. Não queria que ele pensasse que eu estava minimamente intrigada com sua presença.

— Jared, agradeço o esforço que você está fazendo, mas é desnecessário. Ao contrário do que o seu ego está jogando em você, tenho sobrevivido muito bem sem você nos últimos três anos. Trabalho melhor sozinha e não gostaria de sua ajuda hoje ou em qualquer outro dia. Nós não somos amigos.

Sua fachada fria vacilou, e ele piscou. Seus olhos escuros procuraram os meus. Ou talvez ele tenha procurado algo para dizer.

Sentindo-me um pouco culpada, voltei para o meu fichário, mas acabei derrubando no chão no processo. Seu conteúdo, que não estava preso pelos três anéis, flutuou até o chão. Uma onda de vergonha se espalhou pelo meu corpo quando meu discurso de garota durona terminou em uma bagunça desajeitada.

Jared voou para o meu outro lado e se abaixou comigo para pegar o fichário e seu conteúdo.

— Você está procurando carros? — Ele olhou as folhas impressas que peguei da internet para estar preparada quando meu pai chegasse em casa.

— Sim — respondi, secamente. — Vou me dar de presente de aniversário.

Ele segurou a informação em sua mão, sem realmente olhar para nada, mas parecia estar pensando em algo.

— Jared? — Estendi a mão para pegar os papeis de volta.

— Esqueci que seu aniversário estava chegando — ele disse, quase para si mesmo, enquanto eu pegava de volta os papéis e colocava tudo no meu fichário.

Eu me perguntei se isso era verdade. Nossos aniversários eram importantes quando éramos amigos, mas nos últimos anos ele poderia ter esquecido, eu acho. Eu não tinha me esquecido dele. Era dois de outubro.

Ontem!

Argh, devo dizer alguma coisa? Eu não tinha feito nada para o aniversário de Jared nos últimos anos, mas agora que o assunto estava no ar, eu não tinha ideia do que fazer.

Foda-se. Ele teria esquecido o meu também.

— Seu pai sabe que você quer comprar um carro tão cedo? — Jared interrompeu meus pensamentos.

— Sua mãe sabe que você fornece álcool para menores e dorme fora de casa nos fins de semana? — Minha observação saiu muito mais cortante do que eu queria.

— "Minha mãe se importa" seria uma pergunta melhor. — Seu sarcasmo foi uma cobertura para o olhar irritado que vi fervendo por baixo.

Fiz uma careta, pensando na vida de Jared. Ele cresceu sem pai e mãe ausente. Não tinha modelos saudáveis ou amor em sua vida — não que eu soubesse, de qualquer maneira. Sem ter como responder isso, permaneci em silêncio, lentamente começando a me ajudar a descarregar minha caixa.

Copos, frascos, tubos de ensaio e uma variedade de líquidos e materiais secos cobriam o tampo da mesa. Eu não precisaria de todas essas coisas, mas havia reunido de qualquer maneira quando ainda estava tentando decidir meu projeto. Três retardantes de chama diferentes comprados em lojas e alguns ingredientes para um caseiro lotavam o balcão, junto com diferentes tecidos de algodão. Meu experimento consistiria em testar como o algodão reage a diferentes sprays resistentes. Eu já tinha reunido meu problema, hipótese, constantes e variáveis, e meus materiais. Hoje, montaria meus procedimentos e começaria uma rodada de testes.

Além de tudo isso, meus nervos agora estavam descontrolados.

Houve um tempo em que a presença de Jared me acalmava e me fazia sentir segura. Agora, sua proximidade me deixava hiperconsciente de cada vez que seu braço chegava perto de roçar o meu ou sempre que eu pensava que seus olhos piscavam para mim. Minha cabeça estava confusa e minhas mãos apertadas.

Irritada, eu me virei para pegar minhas anotações do fichário e joguei um frasco para fora do balcão. O calor cobriu meu rosto quando me virei para tentar pegá-lo, mas, em vez disso, o vi quebrar por todo o chão. De costas para o balcão, olhei para a bagunça e respirei fundo. A essa altura, eu não me importava se ele achava que eu estava louca ou exagerando. Eu precisava que ele fosse embora.

Jared se moveu na minha frente e olhou para o vidro quebrado.

— Eu te deixo nervosa — afirmou, sem olhar para mim. Sua avaliação foi certeira. Eu sabia disso, e ele também.

— Apenas vá. — Meu sussurro desesperado implorou a ele, pois me recusava a encontrar seu olhar, que eu tinha certeza que agora estava em mim.

— Olhe para mim. — Jared segurou meu rosto com a mão, seus dedos alcançando meu cabelo. — Eu sinto muito. — Meus olhos dispararam para os dele ao som de seu pedido de desculpas repetido. — Nunca deveria ter te tratado do jeito que tratei. — Com os olhos ardendo, procurei em seu rosto qualquer sarcasmo ou falta de sinceridade, mas não consegui. Sua expressão era toda séria, e sua respiração estava profunda enquanto ele esperava pela minha resposta.

Jared trouxe a outra mão para cobrir minha outra bochecha e se aproximou. Suas mãos deslizaram em volta do meu pescoço, e seus polegares roçaram minhas orelhas. Minha respiração se tornou superficial quando seu corpo pressionou suavemente contra o meu. Seus olhos estavam agora concentrados em meus lábios, seu rosto se aproximando. Ele estava a apenas um centímetro dos meus lábios, mas eu ainda podia saboreá-lo.

Ele começou devagar, mas gemi de surpresa quando ele mergulhou e pegou meus lábios nos dele. Fogos de artifício começaram na minha boca e se infiltraram no topo da minha cabeça e desceram pelo meu pescoço. Eu me perdi quando seu braço envolveu minha cintura e sua outra mão ficou enterrada no meu cabelo. Ele me agarrou com mais força, me puxando para ficar na ponta dos pés. Eu inalei seu cheiro, sentindo o aroma do vento e da chuva de sua pele, e, por um breve momento, eu estava em casa.

Isso era tudo de que eu precisava. Tudo o que eu queria — sobre mim, ao meu redor, dentro de mim. Meus hormônios estavam fora de controle. Queria arrancar suas roupas e sentir seu peito nu contra o meu. Queria beijá-lo até que estivesse muito quente e delirando de necessidade. Quem eu estava enganando? Meu corpo já estava doendo de desejo, que se acumulou no meu abdômen e desceu em disparada para o meu sexo como um maldito tornado.

Sua língua passou por baixo do meu lábio superior, enviando arrepios pelos meus braços. Envolvi meus braços firmemente em seu pescoço e me pressionei nele. Suas mãos esfregaram meus lados e agarraram minha bunda. Meu corpo adorou cada toque. Eu me moldei nele como um pedaço de barro. Onde ele acariciava, eu derretia. Onde ele puxava, eu o seguia.

Sua boca estava tão quente, que não pude deixar de me perguntar o quão bom o resto dele seria também.

— Eu queria você há tanto tempo — sussurrou, sua respiração em meus lábios era como uma droga me atraindo. — Todas as vezes que te vi na porta ao lado... Isso me deixava louco.

Meus dedos do pé se curvaram com suas palavras. Ele me queria todo esse tempo. Eu gostei de saber disso. Gostava que ele me desejasse.

Ele tomou meus lábios novamente em um beijo profundo, minhas costas pressionadas contra a mesa do laboratório. Quando ele mordeu meu lábio inferior, minha cabeça cambaleou com o que estava acontecendo. Adorei descobrir que ele nunca me odiou, que sempre me quis. Mas o que estava acontecendo entre nós? Iríamos ficar juntos? Ou Jared estava matando uma vontade?

— Não... — engasguei, recuando. Eu não queria me mexer, e não queria estar em nenhum outro lugar, a não ser com ele. Mas eu sabia por que parei.

Ele não podia vencer. Não podia me tratar como merda e depois ganhar.

Jared estava respirando com dificuldade e olhou para meus lábios inchados como se estivesse longe de terminar. Seus olhos se voltaram para os meus, e vi uma necessidade intensa, como se ele estivesse realmente chateado por eu ter parado ou excitado a ponto de me amarrar.

Soltando seu aperto e me deixando de pé, sua expressão se tornou indiferente, enquanto se afastava.

— Então não — disse friamente. Acho que não esperava que ele discutisse para me pressionar ainda mais. Jared não era de implorar. Mas fiquei desequilibrada com a rapidez com que ele podia passar de um calor escaldante para um frio amargo.

Eu o estudei por alguns momentos, me perguntando se conseguiria contornar sua indiferença e orgulho.

— No que você está pensando? — questionei, estreitando meus olhos.

Ele soltou uma risada seca.

— Quero que sejamos amigos — admitiu, com um pouco de sinceridade.

— Por que agora?

— Por que tantas perguntas? — rebateu.

Ele estava falando sério? Pois ele tinha algumas explicações a dar.

— Você não achou que seria tão fácil assim, achou?

— Sim, eu esperava que pudéssemos seguir em frente sem olhar para trás. — Seu tom irritado se encaixava perfeitamente com a carranca que se formava ao redor de seus olhos.

— Nós não podemos — eu disse categoricamente. — Você passa de me ameaçar um dia para me beijar no dia seguinte. Eu não mudo de marcha tão rápido.

— Te beijar? Você me beijou de volta... as duas vezes. E agora você vai ao baile com Madoc. Pode-se dizer que sou eu quem está recebendo chicotadas aqui. — Ele enfiou as mãos no bolso do moletom e se encostou no parapeito da janela. Seus olhos estavam me desafiando, e eu mal tive uma resposta. Ele estava certo. Saí com Ben, estava indo para o baile com Madoc e beijando Jared.

— Não tenho que me explicar para você. — Minha resposta foi patética.

— Você não deveria ir.

— Eu quero — menti. — E ele me convidou. — Dispensando-o, voltei ao meu trabalho.

Jared veio atrás de mim enquanto eu tentava parecer ocupada mexendo em meus papéis.

— *Ele* esteve na sua cabeça, Tate? — Sua respiração soprou meu cabelo. Colocando as duas mãos em cada lado de mim, me prendendo, ele me provocava. — Você o quer? Ou é comigo que você sonha?

Fechei os olhos, me lembrando do sonho na outra manhã. O que pensar nele fez comigo, e agora ele estava bem atrás de mim.

— Eu disse que quando colocasse minhas mãos em você, você iria querer. Lembra?

Eu me virei para olhar para ele. Ele moveu a cabeça para cima para encontrar meus olhos.

— Não acho que seja nenhum segredo que eu gosto quando você me toca. Quando estiver pronto para me contar tudo o que está escondendo, talvez eu volte a confiar em você. Até lá...

Seus olhos se estreitaram nos meus e a raiva desceu como uma nuvem escura em seu rosto, enquanto ele se afastava.

Suas costas se endireitaram e seus punhos ficaram cerrados. Sabendo que tinha dito exatamente o que precisava dizer, voltei ao meu trabalho. Meu coração estava cedendo a ele, e eu não podia mais fitá-lo sem ter medo de ceder. Se ele me queria como amiga ou mais, então teria que me dar mais. Por mais atraente que sua oferta de seguir em frente sem olhar para trás soasse, eu sabia que a história de Jared o tornava o homem que era agora. E precisava conhecê-lo.

— Jared? — uma voz feminina choramingou da porta. — Aí está você.

Olhei para cima para ver Piper com sua saia de líder de torcida puxada para baixo para mostrar seus ossos do quadril e barriga lisa. Acho que vomitei um pouco.

— Você não ia me dar uma carona para casa hoje? — Alisou o cabelo longo e escuro sobre o ombro e mordeu o lábio inferior. *Ah, por favor.*

— Estou de moto hoje, Piper. — Jared parecia amargo atrás de mim. Ele estava chateado. Com quem? Eu não tinha certeza, mas podia adivinhar.

— Eu posso lidar com isso — afirmou. — Vamos lá. Não parece que você está ocupado aqui de qualquer maneira. — Seu olhar caiu sobre mim, e a raiva aqueceu minhas bochechas.

Jared ficou quieto por alguns momentos, e senti seus olhos nas minhas costas, enquanto eu continuava a separar os materiais. Cada movimento era lento e metódico, e eu lutava para não deixar cair mais nada. Mas fingir não prestar atenção era tão impossível quanto não prestar.

— Sim, não estou ocupado — Jared finalmente respondeu, frio, passando por mim em direção à porta.

— Então, Terrance... — A garota idiota agiu como se não soubesse meu nome. — Não foi você quem deu um olho roxo ao seu acompanhante do baile, não é? Ele mal consegue enxergar. Você realmente deveria parar de bater em caras ou as pessoas vão começar a pensar que você é sapatão.

Ela estava tentando me fazer morder a isca, mas eu estava perdida. Não tinha ideia do que ela estava falando. Alguém deixou Madoc com um olho roxo desde que eu o vi no almoço?

— Ela não deixou Madoc de olho roxo. Fui eu. — Jared passou por ela e abriu a porta, agora não poupando nenhum de nós do contato visual.

— Por quê? — O nariz de Piper torceu quando ela se virou para sair pela porta que ele mantinha aberta. Jared levantou uma sobrancelha para mim e a fechou com força suficiente para as vibrações viajarem pelas minhas pernas.

Olhando para a porta fechada por vários momentos, finalmente percebi que Jared tinha dado um soco em Madoc por minha causa.

Mas o quê?

Bem, isso definitivamente não era uma piada entre os dois, então. Madoc estava interessado em passar um tempinho comigo, e isso deixou Jared louco.

Soltei uma risada seca. Eu não estava interessada em Madoc. Mas, se incomodasse Jared, eu poderia me interessar em me divertir um pouco, afinal.

Colocando meus fones de ouvido, passei o resto da tarde de ótimo humor.

CAPÍTULO VINTE E OITO

— Ei, pai — cantarolei, depois de clicar no botão "aceitar chamada" no meu laptop. — O que está fazendo acordado tão tarde... ou tão cedo? — A Alemanha estava nove horas à nossa frente. Eu tinha acabado de voltar de uma corrida e pensamentos de Jared, Madoc e todos os outros fora da minha cabeça. Já passava das seis, e eu tinha aquecido um Lean Pocket de presunto e queijo para o jantar.

— Oi, abobrinha, acabei de sair de um voo de Munique e vou para a cama agora. Pensei em conferir se você está bem sem a vovó.

Ele parecia cansado e desgrenhado. Seu cabelo grisalho estava em meia dúzia de direções diferentes, como se tivesse passado as últimas vinte e quatro horas passando as mãos por ele, e bolsas escuras pendiam sob seus olhos azuis. Sua camisa branca de colarinho estava desabotoada na parte superior com sua gravata azul e bege afrouxada.

— Munique? Não sabia que você estava indo para lá — eu disse, com a boca cheia.

— Apenas uma viagem espontânea de um dia para uma reunião. Peguei um voo noturno voltando para Berlim. Eu tenho folga hoje, então vou dormir até tarde.

A ideia de dormir até tarde do meu pai era até as sete horas da manhã. Se ele não saísse do quarto até então, algo estava errado.

— Ok, bem, certifique-se de realmente dormir até tarde. Você trabalha muito, e dá pra ver. Como você vai conseguir um encontro com essa cara?

Ele riu, mas havia tristeza em seu sorriso. Imediatamente me senti culpada por falar sobre namoro. Desde que minha mãe morreu, meu pai se manteve o mais ocupado possível. Ele trabalhava muito e, quando não estava trabalhando, nós dois estávamos nos movendo. Nunca ficávamos em casa nas férias, e ele raramente passava algum tempo livre preso aqui. Sempre íamos para um evento ou outro: jogos de basquete, jantares, acampamentos e shows. Meu pai nunca quis ter muito tempo para pensar. Eu tinha certeza de que havia "namoradas" casuais ao longo dos anos em suas viagens, mas ele nunca considerou ficar com ninguém seriamente.

— Ei, senhor Brandt — K.C. gritou, quando saiu do meu banheiro e se sentou na cadeira ao lado das portas duplas.

Ela veio logo quando cheguei em casa, implorando por detalhes sobre Madoc me convidar para o baile de hoje, mas fui salva pela ligação do papai.

— K.C.? — papai me questionou, já que não podia vê-la.

— Sim — falei, dando outra mordida no meu jantar. Eu ainda usava meus shorts de corrida preto com uma regata branca e jaqueta azul. O cheiro que saía de mim definitivamente repeliria qualquer cara. Eu deveria ir visitar Madoc agora e jogar meus braços ao seu redor, mas nem eu era tão cruel. A fadiga em meus músculos me encheu de alívio, no entanto. Eu não poderia pensar ou me preocupar com nada agora mesmo se quisesse.

— Tatum Brandt. Esse não é o seu jantar. — O choque nos olhos do meu pai me fez revirar os meus.

— É comida. Agora fique quieto — ordenei, divertida. Olhei para ver K.C. sorrir e balançar a cabeça.

— Estarei em casa em dois meses e meio. Acha que pode se manter viva até lá? — papai disse, sarcasticamente.

— As pessoas podem sobreviver apenas com água por semanas. — Tentei ficar séria, mas comecei a rir quando seus olhos se arregalaram.

Conversamos por mais alguns minutos. Contei a ele sobre meus experimentos, mas deixei de fora quão preocupada eu estava ultimamente. Ele ouviu enquanto lhe dava um resumo dos meus próximos compromissos, e me lembrou de preparar todas as minhas inscrições para a faculdade até o Dia de Ação de Graças. Mesmo que eu não pudesse alimentar a ideia de *não* entrar na Columbia, nós dois concordamos que me candidatar a outras universidades era inteligente. Sugeri alguns lugares, e ele mencionou Tulane, onde minha mãe estudou. Concordei em adicionar à lista.

— Então — K.C. provocou, assim que eu desliguei com meu pai. — Madoc, hein? — Eu sabia que ela estava louca para perguntar sobre isso assim que bateu na minha porta. Ela me perfurou com seu olhar, puxando seu longo cabelo castanho-escuro em um rabo de cavalo.

Saí da cama e tirei a jaqueta.

— Ah, não é assim, e você sabe disso. Deveria ter visto como ele me emboscou no refeitório. — Entrei no meu banheiro recém-redecorado.

Vovó tinha feito isso para mim na semana passada. As paredes, outrora brancas, agora ostentavam um cinza profundo tranquilizador. Uma cortina de chuveiro preta se destacava com acessórios combinando em todo o cômodo. Fotos em preto e branco de árvores nuas adornavam a parede oposta ao espelho, e um rádio com um dock para iPod estava no balcão da pia. Meu difusor aromático da Scentsy continha *My Dear Watson*, minha essência favorita.

Aqui era o meu oásis. Por mais bobo que parecesse, o banheiro deveria ser mais reverenciado pelas pessoas. É o único lugar onde a privacidade absoluta é respeitada.

Em geral.

— Você disse "sim"? — K.C. gritou do meu quarto.

— Acho que disse "tudo bem", na verdade. Acredite, não quero ir a lugar nenhum com Madoc. Eu vou me livrar disso.

Mas talvez não. Agora que eu sabia que o pedido dele não foi orquestrado por Jared e que meu vizinho estava chateado com isso, estava considerando um movimento desonesto de realmente ir.

— Você poderia simplesmente ter chutado as bolas dele de novo. — K.C. espiou, da porta do banheiro.

— Talvez sim, talvez não. — Levantei as sobrancelhas, e K.C. deixou pra lá, vindo ficar ao meu lado na pia.

Tirando um dos meus batons do balcão, ela começou a passar e falou, me olhando no espelho:

— Nós podemos sair para comprar vestidos — sugeriu.

— Você vai com Liam então? — perguntei, soltando meu cabelo do rabo de cavalo.

— Ele convidou, mas eu não concordei. — Ela acenou com a mão para o meu olhar questionador. — Ah, eu vou concordar, em algum momento. Só quero que ele sofra um pouco.

— Tem certeza de que não quer apenas se distanciar dele por um tempo? Afinal, ele te traiu.

K.C. era inteligente, e mesmo gostando de Liam, não queria que ela se machucasse de novo. Se ele traiu uma vez, pode fazer de novo.

— Não precisa se preocupar, Tate. Você não está dizendo nada que eu já não tenha dito a mim mesma uma centena de vezes. Ela suspirou e me fixou com uma expressão pensativa. — Eu o amo. E acredito que ele esteja arrependido. Eu confio nele? Claro que não. E ele sabe disso. — Ela voltou para o quarto, e eu me inclinei no batente da porta do banheiro.

Então ela e Jared terminaram. Até onde tinham ido, era o que eu me perguntava.

— E Jared? — Não pude evitar. — Vocês dois... —Deixei no ar, sem saber como perguntar o que eu queria.

Ela me deu um olhar que me deixou com vergonha, mas respondeu:

— Não foi assim. Ele tirou Liam da minha cabeça, só isso.

— Então vocês dois não... — Olhei para o meu piso de madeira escura, me sentindo incrivelmente estranha.

— Não! O que você pensa que eu sou? — Ela estava chocada. Aquilo era um bom sinal.

Exalei, meu corpo de repente se sentindo mais relaxado até que o próximo pensamento me ocorreu.

— Você acha que teria? — Talvez ela e Jared não tivessem praticado a ação, mas só porque ela resistiu. Se *ele* quisesse, seria como se tivessem feito, na minha cabeça.

— Quer saber se ele estava interessado em fazer sexo comigo? — Ela sorriu, tentando descobrir como prosseguir e brincar comigo. — Talveeez. Por que você se importa?

— Não me importo. Claro que não. — Olhei ao redor da sala, em qualquer lugar, menos para ela. Por que eu me importaria?

— Então você estava a fim do Ben, agora está a fim do Madoc e secretamente a fim do Jared? — Eu poderia dizer, por seus lábios franzidos, que ela estava tentando conter o riso.

— Você está me provocando. Pare com isso — avisei, brincando, e mudei de assunto. — Tudo bem, compras de vestidos neste fim de semana. De preferência no sábado, após a corrida.

Sorrindo e olhando para mim com o canto do olho, ela caminhou até a porta e pegou sua jaqueta da minha cama.

— Vejo você mais tarde, gostosa.

Peguei meu tênis de corrida do chão e o joguei na porta conforme ela saía. Ela gritou, descendo as escadas e rindo.

— Acho que você deveria saber... — uma voz feminina cortante surgiu ao meu lado no dia seguinte no meu armário. Eu me virei para ver Piper, cujo sobrenome eu ainda não tinha descoberto, me dando um olhar de desprezo logo antes de fechar a minha porta, errando meu nariz por centímetros. — ...que Jared não está interessado em você. Dê o fora. — Seu aviso veio com uma sobrancelha levantada e um biquinho de pato que me fazia rir.

Sério? Ela estava facilitando tudo.

— Então você é naturalmente insegura ou apenas com Jared? — perguntei, inocente, gostando um pouco demais de um oponente mais fraco.

— Não sou insegura. Eu apenas protejo o que é meu. — Podia ver dentro do seu nariz de tão empinado que ela o manteve. Ela enfiou as mãos nos bolsos traseiros de sua calça jeans, empurrando os seios grandes ainda mais no meu rosto.

Observando sua aparência, me senti insegura. Ela estava sexy, em um jeans justo e blusa vermelha. Minha aparência gritava boa menina em meu jeans apertado, mas não muito apertado, e blusa de ombro a ombro preta. Ela usava elegantes pulseiras de prata e sandálias de salto alto. *Sério? Sandálias em outubro?* Meus pulsos estavam cobertos de pulseiras de borracha.

Eu não mudaria por nenhum cara, mas podia ver por que eles achavam garotas como ela atraentes. Minha pele queimava ao pensar que ela tinha dormido com Jared. Ele esteve em seu corpo, dentro dela.

Minha cabeça começou a doer. Lutei contra a vontade de ceder à minha raiva e ao ciúme quando realmente só queria arrancar o cabelo dela.

Peguei a bolsa do chão e enfiei os livros de Física e Francês dentro. Optei por almoçar na biblioteca hoje, pois queria evitar Madoc e deixar K.C. passar algum tempo com Liam.

Quando eu não disse nada, ela continuou:

— Toda vez que viro as costas, você está fazendo um showzinho, chamando a atenção dele.

— Ele é seu? — perguntei calmamente, me lembrando de Jared e meus dois quase três beijos. — Ele sabe disso?

Sua expressão vacilou, mas ela rapidamente se recuperou.

— Jared é um *bad boy*. Esse é o jeito dele, e eu posso lidar com isso. Mas, se você vier atrás, terá que lidar comigo.

— Esse é o jeito dele, hein? — Pela primeira vez, não senti nenhum nervosismo. Meu poder de fogo combinava com o dela, e eu queria ver isso. — Qual é a cor favorita dele? Qual é o nome da mãe dele? Comida favorita? Quando é o aniversário dele? Por que ele odeia o cheiro de água sanitária? Qual banda ele poderia ouvir todos os dias pelo resto de sua vida?

Piper estreitou os olhos para mim. Claramente, ela estava perdida. Além disso, estava irritada, porque eu estava insinuando que tinha as respostas para essas perguntas enquanto ela não tinha. E era verdade.

Levantei minha mão antes que ela respondesse.

— Descanse, gatinha. Não estou atrás dele. Mas nunca mais me ameace, ou eu vou fazer um grande showzinho. Entendeu? — Sem esperar pelo seu retorno, girei minha sapatilha vermelha e fui em direção à biblioteca.

— Eu sei aonde ele vai nos fins de semana — gritou atrás de mim. — Você sabe?

Eu me virei, os cabelos do meu pescoço se arrepiando com interesse. Piper parecia satisfeita com minha expressão confusa e me deu um sorriso presunçoso antes de se virar e ir embora.

Isso mesmo. Ele ficava fora na maioria dos fins de semana. Mas onde?

Até onde eu sabia, ele passava a maior parte das noites de sexta-feira na Fazenda Benson, mas o resto do fim de semana era um mistério. Geralmente havia uma festa em sua casa nas noites de sexta ou sábado, então não é como se ele desaparecesse os três dias. Mas ela estava certa. Eu não tinha ideia de onde ele estava durante o período. Eu assumi que era no trabalho.

Droga, Piper!

Durante o resto do dia na escola, eu era apenas um fantasma nas aulas, minha mente constantemente preocupada com ideias sobre o paradeiro de Jared nos fins de semana, suas cicatrizes e aquele verão três anos atrás.

Seu olhar constante para mim durante a aula de Cinema e Literatura foi minha única distração enquanto eu tentava formar uma lista mental do que sabia e do que não sabia. E o que eu realmente sabia sobre Jared não era muito.

Uma ideia surgiu na minha cabeça, enviando um calor emocionante pelo meu peito. Era terça-feira, e eu tinha que ir ao laboratório depois da escola hoje. Mas, em uma tarde desta semana, eu precisava fazer um pequeno trabalho de reconhecimento. Felizmente, ele ainda mantinha a janela destrancada.

CAPÍTULO 29

— Vamos para Chicago em uma loja de roupas neste fim de semana? Já estamos atrasadas. As opções provavelmente serão uma droga agora — K.C. apontou, enquanto eu a levava para casa da escola na sexta à tarde. Ela viria para as corridas hoje à noite e, embora Madoc tivesse me convidado para ser sua "copilota", eu tinha outros planos.

— Tenho aquela corrida amanhã de manhã, mas é local. Você pode vir? Podemos tomar um café da manhã depois e seguir para a cidade. — Passando para a segunda marcha e diminuindo a velocidade, virei a esquina para a casa dela e notei o carro de Liam estacionado na frente de sua casa colonial de tijolos vermelhos e dois andares.

— Sim, é uma boa. Me manda o horário mais tarde, e eu estarei lá. E você vai comprar um vestido vermelho, Tate. — Apontou sua unha azul-elétrica para mim e sorriu. Essa era uma briga antiga. Ela achava que as loiras arrasavam de vermelho, mas eu achava que ficava melhor de preto.

— Ah, é? — desafiei.

— Você vai ver — cantarolou, como se ela já tivesse ganhado nossa discussão iminente.

Mudando para o ponto morto e puxando o freio, abaixei o volume de *Five Finger Death Punch* no rádio e perguntei:

— Sabia que Liam estaria aqui?

Ela olhou em frente, para janela do Camaro dele.

— Sim. Ele foi convidado para jantar esta noite antes de irmos para a corrida. Meus pais realmente não sabem o que aconteceu entre nós. Só que tivemos uma discussão e nos separamos por um tempo. Se eles soubessem...

— Sim — eu a cortei. Eu só podia imaginar a reação do sargento Carter.

— Tudo bem. — Ela abriu a porta e saiu. — Me mande uma mensagem mais tarde, ok?

— Claro. Te vejo mais tarde — gritei, quando ela bateu a porta do Bronco do meu pai.

A volta para casa levou menos de dois minutos. Mais algumas voltas, e eu estava entrando na minha própria garagem. Notei que o carro de Jared estava estacionado dentro da sua, antes de perceber ele e dois outros caras amontoados por baixo do capô.

Ignorando o formigamento que começou na minha barriga e foi descendo, entrei na casa com um suspiro pesado.

Passei o resto da noite presa em qualquer atividade banal que eu pudesse pensar, esperando para ouvir o ronco do motor de Jared partir para a Fazenda Benson. Eu já tinha varrido e aspirado, lavado a roupa e jantado. Estava prestes a desfragmentar meu disco rígido quando as vibrações do Mustang Boss me fizeram pular.

Finalmente!

Meus pés descalços queimaram no tapete quando voei escada acima. Olhei pelas minhas portas francesas para ver o carro dele saindo da garagem. A máquina preta correu pela rua, e meu coração começou a bater com o que eu estava prestes a fazer.

A casa dele estava escura, então presumi que sua mãe já estava na casa do namorado para passar o fim de semana.

Saí pelas portas e atravessei a árvore, usando meus pés descalços para agarrar os galhos. Estremeci com o *déjà vu* me inundando. Fazia muito tempo desde que eu tinha feito essa viagem.

Meu peso corporal aumentou nos últimos três anos. Galhos estalaram, e corri para sua janela, já que não havia mais densidade nas folhas. A maioria deles já havia caído para o próximo inverno, e eu tinha certeza de que seria vista da rua se demorasse muito.

Agarrando o peitoril da janela com meus dedos, minhas unhas lascaram a tinta branca, meus músculos se esforçando para abrir a janela.

Sim! Está destrancada.

Passando-me sobre a borda, girei uma perna e rastejei pela janela. Levantando-me, deixei meus olhos se ajustarem à escuridão do quarto. Minha pulsação batia tão forte em meus ouvidos que pensei que eles iriam sangrar, e estava tremendo de nervosismo. Deixei a janela aberta para o caso de precisar de uma fuga rápida.

Dando uma olhada no cômodo, notei que ele mudou a mobília desde a última vez que estive aqui. O quarto parecia limpo, mas bagunçado. As roupas estavam espalhadas pelo chão e na cama. A parte superior de sua cômoda tinha pelo menos cinco centímetros de lixo aleatório, dinheiro e recibos. As paredes ainda estavam pintadas de um azul meia-noite, no entanto.

Quando era mais novo, sua mãe tinha decorado o quarto com um tema náutico. Pelo jeito, ele havia jogado fora toda a decoração de barco e farol. Agora, as paredes ostentavam alguns cartazes de bandas e panfletos para eventos que estavam por vir na área.

Comecei a andar na ponta dos pés, mas parei. *Por que estou em silêncio? Ninguém está em casa.* Talvez eu estivesse me sentindo culpada. O anjinho na minha cabeça sussurrou sua desaprovação pela desonestidade da minha espionagem. Mas o diabinho gritou para eu me apressar.

Continue!

Fui até o armário dele e abri as portas de madeira. Qualquer coisa de interessante provavelmente estaria escondida aqui. Eu ainda não tinha certeza do que estava procurando, mas, neste momento, meu interesse era em qualquer coisa que me desse uma visão de sua vida agora.

Fechei os olhos com a súbita onda do seu perfume. Vento, chuva e homem. Rapidamente corri os dedos sobre as mangas de sua camisa e moletons antes de me abaixar para procurar qualquer coisa importante no chão.

Sapatos amontoados no fundo e duas caixas de sapatos cheias de fotos. Enquanto vasculhava as caixas, encontrando fotos de Jared quando criança, percebi que nenhuma foto minha estava entre elas. *Isso não está certo.* Jared e eu fomos grudados por quatro anos antes de nossa briga, e havia fotos. Muitas. Eu ainda tinha algumas. Ele havia se livrado delas?

Colocando tudo de volta do jeito que encontrei, fechei o armário com mais força do que o necessário e me virei. A cômoda de Jared estava do outro lado, então me aproximei e comecei a vasculhar os recibos do posto de gasolina amassados em cima. Percebi que vários eram de Crest Hill, a cerca de uma hora do nosso subúrbio de Chicago. *Crest Hill?* O que ele estaria fazendo lá?

Uma busca nas gavetas não revelou nada, então caminhei até sua cama e me ajoelhei para espiar embaixo.

Bingo! Tirei uma caixa baixa sem tampa cheia de pastas de arquivo e papéis. Colocando em meus braços, levei ao meu colo, me sentando em sua cama.

Sua cama.

Antigamente, não era nada estranho estar no quarto de Jared, mas agora era como estar dentro de um parque temático depois do expediente: errado, mas fascinante.

Dentro da caixa, peguei várias coisas, cada uma mais intrigante que a outra. Havia um documento do avô de Jared. Ele deixou uma casa para ele no lago em Wisconsin, que parecia um pedaço de merda pelas fotos. Mas a terra era linda. Vários outros recibos revelaram meses de viagens a Crest Hill durante o ano passado. Uma ordem judicial para Jared comparecer no tribunal municipal por agressão foi datada pouco depois de eu ter ido para a França. Mais recibos de refeições e quartos de hotel foram jogados ao acaso na caixa, e enquanto eu cavava mais fundo, minha mão agarrou uma pasta grossa e lisa no fundo da caixa.

Mas eu soltei e parei de respirar quando ouvi uma porta se abrir no corredor.

Ah, merda!

Enfiei a caixa de papéis de volta embaixo da cama e pulei para um pequeno esconderijo entre o armário e a cama de Jared. Não conseguia ouvir nada agora com o meu batimento cardíaco explodindo nos ouvidos, mas saí de vista em tempo suficiente. Jared entrou no quarto usando uma toalha na cintura e secando o cabelo com outra.

Por que ele está em casa?! Eu vi o carro sair e não o ouvi voltar. O que estava acontecendo?

Ele acendeu um abajur de mesa, que criou um brilho suave no quarto, e continuou secando o cabelo. Seu corpo longo se moveu para a janela, onde ele colocou a mão contra a moldura e olhou para fora. Eu o observei, me perguntando o que diabos eu ia fazer. A qualquer minuto, ele se viraria e eu seria descoberta.

Sua toalha estava enrolada na cintura e o cobria até os joelhos. Meu estômago parecia estar em uma montanha-russa, e minha boca ficou tão seca quanto o deserto de Mojave. A luz suave que cobria sua pele parecia fazer as gotas esporádicas de água em seu peito brilharem. Tive que piscar para afastar o desejo de apenas sentar aqui e esperar que ele largasse a toalha.

Não havia nenhuma maneira de eu sair daqui sem que ele percebesse. Era deixá-lo me pegar e ser encurralada ou inventar alguma história. Antes que ele se virasse, eu me levantei do canto e respirei fundo e dolorosamente.

— Jared. — Minha voz estava baixa.

Sua cabeça virou, e seu olhar se estreitou em mim.

— Tate? — Ele parou por um momento. — O que diabos você está fazendo no meu quarto?

Minhas mãos estavam tremendo, então eu as prendi atrás das costas, me aproximando dele.

— Bem, pensei sobre o que você disse sobre tentarmos ser amigos, e queria começar te desejando um feliz aniversário.

Boa, Tate. Muito bom.

Seus olhos se moveram para a direita quando ele ouviu o que eu disse, e eu sabia que ele não acreditava em mim. Eu também não acreditaria. Era uma desculpa esfarrapada.

— Então você invadiu meu quarto para me dizer "feliz aniversário" uma semana depois da data? — Seu sarcasmo não poderia faltar. Eu estava me afogando e lutando por ar.

Merda.

— Eu escalei a árvore, assim como costumávamos fazer — apontei, mas meu rosto estava em chamas. Só podia imaginar quão vermelho estava.

— E seu aniversário é amanhã. Posso subir até o seu quarto? — ele perguntou, condescendente. — O que você realmente está fazendo aqui? — Eu me mantive firme enquanto ele se aproximava, seus olhos severos perfurando um buraco em mim.

Merda, merda, merda.

— Eu... hum... — Tive dificuldade com as palavras, mas sustentei seu olhar. *O que o faria calar a boca?*

Seu cabelo recém-lavado estava todo em pé, e o desafio em seus olhos o fez parecer incrivelmente sexy. Eu estava em seu quarto. Ele estava seminu. E me fazia perguntas que eu não podia responder. Eu precisava usar as duas coisas que eu tinha e que iriam derrubá-lo: o elemento surpresa e... meu corpo.

— Eu tenho algo para você, na verdade. Considere isso seu presente para mim também.

Ele me observou com cautela quando me inclinei e o beijei. O formigamento começou com o toque de seus lábios macios e se espalhou pelas minhas bochechas. Eu me pressionei nele e, quando senti sua boca se mover com a minha, passei meus braços ao redor de seu pescoço. Meus lábios se separaram, e o provoquei com minha língua, enviando-a para lamber seu lábio superior. Quando peguei o seu inferior entre meus dentes, ele me segurou em seus braços também.

Pela primeira vez, estávamos indo devagar. As outras vezes que nos beijamos, foi mais como um ataque. Mas agora, cada toque era como acender um fogo.

Ele me segurou contra si, seus braços fortes em volta das minhas costas, e nossos lábios consumidos em beijos famintos. A necessidade de sair de seu quarto sem que ele descobrisse por que eu estava realmente aqui foi esquecida. Tudo o que eu via e sentia era Jared agora. Seu cheiro era incrivelmente bom, e eu ansiava para ver se ele cheirava tão bem assim em todos os lugares. Agarrei-o a mim, enterrando a cabeça em seu pescoço, beijando e mordendo.

— Jesus, Tate — Jared ofegou.

A fogueira que surgiu na minha barriga se moveu para o meu interior. Minhas mãos deslizaram por suas costas, registrando as entradas em sua pele de suas cicatrizes, e deslizei a mão dentro da sua toalha. Meus dedos formigaram ao sentir sua pele lisa, e meu estômago doeu de fome. Arrastei beijos de sua orelha até sua clavícula, minha língua saindo de vez em quando para prová-lo.

Ele respirou fundo entre os dentes e me apertou, enquanto eu gentilmente esfregava os quadris contra os seus.

Mais.

Seus braços ainda me envolviam, mas minhas mãos corriam por suas costas e até tanquinho rígido. Eu não me cansaria dele e não me importava mais por que estava aqui. Precisava dele além do que era sensato.

— Não vou parar — sussurrei em seu ouvido e, em seguida, reivindiquei sua boca novamente.

Ele tomou isso como sua deixa e me levantou do chão. Envolvi as pernas ao redor de sua cintura e ele me carregou para a cama. Abaixando-nos, eu o puxei comigo.

Eu deveria parar. Em apenas mais um minuto eu pararia.

Ele levantou minha regata até debaixo do sutiã, e seus dedos roçaram minha pele, enquanto olhava para mim.

— Você é tão bonita. — Um canto de sua boca se curvou com um pequeno sorriso pensativo. Meu coração bateu mais rápido quando seus lábios mergulharam sobre o meu estômago.

Soltei um gemido e me arqueei para ele.

— Jared — engasguei.

Sua boca queimou minha pele, da minha caixa torácica até o osso do quadril, e senti um latejar no meu centro. Ele continuou me beijando e desabotoando minha calça jeans. Eu podia sentir através de sua toalha que ele estava pronto.

Eu estava? Queria tanto Jared. Só queria ceder e deixar acontecer.

Engasguei com o toque de sua boca logo acima da minha calcinha. Sua língua deslizou sobre minha pele quando a senti sair. Eu mal registrei, porque sua boca estava em toda a minha barriga e coxas. A pulsação entre minhas pernas começou a doer, e eu precisava de alívio.

— Jared — suspirei, tentando me controlar.

— Não me pare, Tate. Por favor, baby, não me pare.

Fechei os olhos. Eu tentei lutar, não tentei? Não havia problemas em se render agora. Puxei minha camisa sobre a cabeça, e Jared desceu as alças do meu sutiã para liberar meus seios.

Seus lábios logo vieram sobre meu corpo. O rastro molhado de sua boca era como o pavio de dinamite. E a dinamite estava entre minhas coxas.

— Ah! — Meus olhos se abriram, e meu corpo estremeceu quando senti sua língua percorrer o comprimento do meu sexo. — O que você está fazendo? — Ai, meu Deus. Isso foi incrível. Se eu não estivesse tão envergonhada, o agarraria pelos cabelos para mantê-lo ali.

Ele inclinou a cabeça para o lado, descobrindo algo por si próprio.

— Você é virgem — declarou, calmamente.

Sim, acho que deixei isso meio óbvio agora.

Mas antes que eu pudesse me sentir constrangida com a minha falta de experiência, ele beijou minha parte interna das coxas, me fazendo cambalear novamente.

— Você não tem ideia de como isso me deixa feliz. — E moveu sua boca de volta no meu clitóris.

Ai. Meu. Deus. Tudo parecia tão bom. Quase não aguentei. Sua língua lambeu o comprimento da minha entrada, e ele chupou meu clitóris. Cada grama de energia e desejo em meu corpo se acumulou entre minhas pernas, e eu sabia que algo estava se formando dentro de mim. Meus mamilos estavam duros, e Jared massageava um seio de cada vez, trabalhando entre minhas pernas.

— Jesus Cristo, se você pudesse se ver do meu ponto de vista. Linda pra caralho. — Ele respirou contra o meu núcleo.

Rodou sua língua ao meu redor, e senti uma súbita necessidade de prender a respiração. Parecia que me privar de ar aumentaria a urgência lá embaixo. E eu estava certa. Isso me permitiu me concentrar em tudo o que ele estava fazendo. As sensações latejantes me esmagaram por dentro, e eu fiquei incrivelmente molhada.

Jared mergulhou sua língua para dentro, e joguei a cabeça para trás, arqueando para ele ainda mais. Eu gozei, prendendo a respiração, ondas de êxtase esquentando meu corpo e me fazendo gritar por ele. Jared continuou a trabalhar em mim até que os arrepios finais deixaram meu corpo.

— Droga, Tate. — Jared recuou para encontrar meus olhos, sua excitação me cutucando. — Sua beleza não é nada comparada a como você fica quando goza.

— Isso foi... — Eu não conseguia pensar. Meu corpo nunca sentiu nada tão maravilhoso, e eu queria que ele sentisse o mesmo.

Ele veio me encontrar olho no olho e pressionou seus quadris nos meus. Meus músculos ficaram tensos, e eu estava em agonia com suas lentas investidas. Ele estava pronto.

Jared segurou minha bochecha.

— Eu te quis por tanto tempo.

Eu me empurrei para cima e capturei sua boca na minha. Minha mão desceu entre suas pernas e o agarrou, com força. O tamanho de sua língua e o que ela acabou de fazer comigo não era nada comparado à sua ereção. Isso me assustou e me empolgou.

Desfazendo a alça do meu sutiã, ele tirou minha última peça de roupa e trouxe seus lábios para baixo em um dos meus mamilos. Arrepios se espalharam pela minha pele com o prazer saindo dos meus poros, e segurei sua cabeça para mim, saboreando sua boca quente. Ele mudou de um seio para o outro, e envolvi as pernas em volta dele, precisando que estivesse o mais próximo possível. Eu queria mais.

Jared e eu pulamos com o som de batidas na porta do quarto.

— Jared, você já está pronto? — a voz de um homem perguntou.

O quê? Quem era aquele?

— Eu vou matá-lo — Jared rosnou, baixinho. — Vá lá para baixo! — gritou para a porta, mas ficou em cima de mim.

— Já estamos atrasados, cara. O carro já tem gasolina. Vamos lá!

E então a ficha caiu. Eu não tinha visto Jared saindo antes. Um de seus amigos pegou o carro para abastecer, e Jared ficou para trás para se lavar.

— Eu disse para esperar lá embaixo, Sam! — exclamou, apertando a toalha em volta da cintura e se levantando da cama.

— Tudo bem! — Sam deve ter entendido, porque ouvi seus passos desaparecerem.

Peguei minha blusa e me cobri, o zumbido do desejo se desintegrando lentamente.

— Não, não se vista — Jared ordenou. — Eu vou me livrar dele, e vamos terminar isso. — Ele se abaixou para me beijar e o calor correu pelo meu rosto novamente.

— Você vai correr hoje à noite?

— Não mais. — Ele deslizou em alguns jeans por baixo da toalha.

Passei a blusa sobre a cabeça e levantei para vestir minha calcinha e jeans.

— Jared, vá. Está tudo bem. — Meu trabalho de detetive esta noite tomou um rumo inesperado, e seu "beijo de aniversário" se transformou em muito mais do que eu esperava. Eu precisava me reagrupar, embora me sentisse culpada por deixá-lo na mão.

Jared não aceitaria "não" como resposta, no entanto. Ele me levantou do chão novamente e me colocou na beirada de sua cômoda, tomando minha boca na dele. Seu corpo estava posicionado entre minhas pernas, e ele me puxou para si com um beijo lento e profundo.

— Corridas não são importantes, Tate — disse, contra meus lábios. — Não há nenhum outro lugar que eu queira estar além do que com você.

Acho que meu coração errou a batida, e um nó se formou na minha garganta. Eu me sentia exatamente da mesma maneira.

Mas precisava esfriar. As coisas se moveram muito rápido, e eu ainda não confiava nele.

— Me leve com você então — sugeri. Eu adorava a emoção das corridas, e poderíamos estar juntos em um ambiente público, o que com certeza nos impediria de bater um no outro. A única desvantagem era que eu não seria capaz de vasculhar seu quarto se estivesse com ele, mas não me sentia mais tão bem com isso.

— Te levar comigo? — Ele olhou para mim com ceticismo, mas depois ficou pensativo. — Tudo bem, vá pegar algo mais quente, e vou te buscar quando estivermos prontos. — Ele se moveu em direção à porta, mas parou. — E, depois da corrida, voltaremos aqui e terminaremos isso. — Sua promessa me fez sorrir, apesar do que sentia.

Pulei da cômoda depois que ele saiu, decidindo que seria mais fácil subir de volta pela árvore do que enfrentar a vergonha de caminhar na frente de seu amigo, mas parei quando notei algo no chão. Abaixei-me para pegar uma fotografia perto da cama, e meu coração acelerou quando percebi que devia tê-la deixado cair quando revirei aquela caixa.

Merda!

Quando dei uma rápida olhada, a bile subiu na minha garganta. A foto era do torso de um menino ou de um jovem, mas a pele estava ensanguentada e machucada. Marcas azuis e roxas cobriam o peito e as costelas, os cortes se espalhavam por toda a área do estômago ao pescoço.

Ai, meu Deus.

Alguém não apenas machucou esse garoto. Eles tentaram matá-lo.

INTIMIDAÇÃO

CAPÍTULO TRINTA

A fazenda estava lotada. Pelos olhares de todos empolgados limpando a estrada para o carro de Jared, chegamos bem a tempo de sua corrida. As pessoas saíram da pista lentamente, olhando para nós com curiosidade. A maioria delas provavelmente pensou que ele me odiasse, então deveriam estar bem confusos. Eu não me importava.

O carro vibrou sob mim, e bati os pés no chão com uma energia incontrolável e um pouco de nervosismo residual.

Enfiei a foto que encontrei no quarto de Jared no bolso da frente do moletom. Não queria correr o risco de ele me pegar tentando colocá-la de volta na caixa debaixo da cama. Não tinha certeza se era Jared na foto, mas imaginei que fosse. Por que mais ele teria isso? A menos... a menos que ele tenha feito aquilo com uma criança.

Meus dentes se apertaram. Não gostei nem um pouco desse pensamento.

— Ei! — Pessoas, a maioria mulheres, gritaram para o carro. Respirei fundo e nem tentei esconder minha irritação. Felizmente, ele não os cumprimentou de volta, e meus ombros relaxaram. Seu rosto estava petrificado, *Sick*, de Adelitas Way, soando nos alto-falantes.

Quando Jared parou ao lado de um Camaro dos anos 80 que não reconheci, soltei meu cinto de segurança para sair do carro, mas ele agarrou minha mão.

— Ei — falou, baixinho, e me virei para olhar para ele. — Gosto de manter a cabeça no jogo aqui. Se eu não for muito amigável, não tem nada a ver com você, ok?

Tradução: *Eu não gosto dessa coisa de namorada, especialmente em público*. Não que Jared e eu estivéssemos juntos, mas eu sabia o que ele estava tentando dizer.

Dei de ombros.

— Você não precisa segurar minha mão. — E saí do carro.

Incomodava-me que Jared mantivesse uma imagem, ou talvez ele simplesmente não se sentisse confortável em torno das pessoas, mas de jeito nenhum eu ficaria em um canto, me sentindo deslocada, a noite toda.

Caminhando para a frente da multidão, peguei sussurros e olhares de soslaio dirigidos a mim. "O que Jared está fazendo com ela?" e "Talvez ela vá correr" foram algumas das coisas que ouvi. Assisti Jared sair do carro, seus olhos em mim, e caminhar até a frente para encontrar Zack e o outro motorista.

— Tate, como vai? — Ben se aproximou de mim. Soltei um suspiro. Mesmo que eu não visse ninguém que realmente conhecesse aqui esta noite, ainda não queria conversar com ele. Não tinha certeza do que Jared e eu éramos, mas estava interessada em descobrir.

— Ei, Ben.

— Você veio com Jared? — perguntou.

— Sim — cortei, sem encontrar seus olhos.

— E você vai ao Baile de Boas-vindas com Madoc? — Mesmo que eu não estivesse olhando para ele, podia ouvir o sorriso.

Que idiota.

— E eu poderia ir ao Baile de Formatura com Channing Tatum. Esse é o tipo de garota que eu sou. Não ouviu os boatos? — Encontrei seus olhos, desafiando-o corajosamente.

Seus ombros se curvaram e ele soltou uma risada nervosa.

— Tudo bem, se você diz. Mas eu optaria por não levar Channing Tatum ao baile. Por causa dos nomes. "Channing Tatum acompanhando Tatum Brandt?" Não funciona.

Levei um minuto para entender, mas seu tom brincalhão selou o acordo. Ele estava brincando. Não estava tentando se desculpar, e eu não estava tentando evitá-lo. Apenas curtimos a brincadeira amigável, e me senti um pouco mais confortável por poder lidar com isso. Ele não estava pressionando por informações sobre meu status de namoro — o que era questionável — e senti que ele não estava mais atrás de mim.

Sorrindo para sua piada e o encarando como se ele tivesse acabado de colocar lápis no nariz, eu sabia que a tensão finalmente tinha ido embora. Podemos nunca ser amigos, mas estávamos de volta ao início do ano e à simplicidade.

Até que vi Jared cuspindo fogo em nós. Zack estava falando com os dois pilotos, mas os olhos frios dele estavam fixos em Ben e em mim. Seu olhar se estreitou, e eu poderia dizer pelo jeito que puxou o ar que estava chateado.

Tanto faz. Revirei os olhos.

— Esvaziem a pista! — Zack gritou, e todos nós fomos para o lado da estrada, levantando poeira em nosso rastro.

Jared subiu em seu carro sem me dar outro olhar e acelerou o motor, o grave vibrando sob meus pés. Eu me encolhi quando as meninas começaram a gritar animadamente. Parecia que alguém tinha enfiado um palito no meu ouvido.

Mas não foi nada perto da sensação de aperto no meu estômago quando Piper entrou na pista para mandar os pilotos embora. Ela passeou na frente do carro de Jared vestindo uma saia azul colegial e blusinha frente única preta.

Eu gemi baixinho.

Seus olhos brilhantes se concentraram em Jared. Eu não podia ver seu rosto de onde estava, mas sabia que ela estava olhando para ele. Ela se balançou para frente e para trás, cutucando o próprio peito, ou talvez fosse assim que parecia. Nos faróis dos carros, tenho certeza de que ela era uma visão e tanto. Os homens na plateia assobiaram e vaiaram, e corri os dedos pelo cabelo para tirá-lo do pescoço quente.

Meus dedos se fecharam em punhos quando a vi se aproximar do lado do motorista. Ele abriu a janela e ela se inclinou, lhe dando uma visão perfeita de seus seios e ao outro motorista uma de sua bunda. Meus olhos queimaram com fogo, quase saltando da minha cabeça.

— Com licença — murmurei para Ben, antes de entrar na pista.

Contornando o carro de Jared, fui até Piper e a agarrei pelos cabelos. Eu a forcei a sair de perto da janela e a empurrei na minha frente.

Extremo demais, disse a mim mesma. Mas eu não estava pensando.

E eu gostava de como era não ter que pensar.

— Mas que droga é essa? — gritou, e se virou para olhar para mim.

— Tate — Jared chamou, mas eu o ignorei.

A multidão estava agitada ao fundo, e seus gritos pedindo por uma briga fizeram meu coração disparar. Eu mal podia ouvir mais alguma coisa com seu barulho ininteligível enchendo o ar.

— Sua vaca! — rosnou. — Qual é a porra do seu problema? — Mas ela não esperou pela minha resposta. Em vez disso, disparou para mim em seu salto alto, e eu quase ri. Quando ela pisou para perto de mim, chutei sua canela, e ela caiu no chão.

Com ela caída de bunda, bati palmas vezes na sua cara e gritei:

— Ei! Agora que tenho sua atenção, só quero que saiba que ele não está interessado em você — joguei suas palavras de volta, como uma torta na cara.

Respirando fundo, olhei para Jared, que tinha saído do carro e olhava para mim com uma mistura de choque e diversão.

— Eu não sou papel de parede — esclareci, andando até ele.

Puxando o amuleto que eu tinha feito para minha mãe do bolso do meu moletom, coloquei o colar em sua palma.

— Não se esconda de mim, e não me peça para me esconder — eu disse, para apenas ele ouvir.

Ele acenou com a cabeça e inclinou meu queixo para cima, passando o polegar ao longo do meu maxilar. Me afoguei nele, que acariciou meus lábios com um beijo leve. Imediatamente senti alívio. Mais provocações e assobios vieram da multidão, mas eu só me importava com o calor de seu corpo perto do meu.

— Hm-hm! — O cara no carro ao lado pigarreou em voz alta. — Jared, se estiver tudo bem para você, eu gostaria de terminar isso esta noite.

Assenti com a cabeça e suspirei, feliz.

— Boa sorte — desejei a Jared, me afastando e caminhando para a multidão.

— Você está cansada? — Jared perguntou, enquanto nos dirigíamos para casa, e eu neguei.

Ele venceu a corrida, é claro, e sem um arranhão em nenhum dos carros. Houve outra fogueira depois, mas Jared nem tinha considerado isso ou me perguntou se eu queria ir. Não me importei, porém, e um formigamento vertiginoso se espalhou pelo meu corpo quando pensei que ele provavelmente só queria chegar em casa para terminar o que começamos antes.

Parte de mim estava com medo. Quase fizemos sexo mais cedo, e se Sam não tivesse nos interrompido, provavelmente teríamos. Eu queria estar com Jared? Só tive que pensar sobre isso por um segundo antes de saber que a resposta era sim. Mas ele estava pronto para ficar comigo?

Eu não tinha tanta certeza.

Ainda odiava as lembranças que ele me deixou nos últimos anos, e não tinha certeza se o havia perdoado. Sabia com certeza que ele não iria me machucar novamente? Ele me merecia?

Não. Ainda não. Sem dúvida, ele ainda não tinha conquistado minha confiança.

— Jared? — quebrei o silêncio. — Aonde você vai nos fins de semana?

Seus dedos apertaram o volante, e ele não me olhou.

— Apenas fora da cidade — murmurou.

— Mas onde? — pressionei. Se ele se importava comigo, então era hora de esclarecer tudo.

Suas sobrancelhas franziram com aborrecimento.

— Isso importa? — Ele virou na nossa rua e pisou no acelerador com mais força do que precisava. Minha cabeça quase bateu no teto com o quão rude ele dirigiu pelo declive que levava à sua garagem.

Firmando-me, agarrei a maçaneta acima da janela.

— Por que Piper pode saber e eu não?

— Porra, Tate. — Ele tirou o cinto de segurança e pulou para fora do carro. — Não quero falar sobre isso. — O desespero em seu tom era mais raivoso e mais alto.

Saí do carro atrás dele.

— Você não quer falar sobre nada! O que acha que vai acontecer?

Ele ficou do seu lado do carro, muito distante, e olhou para mim como se eu fosse o inimigo. Vi uma parede se erguer por trás de seus olhos. A parede que dizia que terminamos.

— O que eu faço com meu tempo livre é problema meu. Você confiando em mim ou não.

Argh!

— Confiar? — cuspi. — Você perdeu a minha confiança há muito tempo. Mas se tentar confiar em mim, talvez possamos ser amigos novamente. — *Ou mais*, eu esperava.

Ele me encarou com desdém.

— Acho que passamos do ponto da amizade, Tate, mas se você quiser jogar esse jogo, tudo bem. Podemos fazer uma festa do pijama, mas haverá sexo envolvido. — Suas palavras amargas me cortaram, e eu prendi a respiração.

Eu não era nada para ele? Minha visão ficou turva com as lágrimas se acumulando em meus olhos.

Ele deve ter visto a dor no meu rosto, porque sua expressão dura vacilou e seus olhos se abaixaram.

— Tate... — Ele começou a caminhar em minha direção, sua voz mais suave, mas eu peguei a foto que tinha enfiado no bolso e apertei contra seu peito. Passei ao redor dele e corri para casa. Mal consegui entrar antes de desmoronar.

Já deu.

Deslizei contra a porta depois de trancá-la e chorei com sua crueldade e minha estupidez. Eu realmente estava pronta para dar a ele minha virgindade algumas horas atrás? Bati a cabeça uma vez de leve contra a porta, mas isso não ajudou a apagar o golpe no meu orgulho.

Jared não me merecia, mas, com pouco esforço, ele quase me ganhou.

Já deu.

CAPÍTULO TRINTA E UM

— Adoro aniversários. É o único momento que me permito comer bolo — K.C. murmurou, com a boca cheia do bolo de sorvete Mint Chocolate Chip que ela comprou para mim.

— Eu não posso viver assim. — Meu garfo cavou na doçura gelada. — Eu enlouqueceria contando calorias.

— *Você* não precisa contar calorias, Tate. Talvez se eu começasse a correr... — ela deixou no ar, como se não pudesse terminar o pensamento. K.C. gostava de aulas de ginástica, mas odiava a ideia de se motivar no tempo que tinha para si.

Ela me levou ao Mario's para o meu jantar de aniversário e acabou de pedir ao garçom que trouxesse o bolo surpresa. O som distante do *Mambo Italiano*, de Rosemary Clooney, tocou nos alto-falantes, e meu nervosismo finalmente relaxou.

Fiquei no limite durante todo o dia depois da briga com Jared na noite passada. Ele saiu da garagem depois que corri para minha casa e, pelo que eu sabia, não tinha estado em casa o dia todo. Era fim de semana. Acho que ele estava fora fazendo o que quer que ele fazia.

Ideias surgiram na minha cabeça o dia todo. Talvez ele vendesse drogas em Chicago? Trabalhava para uma família criminosa? Ou se voluntariava em um asilo para idosos? Mas cada pensamento estúpido me deixava mais louca do que o último.

— Tate? — K.C. parou de mastigar e olhou para mim. — Você vai me contar sobre a noite passada?

Senti como se as batidas no meu peito tivessem transformado o meu corpo. Ela estava falando sobre eu invadir o quarto dele? O quase sexo? Mas como ela saberia disso?

— Noite passada?

— A corrida. Ouvi dizer que você apareceu com Jared e... reivindicou sua posição, por assim dizer. — Seu largo sorriso despertou o meu.

— Ah, sim — respondi, hesitante. Depois da briga com Jared, eu estava mais confusa do que nunca sobre onde estávamos. Não poderia explicar a ela se eu mesma não entendia.

— E aí? — Ela girou o dedo em um círculo para me fazer falar.

— Não há muito a dizer, K.C. Jared e eu demos uma trégua, eu acho. Fora isso, não tenho certeza do que está acontecendo. — Enfiei mais bolo na boca.

— Você se importa com ele? Como mais que um amigo? — Seu garfo parou no ar, e ela me encarou com expectativa.

Eu me importava com Jared. Muito. Mas que bem isso me fez?

— Sim — suspirei. — Mas ele não se importa comigo, K.C. Apenas deixe isso pra lá.

Ela me deu um sorriso triste e fez o que os boas amigas fazem — me deu uma segunda fatia de bolo.

Depois do Mario's, ela me levou para casa em vez de ir ao cinema como planejamos. Eu estava mais interessada em me atualizar nos episódios perdidos de *Sons of Anarchy* do que ver a comédia romântica que ela queria.

— O que é aquilo?! — ela exclamou, olhando além do para-brisa dianteiro.

Segui seu olhar e respirei fundo ao ver meu quintal cheio de vizinhos. Eles estavam de olho em um espetáculo extremamente brilhante na minha casa.

O quê?

Minha pulsação começou a acelerar. Minha casa estava pegando fogo?

Rapidamente saí do carro e corri pelo meu jardim da frente. Engoli em seco com o que vi.

A árvore entre a casa de Jared e a minha estava iluminada com luzes. Centenas. De. Luzes.

Ai, meu Deus. Quem fez isto?!

Eu não conseguia controlar o sorriso que se espalhou pelo meu rosto. A árvore estava decorada com uma variedade de iluminações. Luzes brancas, pequenas e grandes lâmpadas, bem como lanternas de diferentes estilos e tamanhos adornavam a árvore. A magia inspiradora do mundo dentro daqueles galhos era intensa demais para colocar em palavras. Eu tinha certeza de que nunca mais iria gostar de olhar para esta árvore sem elas.

Jared.

Meus lábios começaram a tremer. Ao me aproximar, entendi por que tantas pessoas estavam do lado de fora agora. A visão era linda.

Passei muito tempo escalando esta árvore, lendo nela e conversando com Jared até as estrelas desaparecerem com a luz da manhã.

Ele tinha feito isso por mim. Eu não sabia quem mais poderia ter sido. Este era o nosso lugar especial — um de muitos — e ele o iluminou com magia e admiração.

O tremor no meu peito ficou mais forte, e algumas lágrimas caíram em cascata pelo meu rosto, enquanto eu silenciosamente observava o espetáculo.

— Sabe do que se trata? — K.C. perguntou ao meu lado.

— Eu tenho uma ideia. — Minha voz estava rouca por causa do nó na garganta.

Percebendo algo grudado no tronco da árvore, me afastei dos meus vizinhos dispersos e rasguei a folha de papel de seu grampo.

> *O ontem dura para sempre.*
> *O amanhã nunca chega.*
> *Até você.*

Sem fôlego, olhei para a casa de Jared, mas estava escura como breu. Onde ele estava?

— Por que a luz do seu quarto está acesa? — K.C. disparou, e meus olhos voaram para o segundo andar da minha casa, onde, de fato, minha luz estava brilhando. Nunca deixava nenhuma luz acesa quando saía de casa, exceto a da varanda.

— Eu devo ter me esquecido de desligar — murmurei distraidamente, correndo para a casa. — Vejo você mais tarde. Obrigada pelo jantar — chamei atrás de mim, correndo pelas escadas.

— Hm... tudo bem. Feliz aniversário! — K.C. balbuciou, antes que eu batesse a porta. Eu estava sendo definitivamente rude, mas minha cabeça estava em outro lugar agora.

Deixei cair minha jaqueta e a bolsa no chão. Eu podia ver a luz do meu quarto brilhando pela porta aberta, e lentamente subi as escadas. Não estava com medo, mas meu coração batia forte e minhas mãos tremiam.

Quando entrei, Jared estava sentado no corrimão do lado de fora das minhas portas francesas. Ele parecia lindamente desgrenhado, jeans pendurados em seus quadris estreitos e cabelo bagunçado e sexy. Meus braços doíam para segurá-lo.

Eu queria perdoá-lo e esquecer tudo agora, mas meu orgulho me impediu. Felizmente, ele não me deu a chance de tomar uma decisão.

— Era isso que você estava procurando no meu quarto ontem à noite? — Gesticulou para uma pasta grossa de arquivo na minha cama.

Eu devia estar vermelha naquele momento. Durante todo o dia, pensei sobre o comportamento dele e o que estava com tanto medo de me dizer, e tinha esquecido o fato de que o avisei que estava bisbilhotando em seu quarto, empurrando aquela foto para ele na noite passada. Acho que só queria que ele soubesse que eu tinha noção de que algo estava acontecendo.

— Vá em frente — pediu, gentilmente. — Dê uma olhada.

Debatendo por apenas um momento se ele estava falando sério ou não, caminhei até a cama e me abaixei para abrir a pasta. Quase engasguei com meu próprio ar.

Havia fotos, assim como a que encontrei, de um menino — não, risque isso — de Jared machucado e ensanguentado. Examinando a pilha de trinta ou mais fotos, reconheci o rosto do Jared de quatorze anos em algumas delas. Outros eram de partes de seu corpo.

Espalhei as fotos, analisando cuidadosamente cada uma.

As fotos detalhavam diferentes lesões em seu corpo: pernas, braços, mas principalmente seu torso e costas. Em um deles, vi versões mais novas das cicatrizes desbotadas que Jared agora tinha nas costas.

Segurei o punho na boca para abafar um gemido de desgosto.

— Jared, o que é isso? O que aconteceu com você?

Ele olhou para seus pés, e eu poderia dizer que estava procurando por palavras. Jared não gostava que sentissem pena, especialmente pena dele.

Então eu esperei.

— Meu pai... ele fez isso comigo — falou baixo, como se não quisesse admitir para si mesmo. — E com o meu irmão.

Disparei os olhos até os dele. *O quê?! Um irmão?*

Jared, como eu, não tinha irmãos.

— No verão antes do ano de calouro — continuou —, eu estava empolgado para passar meu verão inteiro com você, mas, como se lembra, meu pai ligou do nada e queria me ver. Então eu fui. Não o via há mais de dez anos e queria conhecê-lo.

Assenti e sentei na cama. Minha mente estava se perguntando como um pai poderia fazer isso com o filho — ou com os filhos —, mas queria ouvir sobre tudo, incluindo este irmão.

INTIMIDAÇÃO

— Quando cheguei lá, descobri que meu pai tinha outro filho. Um garoto de outro relacionamento. Seu nome é Jaxon, e ele é apenas cerca de um ano mais novo que eu.

Jared fez uma pausa, parecendo pensativo. Seus olhos se iluminaram quando disse o nome de Jaxon.

Não podia acreditar que ele tinha um irmão. Eu o conhecia tão bem enquanto crescia, e mesmo que ele só tenha descoberto sobre esse irmão secreto aos quatorze anos, ainda parecia errado que eu não soubesse disso a seu respeito.

— Vá em frente — insisti, suavemente.

— Jaxon e eu nos demos muito bem. Mesmo que tenha sido um choque descobrir que eu tinha um irmão por tanto tempo sem saber, estava grato por ter uma família. Tínhamos uma idade próxima, gostávamos carros, e ele queria estar perto de mim o tempo todo. Inferno, eu queria estar perto dele também.

Eu me perguntei se eles ainda se viam, mas decidi calar a boca e fazer perguntas depois.

— A casa do meu pai era um verdadeiro lixo — prosseguiu. — Era suja e nunca tinha comida, mas eu estava gostando do meu irmão. Éramos apenas nós três. As primeiras semanas não foram tão ruins.

Não tão ruim assim?

— Então comecei a notar que algo estava errado. Nosso pai bebia muito. Ele acordava de ressaca, o que não era novidade para mim com minha mãe, mas depois comecei a ver drogas também. *Isso* era novo para mim. Suas festas em casa estavam cheias dessas pessoas horríveis que nos tratavam como se você não devesse falar com crianças. — Os olhos de Jared começaram a se encher de lágrimas não derramadas, e sua voz era apenas um sussurro. Comecei a ficar com medo.

O que diabos tinha acontecido?

Após alguns segundos de pausa, ele soltou um grande suspiro.

— Eu meio que tenho a sensação de que Jaxon pode ter se metido com essas pessoas. Por "se metido", quero dizer espancado.

Se metido? Respirei fundo quando a compreensão surgiu.

Não. Por favor, isso não.

Ele se sentou ao meu lado na cama, ainda sem fazer contato visual.

— Uma noite, cerca de três semanas desde que cheguei lá, ouvi Jax chorando em seu quarto. Entrei, e ele estava curvado sobre a cama, segurando seu estômago. Assim que consegui que ele se virasse, vi os hematomas por todo o abdômen. Meu pai o chutou, mais de uma vez, e ele estava com muita dor.

Fechei os olhos, tentando não imaginar o jovem menino.

Jared continuou:

— Eu não sabia o que fazer. Estava assustado pra caralho. Minha mãe nunca me bateu. Eu não tinha ideia de que as pessoas faziam essas coisas com crianças. Estava triste por ter vindo, mas também feliz, pelo bem de Jax. Se meu pai fez isso com ele enquanto eu estava aqui, não poderia nem imaginar o que fazia quando eu não estava por perto. Jax insistiu que estava bem e que não precisava de um médico. — Os ombros de Jared caíram, e eu podia sentir a tensão rolar de seu corpo, e ele falava devagar e calmamente.

— Meu pai mirou Jax. Ele era o filho bastardo e digno de menos respeito aos olhos dele, aparentemente. Ele não me bateu até bem depois.

— Me conta. — Eu precisava saber. Queria saber de tudo.

— Um dia, não muito depois de eu descobrir como ele realmente tratava Jax, meu pai nos pediu para ir a uma casa e fingir estar vendendo alguma coisa. Ele queria entrar e roubar o lugar.

— O quê? — soltei de repente.

— Pelas coisas que diziam, eu sabia que o dinheiro estava apertado, especialmente com seus hábitos caros. Jax me dizia que era normal, que ele fazia muito isso pelo meu pai. Ele nunca recusou. Meu pai o maltratava por qualquer coisa: queimar o jantar, fazer bagunça... Jax sabia que se negar não adiantaria de nada. Ainda teríamos que fazer o trabalho, só que com hematomas. Mas eu recusei mesmo assim. E meu pai começou a me bater.

Náusea queimou meu estômago. Enquanto eu estava desperdiçando meu verão ressentida com ele por não ligar ou escrever, ele estava sendo agredido.

— Você tentou ligar para sua mãe? — engasguei.

— Uma vez. — Ele assentiu. — Foi antes de o meu pai começar a abusar de mim. Ela estava bêbada, é claro. Não enxergou uma situação ruim, então não foi me buscar. Tentei contar a ela sobre Jax, mas ela disse que não era problema dela. Pensei em simplesmente sair dali, fugir. Mas Jax não queria ir embora, e eu não poderia deixá-lo.

Graças a Deus ela ficou sóbria, caso contrário, eu teria que machucá-la.

— Então eu cedi ao meu pai — Jared admitiu categoricamente, seus olhos esperando pela minha reação. — Ajudei ele e Jax a fazer trabalhos. Invadi casas, entregava drogas para ele. — Ele voltou para a janela e olhou para a árvore. — Um dia, depois de semanas de inferno, eu me recusei a ouvi-lo e exigi ir para casa. E levaria Jax comigo. — Ele puxou a camiseta sobre a cabeça e me mostrou as costas. — Ele usou um cinto em mim, com a ponta da fivela.

Corri os dedos por suas cicatrizes. As pontas eram rígidas, mas a inclinação dos vergões era suave. Não havia muitos, e sua pele ainda era linda.

Ele parou por um momento e se virou para encontrar meu olhar, o fantasma de sua dor ainda no fundo de seus olhos.

— Então eu finalmente fugi. Roubei cinquenta dólares e pulei em um ônibus para casa. Sem Jax.

CAPÍTULO TRINTA E DOIS

Eu podia ver a agonia em seus olhos. O que tinha acontecido com seu irmão? Jared achava que a vida com Katherine era ruim, mas seu pai acabou sendo um horror. E teve que tomar a decisão de abandonar o barco sem seu irmão.

— Você foi à polícia? — perguntei.

Ele balançou sua cabeça, negando.

— Não a princípio. De jeito nenhum eu queria lidar com isso. Só queria esquecer. Mas quando minha mãe viu o que aconteceu comigo, ela me obrigou a ir. Nunca contei a eles o que aconteceu, mas relatei o que houve com meu irmão. Ela insistiu em tirar fotos de mim, só para garantir, no entanto. A polícia tirou meu irmão do meu pai e o colocou em um orfanato. Eu o queria comigo, mas a bebida da minha mãe não inspirava nenhuma confiança no estado.

— Você viu seu pai desde então? — Eu queria vomitar por usar a palavra "pai" para um homem assim.

— Eu o vi hoje. — Jared me surpreendeu. — Eu o vejo todo fim de semana.

— O quê?! Por quê? — Então era para lá que ele ia, mas como poderia se colocar na mesma sala que um monstro como aquele?

— Porque a vida é uma merda, é por isso. — Ele me deu um sorriso amargo e desviou o olhar. — No ano passado, depois que você partiu para a França, fiquei um pouco maluco. Bebi e entrei em muitas brigas. Madoc e eu nos divertimos por um tempo. Eu odiava que você tivesse partido, mas também descobri que Jax foi transferido para outro lar adotivo depois que a última família bateu nele. Foi uma época ruim.

Ele se levantou para ficar na janela, e notei que ele estava cerrando os punhos. Não estava mais choroso. Estava chateado.

— Então fui atrás de seu ex-pai adotivo, e fodi com ele. Tipo, peguei pesado. — Suas sobrancelhas se ergueram, mas não havia arrependimento em seu tom. — Ele ficou uma semana no hospital. O juiz decidiu que, embora meus sentimentos fossem compreensíveis, minha reação não era. Achou que seria poético me condenar a visitas forçadas ao meu pai na prisão, já que ainda estava preso por abusar do meu irmão e pelas drogas que os policiais encontraram em sua casa. Parecia que eu estava no mesmo caminho, então o juiz ordenou uma visita por semana durante um ano.

— Então é para lá que você vai. Para a prisão de Stateville em Crest Hill. — Não era uma pergunta, apenas um esclarecimento. Lembrei-me dos recibos em seu quarto.

— Sim, todo sábado. Hoje foi minha última visita, no entanto.

Assenti com a cabeça, em gratidão.

— Onde está seu irmão agora?

A primeira sugestão de um sorriso brincou em seus lábios.

— Ele está em Weston. São e salvo com uma boa família. Eu o vejo aos domingos. Mas minha mãe e eu estamos tentando fazer com que o estado concorde em deixá-lo morar conosco. Ela está sóbria há algum tempo. Ele tem quase dezessete anos, então não é como se fosse uma criança.

Isso era muito para absorver. Eu estava exultante por ele finalmente ter confiado em mim. Ele foi ferido, o que provavelmente o fez se sentir abandonado pelas pessoas que deveriam tê-lo protegido. Mas eu ainda estava intrigada com uma coisa.

— Por que você não me contou tudo isso anos atrás? Eu poderia ter ficado ao seu lado. — Levantei da cama e fui até ele.

Ele passou a mão pelo cabelo e se afastou de mim para se apoiar no corrimão.

— Quando finalmente cheguei em casa naquele verão, você foi meu primeiro pensamento. Bem, além de fazer o que pudesse para ajudar Jax. Eu tinha que te ver. Minha mãe poderia ir para o inferno. Tudo que eu queria era você. Eu te amava. — Ele agarrou o corrimão dos lados, e seu corpo ficou rígido. — Fui à sua casa, mas sua avó disse que você estava fora. Ela tentou me fazer ficar. Acho que viu que eu não parecia bem. Mas fugi para te encontrar, de qualquer maneira. Depois de um tempo, me encontrei no lago de peixes no parque. — Ele levantou os olhos para encontrar os meus. — E lá estava você... com seu pai e minha mãe, interpretando uma familiazinha.

Uma familiazinha?

— Jared... — comecei.

— Tate, você não fez nada de errado. Eu sei disso agora. Você só precisa entender minha cabeça. Eu tinha passado pelo inferno. Estava fraco e sofrendo com o abuso. Estava com fome. Tinha sido traído pelas pessoas com quem deveria poder contar: minha mãe que não ajudou quando precisei dela, meu pai que me machucou e meu irmão indefeso. E então te vi com *nossos* pais, parecendo uma familiazinha doce e feliz. Jaxon e eu estávamos com dor, lutando para sobreviver todos os dias, e você conseguiu ver a mãe que eu nunca tive. Seu pai te levava para piqueniques e para tomar sorvete, enquanto o meu estava me batendo de cinto. Senti que ninguém me queria e que a vida seguia sem mim. Ninguém se importava.

A mãe de Jared tinha saído com a gente algumas vezes naquele verão. Meu pai estava sempre tentando ajudá-la a se endireitar. Ele amava Jared e sabia que Katherine era uma pessoa de bom coração. Ele estava apenas tentando tirá-la de casa e mostrar a ela, de forma simples, o que ela estava perdendo com o próprio filho.

— Você se tornou meu alvo, Tate. Eu odiava meus pais, estava preocupado com meu irmão, e com certeza não podia confiar em ninguém além de mim mesmo. Quando eu te odiava, isso me fazia sentir melhor. Muito melhor. Mesmo depois que percebi que nada era sua culpa, eu ainda não conseguia parar de tentar te odiar. Foi bom, porque não podia machucar quem eu queria.

Lágrimas silenciosas escorriam pelo meu rosto, e Jared caminhou até mim e segurou meu rosto com as mãos.

— Sinto muito — sussurrou. — Eu sei que posso compensar pelo que fiz. Não me odeie.

Neguei com a cabeça.

— Eu não te odeio. Quero dizer, estou um pouco chateada, mas principalmente odeio o tempo perdido.

Ele passou os braços em volta da minha cintura e me puxou para perto.

— Você disse que me amava. Eu odeio termos perdido isso — eu disse, triste.

Curvando-se, ele agarrou a parte de trás das minhas coxas e me levantou. Minha respiração ficou presa, e segurei seu pescoço. Seu corpo quente só me fez querer me enrolar nele. Envolvi as pernas ao seu redor e ele caminhou até a cama e se sentou.

Colocou a mão no meu rosto e guiou meus olhos para si.

— Nós nunca perdemos isso. Por mais que eu tentasse, nunca consegui te apagar do coração. É por isso que eu era tão idiota e mantinha os caras longe de você. Você sempre foi minha.

— *Você* é meu? — perguntei, enxugando minhas lágrimas.

Ele beijou os cantos da minha boca suavemente, e senti o calor subir pelo meu pescoço.

— Sempre fui — sussurrou contra a minha boca.

Passei os braços ao seu redor, e ele me segurou forte. Enterrei meu rosto em seu pescoço. Meu corpo relaxou nele, sabendo sem dúvida que tínhamos superado. Ele não me machucaria novamente, e eu sabia que precisava dele como precisava de água.

— Você está bem? — indaguei. Parecia muito tarde para uma pergunta tão idiota, mas eu queria saber.

— Você está? — respondeu.

E eu adorava isso nele. Ele tinha sido abusado, abandonado e incapaz de proteger seu irmão. O constrangimento que passei em suas mãos parecia fichinha comparado a isso. Mas eu também sabia que seu trauma não era uma desculpa para me tratar mal todos esses anos.

— Vou ficar — prometi. Se ele pudesse dar o passo para confiar em mim com tudo isso, então eu poderia tentar seguir em frente também.

— Eu te amo, Tate.

Ele se deitou na cama, e eu caí com ele, agarrando-o com força. Ficamos ali, apenas abraçados, até que senti o constante subir e descer de seu peito me dizendo que ele estava dormindo.

Já passava da meia-noite quando acordei. Eu tinha adormecido metade sobre e metade fora do peito de Jared. Minhas pernas estavam entrelaçadas com as dele, minha cabeça dobrada em seu pescoço, e meu braço sobre seu tórax. Seu cheiro de almíscar e vento encheu meu mundo, e fechei os olhos, meus dedos lentamente se enfiando em seu cabelo. Meus lábios deslizaram pelo lado de seu pescoço liso, provando sua pele salgada com uma necessidade incontrolável de tocá-lo com mais do que apenas minhas mãos.

Droga. Ele estava dormindo. E parecia pacífico, também. Nenhuma preocupação vincava sua testa, e nenhuma carranca marcava seu rosto.

Balançando a cabeça e decidindo deixá-lo sozinho, gentilmente me arrastei para fora da cama. Indo até as portas duplas para puxar as cortinas, notei uma chuva leve espirrando nas vidraças da minha janela.

Perfeito. Eu tinha Jared e uma tempestade. Não pude deixar de sorrir.

Tirei minhas meias e saí na ponta dos pés do quarto, deixando-o dormir.

Passando pela porta dos fundos da cozinha, pisei na varanda com os pés descalços. Meus dedos formigavam, e os cerrei em punhos com a energia renovada já percorrendo meu corpo. O ar cheirava a outono. Com maçãs e folhas queimadas.

O toldo me protegia de me molhar, então desci os degraus e fui para o pátio de tijolos. Gotas de água caíram em meus pés, derramando entre meus dedos, e o zumbido familiar de eletricidade carregou minha pele. Cruzando os braços sobre o peito para ajudar a me aquecer, senti uma onda de arrepios sobre meus braços e pernas, ouvindo o pacífico tamborilar da chuva pontilhando as árvores e o chão.

Inclinando a cabeça para trás para deixar o chuvisco cobrir meu rosto, eu já me sentia anos mais jovem do que ultimamente, e os sinos de vento tilintando do quintal da senhora Trent me embalaram em uma meditação pacífica.

A chuva estava ficando um pouco mais pesada, e fechei os olhos, o vento leve acariciando meu rosto. Os pensamentos vagavam pela minha mente como nuvens, e nada existia além do estrondo distante de um trovão e meu cabelo flutuando no vento ao redor do meu rosto.

Quando a chuva começou a se transformar em torrencial, abri os olhos e me virei para voltar para dentro. Um semblante calmo caiu sobre mim, mas quase gritei quando vi Jared encostado na casa pela porta dos fundos.

— Jared! Você me assustou. Pensei que estava dormindo.

Segurei a mão no peito, já que meu coração parecia que estava tentando passar para fora.

Mas ele não dizia nada, e me endireitei quando ele começou a se aproximar de mim. Seus olhos eram assustadoramente intensos. Ele não parecia bravo, mas ainda parecia prestes a explodir.

Se eu pudesse me mover, então o encontraria no meio do caminho. Mas eu estava presa. Seus olhos penetrantes estavam me queimando, e ele parecia... faminto.

Quando me alcançou, suas mãos descansaram em meus quadris, e ele apenas olhou nos meus olhos por um minuto. Normalmente, qualquer um que fizesse contato visual direto comigo por muito tempo me deixaria desconfortável, mas Jared olhou para mim como se eu fosse sua última refeição.

E, caramba, eu amei aquilo.

Seus dentes estavam ligeiramente à mostra enquanto ele respirava, e seus olhos cortavam através de mim. Eu sabia o que ele queria. E quando me lembrei de como a pele dele tinha um gosto bom mais cedo, não pude evitar tocá-lo.

Meus braços foram ao redor de seu pescoço e me levantei na ponta dos pés, pegando sua boca. Foi onde meu controle da situação terminou.

Ele era como um animal, que afundava os dentes em uma matança suculenta. Um de seus braços ficou em volta de mim, enquanto o outro segurava meu rosto. Ele guiou todos os nossos movimentos. Quando me empurrou, eu me rendi.

Sua língua fez meu mundo inteiro deslizar. Estava tão gostoso, e quando ele usou os dentes para mordiscar meus lábios, eu sabia o que queria também.

Meu pulso estava acelerado e eu tinha uma dor desesperada entre as pernas. Precisava dele. Precisava dele dentro de mim.

— Você está gelada — ele disse, a chuva encharcando nossas roupas.

— Me aqueça — implorei.

Deixei um rastro de beijos suaves ao longo de seu pescoço e mandíbula, e o ouvi suspirar quando minha língua disparou para provar sua pele novamente.

— Eu te amo, Jared — murmurei em seu ouvido.

Ele pegou minha cabeça em suas mãos e capturou minha boca em um beijo profundo. Sua respiração estava quente, e ele tinha gosto de chuva. Como uma memória na qual eu queria me envolver para sempre.

— Nós podemos esperar — sugeriu, mas era mais uma pergunta.

Neguei com a cabeça lentamente, desejo se espalhando pela minha barriga como um fogo. Não perderíamos mais tempo.

Levantei a barra da camisa sobre sua cabeça e deixei minhas mãos percorrerem sua pele. Meus dedos deslizaram por suas costas, e ele ficou tenso quando eu deliberadamente acariciei uma de suas cicatrizes. Eu o desejava. Todo ele. Queria que soubesse que eu não estava com medo, que amava cada parte dele.

Segurando seu olhar, puxei minha blusa preta de seda sobre a cabeça e desabotoei o sutiã, deixando ambos caírem no chão. A respiração de Jared ficou mais pesada, e gemi quando seus dedos deslizaram pelos meus seios. Seu toque enviou calor pelas minhas veias, e meus punhos cerrados com antecipação.

Ele colocou meu cabelo encharcado para trás dos meus ombros e me bebeu com os olhos. Normalmente, eu ficava autoconsciente sobre tudo. Nunca andava nua no vestiário. Mas amava seus olhos em mim.

Jared me puxou para si, e a pulsação no meu interior pulsava mais forte quando senti sua pele contra meus seios nus. Nossos lábios se misturaram na pressa e, quando o senti através de seu jeans, eu gemi, pensando com certeza que perderia o controle.

Eu preciso de você.

Tirei meu jeans e soltei um pequeno gemido quando ele me levantou inesperadamente. Minhas pernas envolveram sua cintura, e ele me carregou pelo pátio até a espreguiçadeira que tinha um dossel.

Deitando-me, ele pairou sobre mim, estudando cada centímetro do meu corpo que seus olhos podiam cobrir. Ele inclinou a cabeça e beijou meu peito sobre o coração. Meu corpo estremeceu quando ele tomou um mamilo na boca, e eu o segurei contra mim, sentindo tudo menos frio agora.

— Jared… — Meu peito tremeu com o prazer avassalador.

Enquanto ele chupava, sua mão deslizou pelo meu corpo, acariciando meu quadril e perna. A pressão em meu interior era agonizante, e eu sabia do que precisava.

— Jared, por favor.

Ele deixou meu seio e continuou beijando meu estômago, sua língua me fazendo estremecer toda vez que tocava minha pele.

— Seja paciente — ordenou. — Se você continuar implorando assim, eu vou enlouquecer agora.

Ele arrastava os beijos e puxou minha calcinha pelas pernas, a deixando cair no chão. Levantando-se, pescou uma camisinha de sua carteira e desabotoou a calça jeans, tirando tudo em um movimento suave.

Ai, meu Deus. Ele estava definitivamente tão pronto quanto eu.

Descendo em cima de mim, ele se posicionou entre minhas coxas, e eu pulsava com sua dureza esfregando contra mim. Fechei os olhos, a contração do meu clitóris onde sua pele tocou o meu sexo enviou ondas emocionantes de excitação pelo meu corpo. Era isso. Eu precisava dele dentro de mim. Agora. Mesmo.

Ele olhou para mim, e envolvi as pernas ao seu redor. Arqueando meu corpo no dele, eu o senti deslizar contra minha abertura.

Ele gemeu com necessidade… ou talvez agonia, e não pude deixar de amar o som. Tudo foi perfeito. Tê-lo. Na chuva. E ele me amava.

Ele rasgou a camisinha da embalagem. Colocando, se inclinou para me beijar.

— Eu te amo — disse, antes de deslizar para dentro de mim.

INTIMIDAÇÃO

— Ahhh... — ofeguei, alto, e meu corpo ficou rígido e imóvel.

Jared parou e se inclinou para trás para olhar para mim. Ele estava sem fôlego e corado, me observando com cuidado e amor.

Eu sabia que haveria dor, mas isso machucou! Respirei fundo, tentando deixar meu corpo se ajustar.

— Você está bem? — perguntou.

Assenti, lentamente sentindo a dor desaparecer.

— Estou bem. Não pare, mas vá devagar.

Quando Jared me viu relaxar, ele lentamente foi mais fundo até que estava completamente dentro.

— Droga — suspirou. — A sensação é tão boa. Perfeita.

Ele não deixou seu peso em cima de mim, e segurei seus quadris, sentindo suas investidas lentas. Comecei a me mover com ele, sentindo o tremor do que seu corpo estava fazendo com o meu. A cada encontro, eu o puxava com mais força para dentro de mim. Não doeu mais.

Meu corpo teve que se esticar para recebê-lo, mas agora eu estava sentindo a familiar queimação em minha barriga e pulsação entre as coxas.

Nós não faríamos amor longa e lentamente. Não essa noite. Agarrei seu rosto para trazer seus lábios para baixo nos meus. Precisava de cada centímetro de seu corpo sobre ou dentro de mim. Sussurrei contra sua boca:

— Eu sinto você em todos os lugares.

Ele soltou um gemido rouco.

— Não fale assim, baby. Vou gozar muito cedo.

Nossos corpos se moviam em sincronia, meus quadris subindo para encontrar os dele. Ele estava se desfazendo. Seus olhos estavam vidrados, e respirava com dificuldade.

Corri os dedos por suas costas, que estavam úmidas de suor e chuva, sentindo o poder de suas investidas em mim. Nossas testas se encontraram, e seus dentes cerraram quando olhou para o meu corpo se movendo com o seu.

Meu orgasmo veio rapidamente quando seus quadris se esfregaram nos meus, e gritei de prazer quando Jared foi mais forte. Depois de mais alguns segundos, seu corpo ficou tenso e ele fechou os olhos ao gozar também. Ficamos ali, imóveis, tentando recuperar o fôlego por vários minutos.

Não havia nada no mundo melhor do que o que acabamos de fazer. Eu o queria para sempre. Ainda podia sentir onde estávamos conectados, e não havia felicidade maior do que saber que ele estava suando e tremendo por minha causa.

Ele se inclinou e beijou meus lábios depois que nossos corpos se acalmaram.

— Você era realmente virgem. — Ele não estava perguntando.

— Sim — respondi, fraca. — Eu não tive uma vida cheia de namoros, sabe?

Levantando-se para pairar sobre mim, Jared me beijou nas bochechas e na testa.

— Então você é realmente minha. — Sua voz estava rouca.

Sempre, eu disse a mim mesma, mas optei pelo meu sarcasmo habitual quando respondi:

— Só enquanto você puder me manter feliz.

Ele me encarou com um sorriso sabichão, porque ambos sabíamos que ele tinha acabado de me fazer *muito* feliz. Rolando-nos, deitei em cima dele, que passou a mão para cima e para baixo nas minhas costas.

— Não durma — ordenou. — Eu posso te fazer feliz novamente em cerca de cinco minutos.

CAPÍTULO TRINTA E TRÊS

— Sim, pai, eu prometo ser cuidadosa. — Eu ri, tentando não me mexer muito para não bagunçar meu cabelo ou maquiagem. — De qualquer forma, K.C. e Liam estarão lá, então poderei encontrar uma carona se ficar muito bêbada.

Os alto-falantes do meu laptop vibraram com o suspiro alto que meu pai soltou.

— Tate.

— Ah, relaxa. Você sabe que pode confiar em mim.

Acho que ainda poderia dizer isso, mas de alguma forma senti que era menos verdade do que antes.

Meus dedos se agitaram. Eu precisava desligar esta chamada, para que pudesse entrar no meu vestido. Jared e Madoc chegaram a um acordo sobre o baile. Eu iria com os dois. Por mais que quisesse passar cada segundo com Jared, decidi dar a Madoc uma oportunidade de fazer as pazes. Se ele era o melhor amigo de Jared, então não me faria nenhuma diferença lhe dar outra chance.

Só mais uma chance.

— Não é com você que estou preocupado — meu pai resmungou.

Estreitei meus olhos.

— Mas você gosta do Jared, pai.

— Ele é um adolescente, querida. Eu confio nele, mas não com minha filha.

Um calor subiu para minhas bochechas, e eu esperava que meu pai não visse o rubor. Suas suspeitas estavam muito próximas da verdade.

Se ele soubesse. A culpa manchou a noite excitante que eu estava prestes a ter.

Jared e eu fizemos amor duas vezes no meu aniversário há uma semana e novamente na manhã seguinte. Mantê-lo longe de mim desde então para que eu pudesse fazer alguns trabalhos da escola se tornou uma tarefa de tempo integral. Uma tarefa de tempo integral deliciosa e divertida. Gostei do efeito que tenho sobre ele e da facilidade com que eu poderia deixá-lo excitado apenas para dizer não depois. Ele me chamou de valentona por causa disso ontem à noite, e eu ri, porque o poder meio que me excitava.

Mas se meu pai soubesse que Jared passava todas as suas noites aqui agora, pularia em um avião para casa imediatamente. Eu faria a mesma coisa se fosse minha filha, mas simplesmente não o queria em qualquer lugar sem mim, e ele parecia sentir o mesmo. Não conseguíamos nos controlar. Ou talvez não quiséssemos nem tentar.

— Bem, como estou até agora? — perguntei, querendo saber sobre a minha aparência do pescoço para cima.

Ele me deu um sorriso triste, e eu sabia que lamentava não poder estar aqui comigo.

— Linda. Muito parecida com sua mãe.

Meus olhos se encheram de lágrimas.

— Obrigada — mal consegui sussurrar. Minha mãe e eu não éramos muito parecidas. Ela tinha cabelos ruivos e era menor, mas me fez sentir orgulhosa que meu pai me achasse tão bonita assim. Eu a queria aqui esta noite arrumando meu cabelo ou me ajudando a fechar o vestido.

Meu cabelo cor de mel estava repartido no meio, e cachos largos caíam em cascata pelas minhas costas. A maquiagem que comprei junto do vestido acabou sendo menos impressionante do que eu pensava inicialmente. Considerando que geralmente aplicava um mínimo de cor ao meu rosto e olhos, decidi fazer tudo hoje à noite e o resultado foi chocante. Meus olhos ficaram arregalados e meus lábios pareciam um doce.

— Tudo bem, vá se vestir e me mande uma mensagem quando chegar hoje à noite. — Ele esfregou a barba por fazer em sua mandíbula.

— Eu te amo. Falo com você mais tarde — respondi.

— Também te amo. Divirta-se muito. — E nós desligamos.

Tirando a camisa branca, peguei meu vestido do cabide. Pisando no material de lantejoulas nude e prata, senti arrepios nos braços e pernas quando uma vertigem tomou conta de mim. O vestido justo, curto e sem alças apresentava um decote em coração. Minhas pernas, braços e decote eram as principais atrações, já que o vestido não cobria nenhum deles. Respirei fundo, abrindo o zíper e ajustando meu corpo dentro dele, que abraçava todos os lugares certos. A sobreposição pura apresentava um padrão de lantejoulas que me fazia parecer brilhar. Meus dedos cravaram no chão quando me vi no espelho.

Uau. Eu nunca tinha ficado assim antes.

Depois de alguns retoques de maquiagem e de adicionar algumas pulseiras e brincos, desci as escadas para pegar meus saltos dentro do Bronco. Esperar até esta tarde para comprar o toque final na minha roupa foi como brincar com fogo, mas sapatos foram a última coisa em que pensei esta semana.

Pegando a caixa do lado do passageiro da caminhonete, me virei para ver Jared congelado na entrada de sua casa, olhando para mim. Engoli em seco com o choque repentino de vê-lo vestido. Ele usava um terno preto, é claro, com uma camisa e sapatos pretos. O paletó não recaía nele frouxamente, foi ajustado na cintura antes de cair pelos quadris. Seu cabelo estava aparado e penteado com perfeição e longe dos olhos, fazendo-os parecer mais brilhantes. Eu só queria levá-lo para dentro e esquecer o baile.

Seu olhar profundo viajou pelo meu corpo, e sua respiração ficou mais pesada a cada segundo.

Sim! Exatamente a reação que eu esperava.

Pegando a parte de cima da caixa e encaixando embaixo, coloquei os dois saltos altos em meus pés descalços, um de cada vez. Jared manteve os olhos em mim, seguindo cada movimento.

— Então, o vestido é para ele? Ou para mim? — Jared brincou, atravessando para o meu quintal.

— Para você? — Arqueei uma sobrancelha. — Por que esse vestido seria para você? — Minha atitude sarcástica era para brincar com ele. Algo em que eu tinha ficado muito boa.

Jared passou os braços pelas minhas costas e me pegou, trazendo seus lábios nos meus em um beijo duro, como quem diz "tome essa".

— Você tem gosto de chiclete Starburst — gemeu contra meus lábios. — E parece o sol.

A euforia tomou conta de mim com suas palavras.

— Você também está ótimo.

O zumbido distante do GTO de Madoc ecoou pela vizinhança, e me contorci para fora dos braços de Jared. Tinha certeza que meu vestido tinha subido um pouco quando ele me agarrou e isso não era uma visão para seu amigo ter.

Madoc parou ao lado da minha casa e saiu do carro quase com o mesmo terno e camisa pretos de Jared, mas tinha acrescentado uma gravata roxa. Com seu cabelo loiro e rosto bonito, ele parecia arrogante e lindo. Os hematomas de sua briga algumas semanas atrás praticamente desapareceram.

Enquanto Jared parecia uma estrela de cinema, Madoc tinha cara de modelo. Gato demais para o meu gosto, mas bonito mesmo assim. Chegar com esses dois esta noite, eu seria o assunto da cidade amanhã.

Excelente.

Madoc diminuiu a velocidade quando olhou para cima e notou Jared na minha frente. O que quer que tenha visto em seus olhos o fez parar. Qualquer vestígio de sorriso que tinha agora havia desaparecido.

— Eu não vou levar um soco de novo, vou? — Madoc perguntou, meio tímido e meio brincando.

— Vá se foder. Você tem sorte de sequer estar perto dela hoje à noite. — Jared suspirou e voltou para sua casa. — Vou pegar minhas chaves. Vamos no meu carro.

Madoc sorriu para Jared, observando seu amigo desaparecer dentro de casa e bater a porta da frente.

Registrei um assobio baixo e trouxe meus olhos de volta para Madoc.

— Você parece... comestível. — Negou com a cabeça como se não pudesse acreditar que eu poderia me arrumar direitinho. Revirei os olhos e o encarei com um olhar impaciente. — Relaxa. — Ele sorriu e ergueu as mãos. — Vou me comportar... esta noite — acrescentou o final da frase com um sorriso ameaçador.

Negando, me virei para a casa.

— Vou pegar minha bolsa.

Depois que tirei minha bolsa da mesa de entrada, me olhei no espelho e tranquei a casa, me virei para ver Madoc segurando um corsage na mão. Sentindo-me um pouco desconfortável, já que pensei que Jared seria quem me daria uma flor, olhei para ele com desconfiança.

Ele se aproximou de mim, uma expressão pensativa no rosto.

— Se você não se importa, perguntei a Jared se poderia pegar isso para você. — Ele alargou a pulseira, e deslizei minha mão. — Sinto muito por ter sido um idiota todos esses anos. Mas eu tinha um plano.

Intrigada, perguntei:

— Que era?

Ele sorriu para si mesmo.

— Jared é meu melhor amigo. Eu sabia há algum tempo que ele se importava com você. A primeira vez que fui à casa dele no primeiro ano, encontrei um estoque de fotos de vocês dois. Ele guarda na mesa de cabeceira.

Meu coração batia mais rápido, mas eu estava aliviada. Odiei não ter visto nenhuma foto nossa dentro de sua caixa de fotos na noite em que invadi. Agora sei que ele guardou em outro lugar. Em um lugar perto dele.

— De qualquer forma — Madoc continuou —, eu nunca entendi por que ele te tratava daquele jeito, e Jared se abre tanto sobre as coisas quanto uma concha. Ele é um daqueles cofrinhos que você tem que quebrar para tirar alguma coisa. Você não pode simplesmente sacudir e ele entrega o que você quer. Precisa pegar o martelo. — Ele olhou diretamente para mim. — Você era o martelo.

— Ainda não entendi.

Ele franziu os lábios como se estivesse irritado por ter que explicar melhor.

— Eu brinquei com você além do que ele me pedia, porque queria que ele reagisse. Particularmente, ele nunca foi um cara feliz, e eu estava cansado de sua enrolação. Ele enlouqueceu depois que você partiu para a França, e descobri que aquele comportamento destrutivo tinha algo a ver com você. Como se ele estivesse perdido sem você ou algo assim. Então, decidi tentar deixá-lo com ciúmes quando você voltasse para ver o que aconteceria.

— E acha que isso faz de você um bom amigo? — Por que Madoc iria querer irritar Jared? Por que não apenas falar com ele?

— Eu não sei — disse, sarcasticamente. — Vocês dois parecem muito felizes.

Estávamos muito felizes. Mas duvido que Madoc me convidar para o Baile tenha feito Jared agir. Acho que não importava, no entanto. Jared e eu estávamos juntos novamente, mais fortes, espero, e Madoc conseguiu se divertir.

— Então você queria vê-lo feliz. Por que se importa tanto com Jared? — perguntei.

Madoc enfiou as mãos no bolso e tentou esconder um sorriso.

— Ouviu falar sobre o momento no ano de calouro em que fui enfiado nu no meu armário por alguns veteranos?

Madoc sofreu *bullying*?

— Hm, não. —Eu ri, não acreditando em nenhuma palavra.

— Ninguém sabe. E é por isso que ele é meu melhor amigo. — Sua voz era tranquila, e eu poderia dizer que ele estava falando sério. Jared o havia ajudado.

Eu não sabia o que dizer, mas nós dois voltamos nossa atenção para Jared, que saía de casa. Pegando minha mão, ele me beijou debaixo da orelha.

— Desculpe por ter demorado tanto. Minha mãe estava me dando um sermão.

Madoc veio para o meu outro lado e estendeu o braço para eu pegar, o que eu fiz.

— Sobre? — pressionei, um pouco nervosa sobre que tipo de papel de mãe Katherine estava fazendo hoje.

— Sobre não te engravidar — sussurrou, sem olhar para mim.

Limpei a garganta. *Engravidar?*

Nós dois trocamos sorrisos cautelosos, sem saber o que dizer sobre isso. Estávamos usando proteção, mas acho que deveria tomar a pílula também.

— Nós estamos prontos? — Madoc soltou, do meu lado.

Segurei Madoc pela parte interna de seu cotovelo e trouxe Jared para mais perto de mim pelo bíceps. Um mês atrás, eu nunca teria pensado que estaria aqui com esses dois, me sentindo à vontade.

— Totalmente. Este é o início de uma grande amizade. — Empurrei Madoc pelo ombro de brincadeira.

— Pode ser o começo de um grande pornô também — Madoc brincou, caindo na gargalhada.

— Filho da puta! Hoje à noite você vai levar uma — Jared ameaçou, e balancei minha cabeça em negativa, rindo.

CAPÍTULO TRINTA E QUATRO

O baile foi mais agradável do que esperávamos, mesmo com a música sem graça e minha tentativa de conciliar dois encontros. *New York, New York*, do Frank Sinatra, foi o tema do baile, e o ginásio foi incrivelmente decorado com recortes do horizonte da cidade de Nova Iorque e luzes cintilantes.

Madoc e Jared eram como *yin* e *yang*. Madoc amava tudo e todos. Jared — eu o amo — mal tolera qualquer coisa. Madoc tirou ótimas fotos dele e eu encostados em um táxi retrô de Nova Iorque para a nossa foto oficial. Entrei no clima, mesmo que ele continuasse tentando fazer a pose do filme *Os bons companheiros*. Jared teve que ser coagido na frente da câmera, mas tenho certeza que ele fez isso por mim.

Após a estranheza inicial de tentarmos ficar juntos em um encontro real, Jared e eu nos soltamos e nos divertimos um pouco. Conheci alguns dos amigos dele, e superamos o constrangimento de estar perto de K.C. Acho que ela se sentia mais confortável com Jared do que Liam estava. Mas, depois de um tempo, ficou tudo bem.

— Tudo bem, vamos ficar fodidos. — Madoc liderou o caminho para a casa dos Beckman em busca de bebida. Chegamos à festa de Tori assim que a maioria das pessoas estava chegando lá, e parei assim que entrei. A memória da última vez que estive aqui há mais de um ano fez meu coração disparar.

Caramba.

Jared parou na minha frente, provavelmente porque eu hesitei. Minha respiração acelerou e apertei sua mão. Mesmo na minha cabeça, não conseguia entender por que estava reagindo dessa maneira. Não estava com medo. Sabia que nada ia acontecer esta noite.

— Tate, você está bem? — Os olhos de Jared pareciam preocupados.

— Sim, preciso de uma bebida. — De jeito nenhum eu ficaria presa ao passado. Meu corpo estava no início do estado de alerta agora, e eu só queria curtir essa festa.

Assim que chegamos à cozinha, que estava repleta com um bar improvisado como da última vez, Madoc começou a trabalhar, nos fazendo bebidas.

Jared recusou, já que estava dirigindo, e fiquei orgulhosa dele por ser responsável. Madoc estava simplesmente feliz por ter um motorista da rodada.

Arrancando o copo vermelho da mão de Madoc, engoli o líquido ardente misturado com Coca-Cola o mais rápido que pude. A cada gole, o álcool piorava e o gosto amargo me fazia desejar um biscoito, uma balinha Jolly Rancher ou qualquer coisa doce. Consumindo com sucesso até a última gota, joguei o copo na pia e tossi na minha mão, Madoc rindo de mim.

— Ah, ela está tão vermelha quanto um tomate — brincou com Jared.

— Cai fora — murmurei.

Jared colocou uma das mão em volta da minha cintura e me puxou para perto, beijando meu cabelo. Fechando os olhos, deixei o álcool aquecer meu sangue, relaxando meus músculos.

— Ei, pessoal. — K.C. saltou para a cozinha, puxando Liam atrás de si. Ele acenou para Madoc e Jared, claramente infeliz por Jared e K.C. terem saído juntos brevemente. Liam traiu, mas estava chateado porque K.C. teve alguns encontros com outro cara.

Supera.

— O que estamos bebendo? — perguntou.

— Bem, acabei de tomar um pouco de coragem líquida, então estou bem por enquanto. — Minha voz ainda estava rouca por causa do licor.

Ela e os outros começaram a trabalhar e fazendo suas misturas, então Jared se inclinou para o meu ouvido:

— Venha comigo.

Arrepios se espalharam pelos meus braços, sua respiração fazendo cócegas na minha orelha. Ele pegou minha mão, e o deixei me guiar para fora da cozinha e subir as escadas até o segundo andar da casa.

A casa dos Beckman era enorme, e era por isso que as festas aqui eram tão populares. A de Jared e a minha eram médias, mas Tori e Bryan Beckman desfrutavam de uma luxuosa e espaçosa residência de dois andares com um porão acabado e um quintal totalmente ajardinado, que era grande o suficiente para um modesto campo de golfe. Esta casa provavelmente tinha sete ou oito quartos.

E parecia que Jared estava me levando para um.

Ai, meu Deus.

Ele bateu em uma porta para se certificar de que o quarto estava vazio e então nos levou para dentro.

Assim que a porta se fechou atrás de nós, ele me apoiou contra ela, fazendo-me agarrar seus braços para me apoiar. Engoli em seco com a surpresa e encontrei seu beijo, seus lábios esmagando os meus. Sua mão desceu para minha bunda, e ele me puxou para encontrar seus quadris. Afastei minha boca da dele para recuperar o fôlego quando ele mergulhou a cabeça no meu pescoço.

— Meu Deus, Tate. Seu vestido deveria ser queimado. — Sua boca estava quente na minha orelha quando ele começou a chupar o lóbulo.

— Por quê? — perguntei, o desejo colocando fogo lá em baixo, fazendo ser muito difícil me concentrar.

Ele riu contra o meu pescoço.

— Caralho, todo cara naquele baile ficou te olhando esta noite. Vou ser preso.

Tomando sua cabeça em minhas mãos, forcei seus olhos a encontrar os meus, nossos narizes se tocando.

— Sou sua. Sempre foi você. — Minha promessa pairou no ar enquanto ele olhava para mim, seus olhos cor de chocolate cheios de desejo.

— Venha aqui. Ele me conduziu ao centro do grande espaço, que parecia ser um quarto de hóspedes pela ausência de fotografias ou outros apetrechos pessoais.

Jared pegou o telefone e apertou alguns botões antes de *Broken*, da banda Seether, começar a tocar. Deixando o telefone na cômoda, apoiado em um suporte, ele voltou e me pegou nos braços, enquanto eu envolvia o meu em seu pescoço. Lentamente, começamos a nos mover juntos com a melodia em nossa primeira dança de música lenta.

— Me desculpe por não ter dançado com você esta noite. — Seus olhos não encontraram os meus, e havia arrependimento em sua voz. — Não gosto de fazer coisas assim em público. Parece muito pessoal, eu acho.

— Não quero que você mude quem você é — eu disse a ele. — Mas gostaria de dançar com você algum dia ou segurar sua mão.

Ele me puxou para mais perto em um abraço e passou os braços em volta das minhas costas como uma corda de aço.

— Vou tentar, Tate. Ontem passou. Eu sei disso. Quero que voltemos àquele conforto que costumávamos ter.

Inclinei minha cabeça ainda mais para encontrar seus olhos, ainda nos balançando com a música.

— Sua tatuagem... O ontem dura para sempre, o amanhã nunca chega... É o que diz. O que isto significa? — Finalmente consegui ler a escrita na lateral de seu torso uma manhã esta semana enquanto ele dormia.

Sua mão deslizou pelo meu cabelo.

— Só que eu estava vivendo no passado. O que aconteceu com meu pai, o que aconteceu com você, nunca consegui superar a raiva. O ontem continuou me perseguindo. E amanhã, o novo dia, parecia nunca chegar.

Até mim, ele havia escrito no bilhete.

— E a lanterna em seu braço?

— Ah, você faz muitas perguntas — Jared reclamou, brincando, e eu poderia dizer que estava envergonhado.

Mas esperei, não o deixando escapar.

Ele me lançou um sorriso resignado.

— A lanterna é você, Tate. A luz. Eu fiz depois que tive problemas no ano passado. Eu precisava melhorar minhas atitudes, e minha mãe decidiu fazer a mesma coisa com a bebida. Nós dois escolhemos um pensamento que nos ajudaria a sobreviver mais um dia. Um sonho ou um desejo... Negando com a cabeça, deixou a frase no ar.

Sua confissão me deixou sem fôlego. Ele tinha pensado em mim todos os dias?

— Eu? — perguntei.

Ele olhou para mim e acariciou minha bochecha com o polegar.

— Sempre foi você. — Usou minhas palavras, e não consegui engolir o nó na garganta.

— Eu te amo, Tate. — Jared olhou para mim como se eu fosse a coisa mais importante em seu mundo.

Fechei os olhos e toquei seus lábios nos meus.

— Eu também te amo — sussurrei contra sua boca, antes de selá-la com um beijo.

Nossos corpos se misturaram, e seus dedos se enroscaram no meu cabelo, enquanto devorávamos um ao outro. Seus lábios eram macios, embora fortes contra os meus, e meus dedos cravaram em suas costas, suas mãos reivindicando meu corpo. Eu o queria em todos os lugares.

Eu era insaciável, e culpa rastejou sobre mim. Eu o queria aqui e agora, mas fazer sexo no quarto de outra pessoa enquanto uma festa acontecia no andar de baixo não era algo que uma boa menina fazia.

Pressionei meus quadris nos dele, nós dois sem fôlego entre os beijos. Tracei um caminho por sua mandíbula, e meus dentes levemente roçaram seu queixo.

— Tire o meu vestido — ofeguei.

Ele gemeu.

— Vamos sair daqui. Estou com vontade de mais do que uma rapidinha.

— Bem, eu nunca tive uma rapidinha — eu apontei. — Tire o meu vestido.

Ele obedeceu, mas os cantos de sua boca se ergueram em um sorriso sexy.

— Para onde foi a minha boa menina? — A pergunta era retórica. Sabia que ele amava o jeito que eu o queria.

Senti a corrente de ar quando a mão de Jared alcançou atrás de mim para abrir o zíper do meu vestido, e gemi quando suas mãos desceram e acariciaram minhas costas. Suas mãos eram como uma droga, quase tão viciantes quanto sua boca. Tirei sua jaqueta, e ele deixou meu vestido cair até a cintura.

A boca de Jared incendiou meu pescoço em beijos suaves, e desabotoei os botões de sua camisa. Respirei fundo quando suas mãos foram para os meus seios. Um formigamento se espalhou pela minha pele, desejando mais dele.

— Jared — sussurrei, passando o braço em volta de seu pescoço e colando meus lábios nos dele. — Eu realmente sou uma boa menina. Mas esta noite eu quero ser muito, muito má.

Sua respiração soprou sobre a minha boca, e ele capturou meus lábios em um beijo feroz. Meu Deus, ele me queria. E fiquei emocionada, porque não queria esperar até chegarmos em casa.

Jared rasgou o resto de sua camisa, espalhando botões no chão de madeira. Deixei meu vestido cair em meus pés e, em seguida, tirei a calcinha, deixando o salto alto.

— Porra, Tate. — Jared apertou a mandíbula, absorvendo a visão à sua frente. E ele puxou meus lábios para os seus novamente, devorando quase todas as partes de mim com a boca e as mãos. — Sinto muito. Eu quero ir devagar com você. É tão difícil. Acha que em dez anos eu finalmente chegarei ao ponto de realmente precisar de preliminares para ficar duro com você?

Seus olhos me questionavam, mas eu só pude sorrir. Havia algo no jeito que ele me queria, no jeito que seus olhos abafavam qualquer dúvida, que me fazia sentir poderosa.

Jared, pelo que eu tinha visto, era o tipo de cara de uma noite só. Ele não dormia na casa da pessoa e não anotava números de telefone. Eu temia que ele perdesse o interesse ou considerasse "missão cumprida" quando dormíssemos juntos, mas, em vez disso, ele ficou ainda mais faminto.

A cada toque na semana que passamos, a cada beijo, a cada vez que nos amamos, ele agia como se tudo o que estávamos fazendo fosse novo. Ridículo, eu sei. Ele tinha mais experiência do que eu, então por que algo seria diferente do que já tinha experimentado?

A menos que ele me amasse. Isso era algo que tinha certeza que ele não teve com nenhuma outra garota. Eu esperava que não, de qualquer maneira.

Eu queria ser ousada, embora meu nervosismo quisesse que eu corresse para as colinas. Queria experimentar tudo com Jared. Sem me esconder, sem medo. Pediria tudo o que eu queria, e seria corajosa. Para sempre ou nunca.

Sua camisa caiu no chão, seguida por suas calças.

Seja ousada.

Coloquei a mão na prova inchada de que ele me queria. Ele avançou e respirou fundo, e envolvi a mão ao redor dele e o acariciei. Esperava que ele fechasse os olhos. Ele não deveria fazer isso? Para se concentrar mais no sentimento? Mas, em vez disso, ele apenas me observou tocá-lo. Ficou ainda mais duro na minha mão, e apertei as coxas, excitada pelo comprimento suave que já esteve dentro de mim e estaria novamente.

Ele me observou com olhos escuros e quentes. Me viu tocá-lo, e pensei que iria gozar apenas pelo que eu estava fazendo com ele. A maneira como suas mãos se fecharam em punhos e sua ereção estremeceu quando esfreguei de certa maneira, e a maneira como sua respiração ficou mais pesada me fez pulsar a ponto de não aguentar mais.

Ele rasgou a embalagem da camisinha que colocou na mesa de cabeceira quando tirou as calças e a vestiu.

Graças a Deus!

Moldando meu corpo no dele, meus seios esfregando contra a pele lisa de seu peito, eu o beijei longa e profundamente, correndo as mãos por suas costas.

Seja corajosa.

— Minha vez — sussurrei em seu ouvido.

Os olhos de Jared se arregalaram quando ele percebeu o que eu quis dizer.

Eu o empurrei levemente de volta na cama e deslizei em cima dele. Perfeito. Uma injeção de adrenalina me percorreu quando senti suas mãos em meus quadris e seu sexo pressionado contra mim.

— Você é perfeita. Perfeita para mim. — Passou as mãos para cima e para baixo nas minhas coxas.

Eu me movi, deslizando sua ponta ao longo da minha fenda, provocando. Quando desci sobre ele, o colocando dentro de mim, meus dedos dos pés se curvaram com a sensação inacreditável. Era muito mais profundo assim, e me inclinei um pouco para trás para poder absorver cada centímetro. Eu estava cheia e esticada, e queria que ele se sentisse tão completo quanto eu.

Jared colocou uma das mãos no meu peito e usou a outra mão para guiar meus quadris, trabalhando lentamente.

— Diga que gosta disso, Tate.

— Eu... — Apertei as coxas ainda mais em seus lados e me movi de frente para trás contra ele, em vez do movimento de cima para baixo que eu estava fazendo.

Ai. Meu. Deus.

Ele atingiu um ponto profundo no meu interior, e minha cabeça virou para trás enquanto eu gemia. Droga! Não havia nada melhor do que tê-lo dentro de mim.

Adorava ainda poder sentir no dia seguinte onde ele esteve. E quero senti-lo amanhã também.

Ele empurrou seus quadris com força contra mim, enviando arrepios pelo meu corpo.

— Diga.

— Eu amo isso. — Meu corpo tinha perdido o controle. A ondulação dentro de mim se transformou em uma onda, e rebolei contra ele mais rápido e mais forte. — Eu amo fazer isso com você.

Depois, nós deitamos na cama, cansados demais para nos mover, e eu só queria rastejar para debaixo das cobertas com ele. Não podia acreditar que tinha acabado de fazer isso na casa de um estranho. Precisávamos sair daqui antes que todos descobrissem o que estávamos fazendo. Tinha que começar a ser mais cuidadosa. Meu pai confiava em mim, mas isso não duraria se eu continuasse tomando decisões irresponsáveis.

Claro, ele gostava de Jared. Eu tinha dezoito anos. Meu pai sabia que ter uma vida sexual estava prestes a acontecer mais cedo ou mais tarde. No entanto, este ano letivo tinha sido cheio de percalços comportamentais da minha parte, e fazer sexo em uma casa estranha durante uma festa não estava na minha lista de grandes ideias. Foi divertido uma vez, mas me lembrei de não tentar isso de novo.

Beijei Jared, e nós dois sorrimos e rimos, nos ajudando a nos vestir.

— Eu tenho uma pergunta. — Finalmente quebrei o silêncio de contentamento, arrumando seu cabelo. Era a mesma que tentei fazer a ele antes. Havia apenas mais uma peça do quebra-cabeça de Jared que eu precisava.

— Manda.

— Você não queria me contar sobre seu pai ou seu irmão. Mas Piper sabia aonde você ia nos fins de semana. Por que ela podia saber e não eu? — A ideia de Jared ser próximo o suficiente daquela garota para confiar nela me irritava.

— Tate, eu não contei nada para a Piper. O pai dela é policial. O mesmo que me prendeu no ano passado por agredir o pai adotivo de Jax. Ela descobriu através dele. — Ele circulou os braços na minha cintura e me segurou perto de si.

— Então você estava namorando a filha do policial que te prendeu? — Eu sabia que era mais do que uma coincidência sem ele dizer nada. Ele foi atrás de Piper por alguma vingança boba. Pegar a filha do policial era como mandar um "foda-se" para o pai dela.

Ele encolheu os ombros.

— Sim, não estou orgulhoso disso, mas faria você se sentir melhor se eu realmente gostasse dela?

Desviei o olhar. Não. Não, não faria.

CAPÍTULO TRINTA E CINCO

Você conhece a expressão "andando nas nuvens"? Bem, essa era eu enquanto caminhava pelos corredores na segunda-feira. Tudo estava indo tão bem — K.C. e Liam; Jared e eu; a escola... — que senti como se estivesse drogada e não queria voltar à realidade.

Jared me deu um beijo de despedida no domingo de manhã após o baile, tendo que ir para uma viagem de um dia a Weston para visitar o irmão. Insinuei que adoraria me juntar a ele em algum fim de semana e conhecer Jax, mas também não queria forçar. Tive a impressão de que ele realmente gostava de passar um tempo sozinho com o irmão, então esperaria a hora certa.

Ele não ligou ou mandou mensagem o dia todo ontem, então comecei a me preocupar quando não tive notícias. Mas, por volta das dez horas da noite passada, ele finalmente rastejou pela minha janela e deslizou na cama ao meu lado. Enquanto me abraçava, nós dois caímos em um sono deliciosamente profundo.

Entre a tortura de cócegas com que ele me acordou esta manhã e a pressa para a escola, eu mal tinha falado com ele sobre a visita ao irmão.

— Então, apareça no estacionamento logo depois da escola hoje. — Madoc veio até mim enquanto eu me dirigia para a aula de Francês. Ele estava sorrindo de orelha a orelha. — Vamos praticar corridas na Route Five. Muita estrada de terra e morros.

Arregacei as mangas do cardigã fino e preto que eu usava por cima da camiseta do Avenged Sevenfold. Estava com um calor dos infernos, lutando contra a multidão no corredor.

— Por que eu iria querer praticar corridas? E com você?

— Porque Jared disse que você estava procurando um G8 para comprar. Poderíamos passar o inverno o preparando para correr na primavera. Jared diz que tem que trabalhar depois da escola, então isso significa que você está livre e podemos nos conectar. — Ele acenou aquela mente poluída que não para de flertar, como se eu devesse estar muito animada.

Não podia mentir e dizer que não estava interessada em comprar um carro. Jared tinha visto o que imprimi da internet. Um cara em Chicago estava vendendo um Pontiac G8 que me deixou babando, mas eu ainda não tinha decidido comprar.

Madoc ergueu as sobrancelhas. Sua camiseta azul-clara estava aberta por cima de uma cinza-escura, e com seu comportamento de bom moço era difícil ficar brava. Ele estava tentando ser amigável, afinal.

Mas forcei uma voz séria.

— Tenho que ir ao laboratório duas vezes por semana, inclusive hoje. Tenho *cross-country*. Sem mencionar que tenho trabalhos para Filmes e Cinema e Francês no início da próxima semana, e um teste de Matemática e Química logo antes do Halloween, na próxima sexta-feira. Alguma outra hora... talvez — disse a última palavra em um sussurro, abrindo a porta da aula de francês.

— Não seja tão estraga-prazeres! — Madoc me seguiu e gritou alto o suficiente para toda a sala de aula ouvir. — Aquelas fotos de nós dois nus, nadando, eram apenas para os meus olhos.

Parei e fechei os olhos, sentindo todos os alunos na sala se virarem para me encarar. *Sério, ele estava fazendo isso comigo de novo?!*

Mais e mais risadas não tão sutis explodiram, enquanto eu levava um momento para endireitar meus ombros e seguir para minha mesa. Reparei em Ben com o canto do olho, suas longas pernas cruzadas nos tornozelos e, com a mão, batendo a caneta em seu caderno. Seus olhos estavam abaixados, mas ele estava claramente tentando segurar a risada.

— Senhor Caruthers. — Madame Lyon saiu de trás de sua mesa e se dirigiu a Madoc em inglês, cruzando os braços sobre o peito. — Suponho que você tenha algum lugar onde precise estar agora.

Madoc colocou a mão sobre o peito, a outra gesticulando para mim.

— Em nenhum lugar, só ao lado dela, até o fim dos tempos — respondeu.

Limpei a garganta, me sentando.

— Cai fora — murmurei para ele.

Com um beicinho falso franzindo os lábios, Madoc saiu pela porta e desapareceu.

Assim que a porta se fechou, ouvi alguns toques de celulares ao meu redor, incluindo alguns vibrando de outros telefones, como o meu. Esquisito. Por que estávamos todos recebendo notificações ao mesmo tempo?

— *Mettez vos telephones off, s'il vous plaît!* — Madame nos disse para desligar nossos telefones. Era uma regra da escola mantê-los em silêncio durante a aula, mas todos carregavam os seus consigo.

Rapidamente enfiei a mão na bolsa para tirar todo o som, já que alguns outros foram ousados o suficiente para realmente verificar suas notificações.

Quando fui baixar o volume, vi que era uma mensagem de Jared. Uma pequena onda de calor subiu pelo meu peito, e escondi o telefone debaixo da mesa para verificar a mensagem.

Quando abri o vídeo que ele enviou, quase engasguei com meu próprio ar.

Eu não conseguia me mexer. Não conseguia respirar. Minhas mãos tremiam enquanto eu assistia a um vídeo no meu telefone de nós dois fazendo sexo no sábado à noite. Dava para dizer a data pelo jeito que meu cabelo estava arrumado para o baile.

Mas que...?

Meu estômago revirou e a bile subiu até a minha boca. Acho que teria vomitado se não fosse minha garganta impedindo o oxigênio de entrar.

Nós. Fazendo sexo. Nós fomos gravados.

E lá estava eu, perfeitamente visível e extremamente nua, montada em Jared.

Ai, meu Deus, eu queria gritar. Isso não poderia ser real!

O que estava acontecendo?

Risadinhas, bufos e sussurros surgiram ao meu redor, e neguei com a cabeça quando a garota sentada ao meu lado riu alto. Ela sorriu, com o telefone na mão, e só pude olhar com horror enquanto ela me mostrava sua tela. *Não, não, não.* O mesmo vídeo sórdido estava sendo reproduzido em seu telefone.

Escaneando o ambiente ao redor, meus olhos arregalados, eu sabia que outros na classe estavam vendo o mesmo vídeo.

Isso não podia estar acontecendo! Lutei para inspirar, meu cérebro trabalhando para descobrir o que diabos estava acontecendo. Meus olhos queimaram com lágrimas que não caíram, e me senti como se estivesse em outro planeta.

Não, isso não é real. Não é... Neguei, tentando acordar desse pesadelo.

Não conseguia parar os tremores passando entre meus dedos. Olhei de volta para o telefone e saí do vídeo. O texto que acompanhava a mensagem dizia:

> Ela foi ótima na cama. Quem quer ser o próximo?

Meu peito tremeu com soluços secos.

Jared.

A mensagem veio de seu telefone. Foi enviado a todos.

— *Écoutez, s'il vous plaît* — Madame gritou, tentando recuperar o foco na aula.

Levantei-me, trêmula, puxei minha bolsa sobre a cabeça e corri para fora da sala. As risadas e provocações atrás de mim eram como ruído de fundo. Estavam lá. Porra, estavam sempre lá. Bem feito para mim por ter relaxado.

Por que não ouvi meus instintos? Sabia que não podia confiar nele. Por que fui tão fraca?

Segurei o estômago, tentando conter o choro, os gemidos e gritos que queria soltar. Meus pulmões pareciam esticados de tanto respirar fundo e rápido.

Aquele vídeo estava em todo lugar! E, até esta noite, não haveria uma pessoa em Shelburne Falls que não teria visto ou ouvido falar dele.

Jared. Minha cabeça estava se partindo tentando assimilar a traição do que ele tinha feito. Ele foi paciente e inteligente, e esperou por sua vingança. Ele me arruinou. Não apenas no ensino médio, mas para sempre. Eu sempre ficaria cautelosa agora, olhando o que vinha por trás, imaginando quem descobriria aquele vídeo em algum site sórdido e quando isso aconteceria.

E eu o amava. Como ele poderia fazer algo assim? Meu coração parecia se partir em dois.

Ai, Deus. Meu estômago ficou vazio, e não consegui mais segurar os soluços.

— Tate — uma voz chamou, ofegante.

Parei e me virei para cima, meus olhos cheios de lágrimas encontrando os de Madoc. Ele tinha acabado de subir as escadas, e vi o telefone em sua mão.

— Tate, Jesus. — Ele estendeu a mão na minha direção.

— Fique longe de mim! — disparei, com raiva. Eu deveria saber. Madoc seria como Jared. Ele também me enganou. E eu não podia confiar em nenhum deles. Sabia disso agora.

— Tate. — Ele me estendeu a mão novamente, mais devagar, como se estivesse se aproximando de um animal.

Eu o queria longe de mim. Não podia ouvir mais insultos dolorosos ou insinuações degradantes. Não, risque isso, eu *não* ouviria mais.

— Apenas me deixe te tirar daqui, ok? — Madoc avançou em minha direção.

— Não! — gritei, as lágrimas embaçando minha visão. Bati em suas mãos e o acertei no rosto com a palma da minha.

— Ele rapidamente entrou na minha frente e passou os braços em volta do meu corpo, me segurando forte enquanto eu lutava e chorava.

— Pare com isso. — Ele me sacudiu algumas vezes. — Se acalme. — Sua voz era forte e sincera. — Eu não vou te machucar.

E eu queria acreditar nele.

— Eles viram tudo — solucei, meu peito arfando com a respiração pesada. — Por que ele fez isso comigo?

— Não sei. Pela primeira vez na vida, eu não sei o que diabos está acontecendo. Precisamos falar com ele.

Falar. Porra, eu estava de saco cheio de falar. Nada que tentei fazer com Jared este ano me ajudou. Nada melhorou minha vida. No final, aquele *bullying* acabou com qualquer esperança que eu tinha de felicidade.

De alguma forma, estava errado quando pensei que ele realmente se importava. Quando pensei que realmente me amava. Acreditei em cada mentira estúpida que ele vomitou. Talvez ele nunca tenha sido abusado. Provavelmente nem tinha um irmão.

Ele finalmente me jogou tão para baixo que eu só queria fugir agora. Fugir para algo que não tivesse nada a ver com esperança, amor e todas essas outras besteiras.

Minha raiva e dor estavam se transformando em outra coisa, algo mais difícil.

Dormência.

Indiferença.

Frieza.

O que quer que fosse, parecia melhor do que o que senti um minuto atrás.

Respirei fundo e funguei.

— Me deixar ir. Vou para casa. — Minha voz estava rouca, mas firme, quando me afastei de Madoc.

Ele me soltou e eu me afastei lentamente.

— Eu não acho que você deva dirigir — Madoc gritou atrás de mim.

Apenas enxuguei os olhos e continuei andando. Descendo as escadas, passei pelos corredores vazios e saí pelas portas da frente.

Estacionei ao lado de Jared naquela manhã e, quando vi o carro dele, soltei uma risada seca. Não por diversão, mas pelo olhar em seu rosto quando saísse para ver o que eu faria.

Peguei o pé-de-cabra da mala da minha caminhonete e passei a ponta afiada ao longo da lateral do carro dele, caminhava para a frente do veículo. O guincho estridente de metal contra metal aqueceu minhas veias, e eu sorri.

E desci o pé-de-cabra bem no meio do para-brisa.

O impacto estilhaçou o vidro em centenas de cacos diferentes. Parecia um rolo gordo de plástico bolha estourando de uma vez.

Depois disso, fiquei maluca. Amassei o seu capô, portas e porta-malas. Minhas mãos zumbiam com as vibrações dos golpes, mas não parei. Eu não podia. A cada golpe, eu ficava cada vez mais empolgada. Bater nele onde doía me fez sentir segura. Ninguém poderia realmente me machucar se eu pudesse machucá-los também, certo?

É assim que nascem os valentões, uma voz na minha cabeça sussurrou. Afastei a voz.

Eu não estava me tornando uma valentona, disse a mim mesma. Uma valentona tinha poder. Eu não exercia nenhum poder aqui.

Bati o pé-de-cabra na janela do lado do motorista, quebrando-a. Pedaços de vidro choveram por todo o seu assento.

Antes que eu pudesse levantar o pé-de-cabra para arrebentar uma de suas janelas, fui agarrada por trás e afastada do carro.

— Tate, para!

Jared.

Eu me soltei de seu alcance e me virei para encará-lo. Ele ergueu as mãos como se quisesse me acalmar, mas eu já estava calma. Ele não estava vendo? Eu estava no controle e não me importava com o que essas pessoas pensavam.

Madoc estava atrás de Jared com as mãos na cabeça, avaliando os danos no carro de Jared. Seus olhos estavam tão arregalados que pensei que saltariam de sua cabeça. As janelas da escola estavam quase transbordando de corpos ansiosos para dar uma olhada pelo vidro.

Foda-se eles.

— Tate... — Jared disse, tímido, olhando para a arma na minha mão.

— Fique longe de mim, ou vai ser mais do que seu carro na próxima vez — avisei.

Eu não sabia se foram minhas palavras ou meu tom monótono que o surpreenderam, mas ele hesitou.

Jared me encarou como se eu fosse alguém que ele não conhecesse.

CAPÍTULO TRINTA E SEIS

Eu saí de lá antes que alguém tivesse a chance de me atormentar ainda mais. Assim que entrei na caminhonete e acelerei, meu telefone começou a acender com chamadas e mensagens de texto. K.C. discava a cada trinta segundos, e não recebi nada de Jared.

Bom. Ele sabia que tinha acabado. Conseguiu o que queria. Fiquei envergonhada e humilhada, mas seu trabalho foi feito.

As mensagens, por outro lado, eram de pessoas aleatórias, a maioria das quais eu mal conhecia.

> Vc parece uma boa foda. Ocupada hj?

Uma das mensagens dizia, e apertei o telefone com tanta força que o ouvi estalar.

> Vc faz ménage?

Essa veio de Nate Dietrich, e eu senti meu estômago começar a revirar.

Todo mundo estava rindo de mim e falando daquele vídeo horrível, sem dúvida colocando na internet para qualquer um ver. Pensar nos velhos tarados que se divertiriam vendo isso, ou em todas as pessoas na escola que olhariam para mim agora e saberiam exatamente como eu era sem minhas roupas, fez meu crânio doer e meus olhos arderem.

Depois de mais duas mensagens repugnantes, dirigi o carro para o lado da estrada e abri a porta para vomitar. Meu intestino torceu, esvaziando tudo que comi hoje. Tossindo, vomitei e cuspi o último conteúdo do meu estômago e fechei a porta.

Pegando lenços do porta-luvas, limpei o rosto das lágrimas e olhei pelo para-brisa dianteiro, não querendo realmente ir para casa.

Qualquer um que quisesse me encontrar começaria por lá. E eu não podia ver ninguém agora. Só queria mesmo pular na droga de um avião e ir até o meu pai.

O meu pai.

Exalei, apoiando a cabeça dolorida no volante, forçando respirações profundas.

Filho da puta.

Não havia como meu pai não descobrir sobre isso. O vídeo provavelmente estava em todo o lugar agora. A escola e outros pais descobririam, e alguém ligaria para ele.

Como eu pude ser tão estúpida?! Esquecendo por um momento que era ridículo eu acreditar em Jared e confiar nele, ainda fizemos sexo em uma festa, na casa de outra pessoa!

Aquele maldito telefone! Ele o colocou na cômoda para tocar música, mas estava lá realmente para gravar nós dois fazendo sexo. Ele provavelmente pensou que teria que me persuadir a transar na casa dos Beckman quando eu realmente *o coagi*. Ou era o que eu pensava.

Era tudo mentira. A maneira como ele me manteve perto de si na semana passada, me tocando e me segurando. Toda vez que seus lábios roçavam meu pescoço ao me abraçar, e quando beijava meu cabelo pensando que eu estava dormindo.

Tudo. Uma. Mentira. Do. Caralho.

Limpei o nariz e saí do acostamento da estrada. Só havia uma pessoa com quem eu poderia estar agora. A única pessoa que me amava e não conseguiria me olhar com pena ou vergonha.

Minha mãe.

As estradas estreitas — quase como caminhos — do Cemitério Concord Hill eram largas apenas o suficiente para uma pista. Felizmente, eu estava aqui em uma tarde de segunda-feira, então todo o lugar estava vazio e quieto. Dei um suspiro cansado de alívio quando encontrei o túmulo da minha mãe ainda na estrada. Não havia ninguém por perto. Ficaria sozinha, pelo menos um pouco, para escapar do mundo e do que aconteceu esta manhã.

Saí do carro e puxei a jaqueta de lã pela cabeça, me protegendo do frio de outubro. A brisa fresca era agradável no meu rosto, que ainda queimava de enxugar as lágrimas. Eu não precisava ver meu rosto para saber que provavelmente estava toda manchada e com os olhos inchados.

Andando pela grama bem cuidada, só tive que passar por algumas covas antes de chegar à da minha mãe. A brilhante lápide de mármore preto apresentava três rosas tridimensionais esculpidas à mão abraçando a lateral. Meu pai e eu escolhemos juntos, pensando que as três rosas representavam nossa família. Até oito anos atrás, eu adorava preto e as flores também nos lembravam dela, que adorava trazer a natureza para dentro de casa.

Li a lápide.

LILIAN JANE BRANDT
1º DE FEVEREIRO DE 1972 – 14 DE ABRIL DE 2005
O ONTEM PASSOU. O AMANHÃ AINDA NÃO CHEGOU.
TEMOS SOMENTE O HOJE. COMECEMOS.
—MADRE TERESA

O ontem passou. Era a frase favorita da minha mãe. Ela me dizia que erros seriam cometidos na vida. Era inevitável. Mas eu precisava respirar fundo, colocar meus ombros para trás e seguir em frente.

O ontem dura para sempre. A tatuagem de Jared me veio à mente, e rapidamente a afastei como um prato quente.

Eu não queria pensar nele agora. Talvez nunca.

Ajoelhei-me no chão úmido e tentei me lembrar de tudo que podia sobre minha mãe. Pequenos pedaços dos tempos que passamos juntas brotaram em minha mente, mas, ao longo dos anos, minhas memórias diminuíram. Cada vez menos dela permanecia, e eu queria chorar de novo.

Seu cabelo. Concentrei-me em uma imagem de seu cabelo. Era vermelho-claro e ondulado. Seus olhos eram azuis, e ela tinha uma pequena cicatriz na sobrancelha de quando caiu na patinação no gelo ainda criança. Ela adorava sorvete de chocolate com manteiga de amendoim e jogar tênis. Seu filme favorito era *Depois do vendaval*, e ela fazia os melhores biscoitos de Hershey Kiss.

Engasguei com um soluço, me lembrando daqueles biscoitos. O cheiro da nossa cozinha durante o Natal me atingiu com força, e de repente eu estava com dor. Abracei meu estômago e me inclinei para frente, colocando a testa no chão.

— Mãe — sussurrei, minha garganta apertada com tristeza. — Sinto sua falta.

Desmoronando no chão, deitei de lado e deixei as lágrimas da minha miséria caírem na terra. Fiquei ali muito tempo, calada, e tentei não pensar no que tinha acontecido comigo hoje.

Mas era impossível. O impacto foi muito grande.

Eu não significava nada para Jared. Mais uma vez, ele me jogou fora como lixo e tudo o que disse e fez para me atrair — para me fazer amá-lo — era uma mentira.

Como eu sobreviveria às provocações dia após dia? Como poderia andar pelo corredor da escola ou olhar meu pai nos olhos quando todos tinham visto aquele vídeo?

— Está vendo isso, Tate?
— O quê?
— O balão. — Jared pegou minha mão e me puxou pelo cemitério. Tentei não pensar no que estava debaixo dos meus pés em nosso caminho, mas tudo que eu conseguia ver eram zumbis horríveis surgindo da terra.

— Jared, eu não quero estar aqui — lamentei.

— Vai ficar tudo bem. Você está segura comigo. — Ele sorriu e olhou para o gramado com as lápides.

— Mas... — Olhei em volta, com um medo do caramba.

— Estou segurando sua mão. O que você quer que eu faça? Troque sua fralda também? — ele disse, sarcástico, mas não o levei a sério.

— Eu não estou com medo. — Minha voz soou na defensiva. — É só que... eu não sei.

— Olhe para este lugar, Tate. É verde e tranquilo. — Jared observou os arredores com um olhar melancólico no rosto, e fiquei com ciúmes por ele poder ver algo aqui que eu não via.

— Há flores e estátuas de anjos. Olhe para esta lápide. — Ele apontou. — "Alfred McIntyre nasceu em 1922 e morreu em 1942." Ele tinha apenas vinte anos. Lembra que a senhora Sullivan disse que a Segunda Guerra Mundial foi entre 1939 e 1945? Talvez ele tenha morrido na guerra. Todas essas pessoas tinham vidas, Tate. Eles tinham famílias e sonhos. Não querem que você tenha medo. Só querem ser lembrados.

Estremeci quando ele me levou mais fundo no cemitério. Chegamos a uma lápide preta e brilhante, adornada com um balão rosa. Eu sabia que meu pai vinha aqui para visitar, mas sempre colocava flores no túmulo.

Quem tinha deixado um balão?

— *Eu trouxe o balão para sua mãe ontem* — **Jared admitiu, como se estivesse lendo minha mente.**

— *Por quê?* — *Minha voz tremeu. Foi legal da parte dele fazer algo assim.*

— *Porque as garotas gostam de coisas cor-de-rosa.* — *Encolheu os ombros e fez pouco caso de seu gesto. Ele não queria atenção. Nunca quis.*

— *Jared* — *repreendi, esperando por uma resposta séria.*

Ele sorriu para si mesmo.

— *Porque ela fez você.* — *E colocou o braço magro em volta do meu pescoço e me puxou para o seu lado.* — *Você é a melhor amiga que eu já tive, e queria dizer a ela "obrigado".*

Eu me sentia quente apesar da geada de abril estar no chão. Jared preencheu uma vazio e aliviou a dor de uma forma que meu pai não conseguia. Eu precisava dele e pensei por um momento que gostaria que ele me beijasse. Mas a ideia desapareceu rapidamente. Eu nunca quis que um garoto me beijasse antes, e provavelmente não deveria ser meu melhor amigo.

— *Aqui, pegue isso.* — *Jared puxou seu moletom cinza sobre a cabeça e o jogou para mim.* — *Você está com frio.*

Eu o coloquei, deixando o calor de seu corpo me cobrir com um escudo.

— *Obrigada* — *eu disse, olhando para ele.*

Jared puxou meu cabelo de dentro da gola e deixou seus dedos ali, olhando para mim. Minha pele explodiu em calafrios, mas não de frio. O que estava acontecendo no meu estômago agora?

Nós dois desviamos o olhar rapidamente, um pouco envergonhados.

Sentei e limpei o nariz com a manga do meu casaco.

Apesar de tudo, eu podia ver a luz em uma coisa. Pelo menos eu tinha dado minha virgindade a alguém que eu amava. Mesmo que tivéssemos terminado, eu o amava quando me entreguei a ele. O que ele tirou de mim foi honesto e puro, mesmo que pensasse que era tudo uma piada.

— Tate. — Uma voz trêmula sussurrou atrás de mim, e parei de respirar. Sem sequer me virar, eu sabia quem era, e arranquei folhas de grama do chão, meus punhos se fechando.

Eu me recusei a me virar. E de jeito nenhum ouviria mais besteiras dele.

— Você não ganhou, Jared? Por que não me deixa sozinha? — Minha voz estava calma, mas meu corpo gritava em busca de violência. Eu queria destruir tudo. Bater nele. Fazer qualquer coisa que pudesse machucá-lo.

— Tate, isso é tudo tão fodido. Eu... — Ele começou a vomitar seus absurdos, mas o interrompi.

— Não! Já deu! — Eu me virei para encará-lo, incapaz de raciocinar comigo mesma. Disse que não falaria com ele, mas não pude evitar. — Está me ouvindo? Minha vida aqui está arruinada. Ninguém vai me deixar viver com isso. Você ganhou. Não entende? Você. Já. Ganhou! Agora me deixa sozinha!

Seus olhos se arregalaram, provavelmente porque eu estava gritando e mais louca do que nunca. Quando seria o suficiente? Ele não ficaria satisfeito nunca?

Ele puxou o cabelo em sua cabeça, parecendo ter parado no meio do caminho enquanto o penteava com as mãos. Seu peito subia e descia como se estivesse nervoso.

— Apenas pare por um minuto, ok?

— Eu escutei suas histórias. Suas desculpas. — E me afastei em direção à minha caminhonete, sentindo meu coração se partir. Ele estava perto, e meus braços ainda zumbiam com o desejo de abraçá-lo.

— Eu sei — gritou, por trás de mim. — Minhas palavras não são boas o bastante. Não posso explicar nada disso. Não sei de onde esse vídeo veio!

Eu sabia que ele estava me seguindo, então não me virei.

— Veio do seu telefone, idiota! Não, esquece. Eu parei de falar com você. — Continuei andando, sentindo como se minhas pernas pesassem duas toneladas.

— Eu liguei para o seu pai! — ele deixou escapar, e eu parei.

Fechei os olhos com força.

— Claro que ligou — murmurei, mais para mim do que para ele.

Justo quando pensei que as coisas não poderiam ficar piores. Achei que teria alguns dias para endireitar minha cabeça antes de ter que lidar com meu pai. Mas a tempestade iria cair mais cedo ou mais tarde.

— Tate, eu não mandei aquele vídeo para ninguém. Eu nem gravei um vídeo nosso. — Ele parecia desesperado, mas eu ainda não conseguia me virar para olhar para ele. E continuou: — Não vejo meu telefone há dois dias. Deixei no andar de cima na festa da Tori quando estávamos ouvindo música.

Quando lembrei mais tarde, voltei para pegar, mas havia sumido. Você não se lembra?

Lembrei-me dele dizendo algo sobre perder o telefone naquela noite, mas estávamos todos dançando, e estava barulhento. Devo ter esquecido.

Prendi o ar e neguei com a cabeça. *Não*. Ele não ia sair dessa. Seu telefone estava apontado para a cama naquela noite, exatamente na posição em que precisava estar para gravar um vídeo.

— Você é um mentiroso — retruquei .

Embora eu não pudesse ver seu rosto, o senti se aproximar e não consegui me mexer. Por que eu não podia simplesmente sair daqui?

— Liguei para o seu pai, porque ele descobriria de qualquer maneira. Aquela porra daquele vídeo está on-line, e eu queria que soubesse primeiro por mim. Ele está voltando para casa.

Meus ombros afundaram. Meu pai estaria em casa amanhã, então. O pensamento me acalmou e me assustou. As consequências dessa pegadinha — eu odiava até chamar assim, porque era muito mais — seriam embaraçosas para meu pai.

Mas eu precisava dele agora. Não importa o que aconteça, eu sabia que ele me amava.

— Eu te amo mais do que a mim mesmo, mais do que minha própria família, pelo amor de Deus. Não quero dar outro passo neste mundo sem você ao meu lado — disse, suavemente.

Suas doces palavras me atingiram, mas eram como uma mão que estava fora de alcance. Eu podia ver. Queria pegar. Mas não podia.

— Tate. — O peso de sua mão caiu no meu ombro, e me virei, o afastando. Lágrimas constantes, raiva e cansaço queimavam meus olhos, e eu o queimava com meu olhar.

Ele passou a mão pelo cabelo novamente, e pude ver as linhas de preocupação em sua testa.

— Você tem todo o direito de não confiar em mim, Tate. Sei que sim. Porra, meu coração está destroçado agora. Não suporto o jeito que você está olhando para mim. Nunca te machucaria novamente. Por favor... vamos tentar consertar isso juntos. — Sua voz falhou, e seus olhos estavam vermelhos.

Disse a mim mesma centenas de vezes hoje que ele não era confiável. Que era um mentiroso. Um valentão. Mas suas palavras estavam me afetando. Ele parecia chateado. Ou ele era um ator muito bom ou... estava dizendo a verdade.

— Beleza. Vou entrar no jogo. — Peguei meu telefone e liguei novamente.

Ele piscou, provavelmente confuso com minha mudança repentina de atitude.

— O que você está fazendo?

— Ligando para a sua mãe. — Eu não elaborei, apenas disquei para Katherine.

— Por quê? — falou lentamente, ainda confuso.

— Porque ela instalou um aplicativo de GPS no seu Android quando o comprou. Você disse que perdeu seu telefone? Vamos encontrá-lo.

CAPÍTULO 37

Soltei um suspiro e balancei a cabeça assim que desliguei.

Escola. Não era um lugar que eu queria ir. Nunca mais.

— E aí? — Jared se aproximou.

— Escola. É na escola — murmurei, estudando o chão.

— Filho da puta. Ela é mais inteligente do que eu pensava. — Jared parecia quase impressionado com sua mãe.

O que isso significava? Talvez ele tenha deixado o telefone na escola e estivesse tentando salvar a própria pele. Talvez Madoc ou um de seus amigos estivessem com o aparelho, e estivessem encobrindo para ele. Ou talvez realmente tenha sido roubado.

Prefiro cortar meu cabelo a enfrentar essas pessoas hoje. Ou em qualquer dia nos próximos cem anos. Comer lula ou bater o dedo na porta do carro parecia mais atraente do que enfrentar aqueles corredores. Algumas horas não eram tempo suficiente para todos seguirem em frente com alguma nova fofoca. Eu seria o assunto da cidade por um longo tempo. Como poderia sequer pensar em pisar no terreno da escola hoje?

— Estou vendo esse seu olhar. — Jared me fitou, falando gentilmente. — É o mesmo de quando você quer fugir. Aquele que você faz antes de decidir ficar e lutar.

— Pelo que estou lutando? — desafiei, minha voz rouca.

Ele franziu a testa.

— Não fizemos nada de errado, Tate.

Ele estava certo. Eu não tinha nada do que me envergonhar. Claro, eu odiava que as pessoas tivessem visto aquilo, mas dei meu coração e meu corpo a alguém que amava. Não havia nada de sujo nisso.

— Vamos lá. — Caminhei até a caminhonete e abri a porta.

Jared tinha estacionado na minha frente, e me encolhi quando vi o dano que fiz ao seu carro.

Merda.

Se ele fosse, de fato, culpado, então foda-se ele e aquele carro idiota.

Mas se ele fosse inocente, então eu não queria nem pensar em como meu pai ficaria bravo quando visse a conta dos reparos.

— É... hum... é seguro dirigir o seu carro? — perguntei timidamente.
Um sorriso cansado puxou seus lábios.

— Não se preocupe. Isso me dá uma desculpa para fazer mais atualizações.

Enchi os pulmões com uma respiração profunda, sentindo como se tivesse sido sufocada o dia todo. O vento frio dançou em meu rosto e me deu um pouco mais de energia.

— Pare na empresa da sua mãe e pegue o telefone dela. Te encontro na escola. — E subi na caminhonete, acelerando.

Todo mundo ainda estava no último tempo, então Jared e eu andamos silenciosamente pelos corredores sem interrupção.

— Ainda está piscando? — Olhei para o telefone de sua mãe em sua mão.

— Sim. Não consigo acreditar que meu telefone ainda está ligado depois de dois dias. GPS usa muita bateria. — Ele olhava ao redor, mas eu não tinha certeza para quê.

— Bem, o vídeo foi enviado esta manhã. Se o que você diz é verdade, então quem usou seu telefone provavelmente o carregou desde sábado à noite.

— Se o que eu digo é verdade... — repetiu o que eu disse em um sussurro, como se estivesse irritado por não confiar nele.

Parte de mim queria acreditar nele. Desesperadamente. Mas a outra parte de mim estava se perguntando por que diabos eu estava aqui. Eu estava realmente cogitando a possibilidade de que ele não tivesse nada a ver com isso? Não era um pouco exagerado que tudo isso tenha sido montado sem a ajuda de Jared?

— Olha — eu disse, tentando mudar de assunto — o rastreador só tem precisão até cinquenta metros. Então...

— Então comece a ligar para o meu telefone. Talvez a gente ouça.

Tirei o celular do bolso de trás e disquei seu número, deixando-o tocar e mantendo nossos ouvidos atentos a qualquer barulho. Mas nossa escola era enorme e quase não tivemos tempo até o último período terminar, os corredores sendo inundados de corpos.

Toda vez que seu correio de voz atendia, eu encerrava a ligação e rediscava.

— Vamos nos separar — sugeri. — Vou continuar tentando. Basta ouvir um som. Acho que está em um armário.

— Por quê? Alguém poderia ter guardado consigo também.

— Comigo ligando a cada dez segundos? Não, eles teriam desligado o telefone e, nesse caso, teria ido direto para o correio de voz. Está ligado e em um armário. — Confirmei com a cabeça.

— Beleza. — Sua voz estava hesitante e um pouco dura. — Mas, se você encontrar, ligue para o telefone da minha mãe imediatamente. Não te quero sozinha nos corredores, não hoje.

Comecei a ter esperanças em sua preocupação por mim. Este era o Jared da semana passada. Aquele que me segurou e me tocou suavemente. Aquele que se importava.

Naquele momento, eu queria agarrá-lo e abraçá-lo.

Mas então ouvi risadas em meus ouvidos novamente. E lembrei que não confiava nele.

Apertando "rediscar", eu me virei e pulei escada acima, dois degraus de cada vez.

Minhas botas atingiram o piso de ladrilhos com mais estrondo do que eu gostaria. Tentando aliviar meu passo, rastejei ao longo de cada lado do corredor principal com o ouvido nos armários. Mas cada vez que eu ligava para o número de Jared, não ouvia toques ou ruídos de vibração.

Passei por dois alunos no corredor, que me olharam duas vezes quando me viram. Sim, eles sabiam quem eu era, e em pouco tempo todos saberiam que eu estava no *campus*. Meu coração acelerou quando ficou cada vez mais óbvio que cometi um erro ao voltar aqui hoje.

O telefone estava em um armário, provavelmente de Jared, no mudo. Este foi apenas mais um truque. Minha garganta se apertou.

Respirei com dificuldade, andando por cada corredor e continuando a apertar "rediscar". Cada vez que o correio de voz atendia, eu queria chorar de novo.

Por favor, por favor...

Eu queria que ele fosse inocente. Poderia viver com o falatório e o olhar no rosto de todos, sabendo que tinham visto o vídeo. Eu viveria com isso, porque não tinha escolha.

Mas não queria ficar sem Jared. Precisava que ele fosse inocente.
Porque ela fez você.
Suas palavras flutuaram em minha mente.
Não quero dar outro passo nesse mundo sem você ao meu lado.
Nem eu.
Eu esperava que pudéssemos seguir em frente sem olhar para trás.
Peguei uma lágrima com o polegar antes que ela transbordasse, virei um corredor e liguei para o telefone dele novamente.
E congelei.
Behind Blue Eyes, Limp Bizkit, ecoava pelo corredor, perto da sala de aula do doutor Kuhl. Estreitei os olhos e inclinei a cabeça em direção à música. Quando terminou, apertei o botão novamente para chamar outra vez.
Por favor, por favor, por favor.
Quando a linha começou a tocar, a balada lenta e triste tocou novamente no final do corredor. Quase deixei cair o telefone quando saí em direção ao som.
Coloquei a mão no armário 1622.
Sorri pela primeira vez desde esta manhã e, com os dedos trêmulos, mandei uma mensagem para o telefone da mãe de Jared.

> 2º andar, ao lado da sala do Kuhl!!

Minha cabeça se ergueu ao som do sino da escola soando. Meu estômago afundou. As portas se abriram e bandos de estudantes saíram, soando mais como se fossem corvos assassinos do que humanos.
Assassinos.
Sim, era isso que aconteceria agora. Mas eu não sabia se seria o predador ou a presa.
Fiquei de frente para os armários de costas para todos, esperando poder escapar o máximo possível. Por instinto, abaixei a cabeça, tentando ser invisível. Meu coração batia em meus ouvidos, e senti como se mil olhos estivessem perfurando a parte de trás do meu crânio.
Mas então a chama da covardia me atingiu. Mais do que a vergonha que senti esta manhã, odiei a maneira como essas pessoas me fizeram querer rastejar para dentro de um buraco.
Eu costumava amar as pessoas. Adorava fazer parte das coisas e socializar. Agora, só queria ficar sozinha. Porque sozinha era a única maneira de eu estar segura.

Eu não tinha feito nada de errado. Aqueles na escola que repassaram o vídeo ou fofocaram sobre é que sentiriam vergonha. Eu não.

Mas era eu quem estava me escondendo.

Não chegou a hora de você revidar?

Respirando fundo e me virando, recostei-me no armário 1622 e ergui o rosto, desafiando-os a vir até mim.

Não tive que esperar muito.

— Oi, Tate. — Um garoto de cabelo loiro e pegajoso passou por mim, me despindo com os olhos.

— Uau, ela voltou! — outro cara provocou.

Alguns diminuíram o passo e riram com seus amigos. As garotas não provocavam como os caras faziam. Elas me intimidavam mais silenciosamente, sussurrando por trás das mãos. Com olhares.

Mas todos tinham algo desagradável para oferecer.

Até Jared vir correndo.

E então todos pararam.

Ele olhou entre mim e eles e pegou meu rosto nas mãos.

— Você está bem? — questionou, seus olhos cheios de amor.

— Sim. — Minha voz estava mais suave com ele agora. — O telefone está aqui, no 1622. Mas não sei de quem é o armário.

Seus lábios se pressionaram em uma linha fina, e uma carranca cruzou seu rosto. Ele sabia de quem era.

— Voltou tão cedo? Sua carreira pornô já fracassou? — Uma voz maliciosa surgiu dos murmúrios, e fechei os olhos.

Piper.

Senti os lábios de Jared na minha testa antes que ele se afastasse. Abri os olhos para vê-lo se virar, me protegendo, mas puxei seu braço para trás e dei um passo à frente.

Eu deveria saber que ela fazia parte disso. Não sei como fez isso, mas era responsável, e eu queria lidar com ela. Inferno, teria prazer nisso!

Notei brevemente todos no corredor espremidos juntos, esperando pacientemente por algo.

— Na verdade, estamos apenas esperando por você. — Sorri e mantive meu tom uniforme. — Sabe aquele vídeo que veio do telefone de Jared esta manhã? Aquele que todo mundo viu? Ele não enviou. O telefone dele foi roubado na noite de sábado. Sabe onde está? — Levantei as sobrancelhas com meu melhor olhar condescendente.

Ela piscou, mas endireitou os ombros e inclinou o queixo para cima.

— Por que eu saberia onde está o telefone dele?

— Ah, porque... — deixei a frase morrer e apertei "rediscar". *Behind Blue Eyes* começou a tocar em seu armário, e eu levantei a tela do telefone para que ela pudesse ver que eu estava discando para Jared. Todos os outros também viram.

— Este é o seu armário, Piper — Jared apontou, depois que eu desliguei.

— Sabe, eu simplesmente amo essa música. Vamos ouvir de novo. — Quando liguei para o telefone dele, todos ouviram a canção ecoar do armário de Piper mais uma vez. Agora não havia dúvida.

Jared deu um passo à frente e se inclinou em seu rosto.

— Abra o armário e me devolva a droga do meu telefone, ou vamos chamar o reitor, e ele vai abrir.

A opção A provaria para toda a escola que ela era uma ladra e uma mentirosa. A opção B faria o mesmo, mas também a colocaria em apuros. Ela apenas ficou lá como se tivesse escolha.

— Foi ideia de Nate — ela deixou escapar, sua voz falhando.

— Sua vadia idiota! — Nate rosnou do meio da multidão, e olhei para vê-lo dar um passo à frente. — Foi ideia sua.

Jared puxou o braço para trás e deu um soco no nariz dele, fazendo o cara cair no chão como um pano de prato molhado. Os alunos que assistiam engasgaram e recuaram, e tentei resistir à vontade de fazer o mesmo com Piper.

Naquele momento, Madoc se empurrou pela multidão, com os olhos arregalados de choque com Nate sangrando no chão.

— Você está bem? — perguntou, parecendo chateado quando veio ficar ao meu lado.

Assenti e voltei minha atenção para Piper.

— Como você fez isso?

Ela franziu os lábios e se recusou a encontrar meus olhos. *Então vamos ser teimosos hoje, pelo que eu vejo.*

— Seu pai é policial, certo? Qual é o número dele? — Levantei meu telefone, com os dedos prontos para discar. — Ah, sim. 911.

— Hm, tudo bem! — gritou. — Nate me levou para o baile e depois para a festa da Tori. Quando vimos você e Jared subindo, Nate pegou o celular com câmera e subiu na varanda. Ele me mostrou o vídeo mais tarde e vi que Jared havia deixado o telefone na cômoda, então voltei para o quarto para pegá-lo.

INTIMIDAÇÃO

— Então o vídeo veio do telefone do Nate. Foi transferido para Jared antes de ser enviado — falei com Piper, mas meus olhos estavam em Jared. Ele me encarou, não com raiva como deveria, mas aliviado. Agora eu sabia que ele não faria algo assim comigo. Deveria saber desde sempre, eu acho.

Merda. Eu realmente estraguei o carro dele.

— Pegue o telefone de Jared, Piper. Agora — Madoc ordenou, com uma carranca que eu normalmente não via em seu rosto.

Ela bufou e caminhou até seu armário, trabalhando na combinação até que a fechadura clicou. Abrindo a porta, ela remexeu na bolsa, o resto de nós esperando.

A multidão não se dispersou. Pelo contrário, cresceu. Fiquei surpresa que os professores ainda não tivessem saído das salas de aula. Jared pairou sobre Nate, que ainda estava deitado no chão, segurando o nariz. Ele deveria se lembrar de uma noite não muito tempo atrás em que esteve na mesma situação com Jared e provavelmente decidiu que era melhor ficar abaixado.

Piper finalmente pegou o telefone da bolsa e jogou no meu peito. Por reflexo, minhas mãos se ergueram para pegá-lo, mas houve um baque surdo onde ele havia acertado. Ela estava carrancuda para mim, e eu quase quis rir. Quase.

— Terminamos aqui — ela retrucou e acenou com a mão para me enxotar. — Você pode ir.

Hm... É, não.

— Piper? Faça um favor a si mesma e peça ajuda. Jared não é seu e nunca será. Na verdade, ele nunca mais vai te olhar e ver algo de bom, se é que viu em algum momento.

Os olhos de Piper se estreitaram em fendas, e eu podia dizer pelos sussurros abafados que a multidão estava mais do meu lado do que dela agora. Acho que não doeu que todos soubessem que Jared não tinha enviado aquele vídeo. Inferno, acho que eles estavam realmente do lado *dele.*

Ah, bem, eles não precisavam gostar de mim, mas ajudava não os ter contra mim também.

Eu me virei para passar o telefone para Jared, mas fui puxada de volta pelo cabelo. A dor atravessou meu couro cabeludo, enquanto eu batia nos armários.

Meu equilíbrio foi jogado fora, e tropecei para me endireitar novamente. Merda. Isso tinha doído. O que ela achava que estava fazendo?

Eu vi o punho de Piper se preparando para um soco. Meus olhos quase saltaram da cabeça, mas reagi.

Eu me abaixei, e seu punho pegou meu cabelo em vez do rosto. Empurrando-a para longe, puxei a mão para trás e bati em seu rosto. Antes mesmo que ela tivesse a chance de tropeçar, trouxe a outra mão em sua bochecha, e isso a fez desmoronar no chão.

Registrei os sons ofegantes da plateia e suas risadas chocadas, mas não me importei. Olhei para Piper, que estava tentando segurar o rosto e se levantar ao mesmo tempo.

Puxando a mão para trás para dar outro golpe — ei, ela merecia —, me senti sendo levantada do chão.

Tentei me livrar do alcance de quem me prendia, mas, quando ouvi Jared me acalmando no pé do ouvido, fiquei aliviada.

— O que está acontecendo aqui? — uma voz masculina nos interrompeu. Olhei para ver o doutor Porter, barba manchada de café e tudo, olhando entre as duas pilhas no chão. Fiz uma careta. Não havia como eu escapar com todo o dano que causei hoje. *E amém Jared por ter me parado antes que o doutor Porter visse!*

Madoc limpou a garganta.

— Doutor Porteriro. Nate e Piper esbarraram um no outro.

Ai, meu Deus. Eu estava convencida de que Madoc era um idiota.

— Senhor Caruthers, não sou estúpido. — Doutor Porter olhou ao redor, tentando fazer contato visual com qualquer um que quisesse falar. — Agora, o que aconteceu aqui?

Ninguém falou. Ninguém sequer respirou, eu acho. O corredor estava em silêncio, e apenas esperei que Nate ou Piper quebrassem o silêncio.

Eu teria tantos problemas.

— Eu não vi nada, senhor — um estudante do sexo masculino falou, dando ao doutor Porter um olhar vazio.

— Nem eu, doutor Porter — outro estudante seguiu o exemplo. — Provavelmente foi apenas um acidente.

E fiquei impressionada quando todos mentiram ou permaneceram em silêncio, nos cobrindo. Ok, eles estavam cobrindo Jared, mas eu aceitaria o que pudesse.

Doutor Porter olhou em volta, ainda esperando que alguém dissesse a verdade.

Ele estava certo. Não era estúpido, e sabia que algo era suspeito. Eu só esperava que não me chamasse. Eu gostava do cara e provavelmente não poderia mentir.

Ele suspirou e esfregou a mandíbula desalinhada.

— Tudo bem, vocês dois. — Gesticulou para Nate e Piper. — Levantem-se e venham até a enfermeira. Todos os outros: para casa!

Piper pegou a bolsa, fechou o armário e saiu andando pelo corredor, enquanto Nate segurava o nariz ensanguentado e seguia o doutor Porter.

Todos se dispersaram e ninguém me disse nada. Ninguém me deu olhares maliciosos ou risadinhas cruéis. Jared circulou seus braços em volta do meu pescoço e me puxou para si, me envolvendo na parede segura e quente de seu peito. Fechei os olhos e o inspirei, uma onda de alívio me inundando. Eu o tinha de volta.

— Sinto muito por não confiar em você. E sobre o que fiz com o seu carro também — pedi, em seu moletom.

Ele deitou a bochecha no topo da minha cabeça.

— Tate, você é minha, e eu sou seu. A cada dia você vai perceber isso mais e mais. Quando acreditar sem dúvida nenhuma, então terei conquistado sua confiança.

— Eu sou sua. Eu só... não tinha certeza se você era realmente meu.

— Então eu vou te dar certeza. — Ele beijou meu cabelo, e seu corpo começando a tremer de tanto rir.

— Você está rindo agora? — Olhei para ele, confusa.

— Bem, eu estava meio preocupado com meus problemas de controle de raiva, mas agora estou meio preocupado com os seus. Você gosta de bater nas pessoas. — Sua boca perfeita sorriu com orgulho.

Revirei os olhos e fiz beicinho.

— Eu não tenho problemas de controle de raiva. Ela teve o que merecia, e eu fui atacada primeiro. — Ela era sortuda, na verdade. Depois da merda que fez, Piper teve sorte que eu não levei um lança-chamas até sua coleção de camisas.

Ele me levantou pela parte de trás das coxas, e tranquei braços e pernas ao redor dele, enquanto ele me carregava.

— A culpa é sua, sabe?

— O quê? — perguntou Jared. Sua respiração quente no meu ouvido.

— Você me fez ficar malvada. E agora eu esmurro garotas pobres e indefesas... e garotos. — Tentei fazer minha voz soar acusadora e inocente.

Jared me agarrou com mais força.

— Se você bater no metal por tempo suficiente, ele se transforma em aço. — Enterrei o nariz em seu cabelo, beijando o cume de sua orelha e brinquei:

— Se isso te ajuda a dormir à noite, seu grande valentão.

CAPÍTULO 38

O ar frio acariciou minhas costas, enviando calafrios pelos meus braços. Meus olhos se abriram com a corrente de ar, e um sorriso incontrolável surgiu em meus lábios.

— É melhor você não estar dormindo. — Jared fez alguns barulhos por trás de mim, que estava deitada na cama, provavelmente para tirar suas botas.

Uma risada silenciosa escapou dos meus lábios quando me virei de costas e o encarei. Pairando sobre mim, o luar derramava sobre seu lindo rosto, e seu cabelo brilhava com gotas de chuva da leve garoa lá fora. Eu não me cansaria de vê-lo.

— Você veio pela árvore... em uma tempestade — afirmei, e ele se arrastou para a cama, imediatamente posicionando o corpo em cima de mim. Ele ainda estava de roupa.

Meu pai voltou para casa na semana passada, e nem preciso dizer que Jared não era bem-vindo para visitas noturnas. Claro, nós dois já tínhamos aceitado isso. Eu sabia que meu pai amava Jared, mas ele não concordaria em encontrá-lo no meu quarto também. Isso era compreensível.

Descansando os dois braços em cada lado da minha cabeça, Jared olhou nos meus olhos.

— Sim, costumávamos sentar naquela árvore o tempo todo quando chovia. É como andar de bicicleta. Nunca esqueço como foi bom.

Lágrimas brotaram em meus olhos. Os anos que nos separaram doeram, mas como passaram rápido! Estávamos juntos novamente. Nunca tínhamos esquecido como era estar juntos.

— Gostou do seu carro? — Ele sorriu e começou a mordiscar meus lábios com beijos suaves e provocantes. Dando-me pouca pausa, só consegui assentir.

No fim de semana passado, depois que meu pai voltou, viajamos para Chicago e compramos meu G8. Eu era dona do carro prateado metálico escuro e elegante por apenas alguns dias até o momento.

Papai decidiu entregar o resto do projeto da Alemanha para seu parceiro, para que pudesse ficar em casa comigo. Foi difícil enfrentá-lo depois que o vídeo vazou, mas, após alguns dias e muitas conversas, conseguimos controlar a situação. Ele me repreendeu por fazer uma escolha tão idiota em uma festa, e ficou um pouco desconfortável com o novo papel de Jared na minha vida. Mas, admitiu, provavelmente não se sentiria confortável com ninguém em nenhum momento namorando sua única filha.

Jared e eu ficávamos on-line constantemente, tirando o vídeo de onde quer que o encontrássemos. Nossos colegas também pareciam estar deixando de lado essas fofocas. Mas eu tinha certeza que tinha mais a ver com o respeito deles por Jared do que com seu senso de decência.

Há uma semana, pensei que nunca sobreviveria àquela tempestade, mas já estava me concentrando em outras coisas. Tinha uma lista de modificações para fazer no meu carro novo e esperava que Jared, meu pai e eu pudéssemos trabalhar juntos durante o inverno. Madoc parecia pensar que ele seria incluído também, e não fiz nada para dispensar aquele cérebro de minhoca.

Meu pai concordou em me deixar tirar o dinheiro dos reparos de Jared da minha poupança, mas eu teria que arrumar um emprego para repor. Ele era muito rigoroso para que minha grana da faculdade não fosse um lanche no qual eu pudesse enfiar a mão sempre que quisesse. E isso era bom. Um emprego era uma boa ideia. Eu precisava de algo para me ocupar agora que papai estava limitando meu tempo com Jared. Não acho que ele estava tão preocupado com a nossa intimidade, era mais sobre eu perder o foco na escola.

Jared começou a se mover lentamente entre minhas pernas, suas mordidelas suaves rapidamente mudando para devorar e acariciar. O frio que entrou no quarto com ele foi substituído por suor e calor.

Ah. Respirei com dificuldade, a pulsação entre minhas pernas se contraiu com a fricção que ele estava fazendo.

— Sabe — engasguei. — Eu te quero aqui mais do que tudo, mas meu pai vai acordar. É como se ele ainda estivesse no exército ou algo assim. Ele dorme com um olho aberto.

Ele parou abruptamente e me encarou como se eu fosse louca.

— Não vou conseguir ficar longe. Não sabendo que seu doce corpinho está enrolado nesta cama agradável e quente sem mim.

— Você nunca desrespeitaria meu pai. Até eu sei disso.

— Não, você está certo — concordou, e então seus olhos se arregalaram. — Quer vir até minha casa?

Prendi os lábios entre os dentes para abafar uma risada.

Guiei as pernas para cima e passei ao seu redor, e ele me beijou mais forte antes de sussurrar contra meus lábios:

— Eu te amo, Tate. E eu estou aqui para você sempre. Com ou sem as festas do pijama. Só precisava te ver.

Segurei a parte de trás de seu pescoço enquanto ele se levantava para olhar para mim.

— Eu também te amo.

A metade superior de seu corpo deslizou para fora de mim, para o lado da cama, e ele procurou algo na mesa de cabeceira. Corri os dedos ao longo de suas costas, mal notando suas cicatrizes por baixo da camisa. Ele voltou com uma caixa na mão.

— O que é isso? — perguntei.

— Abra — pediu gentilmente.

Sentei-me, e ele se inclinou para trás em seus pés, me observando. Deslizando a tampa, tirei uma pulseira com pingentes. Não daquelas desajeitadas que fazem muito barulho quando balançam, mas uma delicada corrente de prata com quatro penduricalhos. Meus olhos dispararam para Jared, mas ele apenas ficou sentado em silêncio, esperando por algo.

Olhando a pulseira mais de perto, vi que eram um celular, uma chave, uma moeda e um coração.

Um celular, uma chave, uma moeda e...

— Minhas rotas de fuga! — explodi, finalmente percebendo.

Jared soltou uma risada.

— Sim, quando você me contou no caminho para Chicago sobre como sempre precisou ter planos de como escapar ao lidar comigo no passado, eu não queria que você me visse desse jeito.

— Eu não... — comecei.

— Eu sei — ele correu para me assegurar. — Mas quero garantir que nunca perderei sua confiança novamente. Quero ser uma de suas rotas de fuga, Tate. Quero que você precise de mim. Então... — Gesticulou para a pulseira. — O coração sou eu. Uma de suas rotas de fuga. Levei Jax comigo hoje para escolher.

— Como esta seu irmão? — Corri a pulseira pelos dedos, nunca querendo que ela ou ele se fossem.

Jared encolheu os ombros.

— Está sobrevivendo. Minha mãe está trabalhando com um advogado para tentar conseguir a custódia. Ele quer te conhecer.

Eu sorri.

— Eu adoraria.

Não sabia mais o que dizer. O presente ficou lindo, e adorei o que representava. Mas o que eu mais amava era conhecer Jared. Perdemos tempo ao longo dos anos, mas ele encontrou família em seu irmão, e eu podia ver o amor que sentia por ele.

Uma lágrima escorreu pelo meu rosto, mas a enxuguei rapidamente.

— Coloca em mim? — Entreguei a pulseira e pisquei para conter mais lágrimas.

Ele mexeu no fecho e o prendeu em volta do meu pulso, não soltando minha mão ao se sentar e me puxar para cima, montando nele.

Afastou o cabelo do meu rosto, e eu desci, encontrando seus lábios. Ele tinha gosto de calor e homem, e passei os braços ao seu redor, saboreando a realidade de apenas estar aqui com ele.

— Jared. — Meu pai bateu na porta, e nós dois levantamos a cabeça. — Você precisa ir para casa agora. Nos vemos para o jantar amanhã à noite.

Meu coração batia tão forte que doía.

Droga!

Jared bufou, escondendo uma risada, e falou para a porta:

— Sim, senhor.

O calor do constrangimento cobriu meu rosto, meus braços, meus dedos dos pés — inferno, todos os lugares quando vi a sombra do meu pai sob a porta desaparecer.

— Acho que preciso ir.

Apertei sua camiseta preta e toquei meu nariz no dele.

— Eu sei. Obrigada pela minha pulseira.

— Eu vou mimar você. — Suas mãos acariciaram meu cabelo.

Eu sorri.

— Não se atreva. Só me faça um favor. Deixe a janela destrancada. Posso te surpreender alguma noite em breve.

Ele respirou fundo, e amassei a boca na dele. Sua língua tocou a minha, e ele enfiou os dedos em meus quadris, me puxando com força contra si. Eu já podia sentir que estava pronta para ele.

Caramba. *Devo reconquistar a confiança do meu pai*, repeti meu mantra.

— Vai. Saia daqui. Por favor — implorei e saí da cama. Ele se levantou, mas me agarrou para mais um beijo antes de caminhar até as portas francesas.

Eu o vi subir em segurança pela janela do seu quarto, onde me deu um último olhar antes de sorrir e apagar a luz.

Fiquei ali por um minuto, observando a chuva respingar na árvore.

O trovão retumbou na noite, me lembrando do meu monólogo e como Jared e eu fechamos o círculo. Nós éramos amigos novamente, e mais também.

Eu era dele. E ele era meu.

Nunca tínhamos nos afastado um do outro. Estávamos nos moldando, embora não percebêssemos isso.

E agora estávamos completos.

A The Gift Box é uma editora brasileira, com publicações de autores nacionais e estrangeiros, que surgiu no mercado em janeiro de 2018. Nossos livros estão sempre entre os mais vendidos da Amazon e já receberam diversos destaques em blogs literários e na própria Amazon.

Somos uma empresa jovem, cheia de energia e paixão pela literatura de romance e queremos incentivar cada vez mais a leitura e o crescimento de nossos autores e parceiros.

Acompanhe a The Gift Box nas redes sociais para ficar por dentro de todas as novidades.

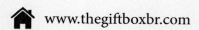
www.thegiftboxbr.com

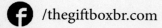
/thegiftboxbr.com

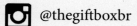
@thegiftboxbr

@GiftBoxEditora

Impressão e acabamento
psi7 | book7
psi7.com.br book7.com.br